नित्य-उपासना का 'गायत्री मंत्र'

गिरीश 'गोवर्द्धन'

KAVYA
PUBLICATIONS

Publisher:

SDR INNOWAYS INDIA PVT. LTD.
667, Rajaward, Kulpahar, Mahoba - 210426

Imprint:
KAVYA PUBLICATIONS
Plot No.107C, Hanuman Khand, Gulabvatika, Behta Hazipur, Loni-UP (Near Dilshad Garden Delhi) NCR - 201102

Mob. : 7905266820
Website : www.kavyapublications.com
E-Mail : info@kavyapublications.com

ISBN : 978-93-6431-329-2

Year : 2025

This book is printed at MTL and published by author Ajay Agrawal, CEO of SDR Innoways India Pvt. Ltd. Kulpahar Mahoba with its imprint and centre, Kavya Publications Delhi.

समर्पण

ॐ

पितृपुरुषों

एवं

मातृशक्ति

के

प्रति

समर्पित

॥ॐ॥

||श्रीपरमात्मने नमः||

नित्य-उपासना का गायत्री मंत्र

अनुक्रमणिका

॥ॐ॥

॥ श्रीपरमात्मने नमः ॥

नित्य-उपासना का 'गायत्री मन्त्र'

ॐ भूर्भुवः स्वः तत्सवितुर्वरेण्यं भर्गो देवस्य धीमहि।

धियो यो नः प्रचोदयात् ॥

यह 'गायत्री मन्त्र' अविनाशी, अभोक्ता, निर्विकार 'ब्रह्म' की उपासना का मन्त्र है। यह विश्वरूप परमपुरुष परमात्मा-अविनाशी आत्मा की उपासना का प्राचीन-पुरातन मन्त्र है। यह इस नश्वर पुरुषदेह में स्थित सर्वरूप, सबके ईश्वर, अङ्गुष्ठमात्र, हिरण्यगर्भ, परमेश्वर की नित्य-उपासनाका वैदिक मन्त्र है। यह उदय होते हुए रक्तिम्-पीले-ताम्रवर्णके एश्वर्यप्रदाता बालसूर्य की यात्रा से सम्बंधित उपासना का मन्त्र है। अतः यह 'गायत्री मन्त्र' मनुष्यमात्र की सम्पूर्ण जीवन-यात्रा से सम्बन्ध रखनेवाला है।

ईश उपासना का यह वैदिक मन्त्र 'गायत्री छन्द' में निबद्ध है। गायत्री छन्द में आठ-आठ अक्षर के कुल तीन चरण होते हैं। अतः इस 'गायत्री मन्त्र' को कुल चौबीस अक्षर का 'वैदिक छन्द' जाना गया है। 'गायत्री छन्द' में निबद्ध होने के कारण ज्ञानस्वरूप, ज्योतिर्मय, हिरण्यगर्भ, परब्रह्म परमात्मा की उपासना का यह वेदमन्त्र 'गायत्री मन्त्र' के नाम से ख्याति को प्राप्त होकर लोक-जीवन में यह 'गायत्री मन्त्र' के नाम से जाना और अपनाया गया है। इस 'गायत्री मन्त्र' को 'सावित्री मन्त्र' भी कहा गया है। पद्मपुराण में गायत्री को सृष्टि-यज्ञकर्ता ब्रह्मा की पत्नी कहा गया है तथा श्रीमद्देवीभागवत में गायत्री को सृष्टि-सृजनकर्ता ब्रह्मा के अनुरूप ही चार मुख और चार भुजाओं वाली होना कथन किया गया है- **'चतुरास्यां चतुर्भुजाम्'**। (श्रीमद्देवीभागवत

११.१६.९४) अतः इस 'गायत्री मन्त्र' को 'ब्रह्मशक्ति का उपासना मन्त्र' जाना गया है।

यह 'गायत्री मन्त्र' इसका गान (नित्य स्मरण) करने वाले पुरुष की रक्षा करनेवाला है- **'गायन्तं त्रायते या सा गायत्री'****'गायन्तं त्रायते इति गायत्री'**। श्रीमद्भगवद्गीता में वासुदेव भगवान् श्रीकृष्ण ने 'गायत्री छन्द' को अपना 'स्वयंका विभूतिमय श्रेष्ठछन्द-गानरूप' होना कथन किया है- **'गायत्री छन्दसामहम्'।** (गीता १०.३५) योगेश्वर श्रीकृष्ण का यह कथन इस 'गायत्री मन्त्र' से सम्बन्ध रखने वाला जाना जाता है। यह वेद मन्त्र उस परमेश्वर के सब मनुष्यों के देहरूप में स्थित कर्ता-पुरुषरूप से सम्बन्ध रखता है।

अतः इस मर्त्यलोक में मन्त्र-साधना द्वारा 'ईश्वर तत्त्व' को प्राप्त करने का सर्वोत्तम साधन यह 'गायत्री मन्त्र' जाना गया है। 'गायत्री छन्द' को सब छन्दों में प्रधान छन्द कहा गया है- **'सर्वछन्दसां हि गायत्रीच्छन्दः प्रधानभूतम्।'** तथा 'नित्य सन्ध्योपासना' कर्म में इस 'गायत्री मन्त्र' का जप और मनन करना अनिवार्य माना गया है। महर्षि मनु का कथन है कि 'सन्ध्योपासना कर्म' हेतु इस "सावित्री मन्त्र से श्रेष्ठ कोई दूसरा मन्त्र नहीं है"- **'सावित्र्यास्तु परं नास्ति'**। (मनुस्मृति २.८३)

'गायत्री मन्त्र' की उपासना द्वारा यह मनुष्य समस्त पापों से मुक्त हो जाता है- **'गायत्री जपतः सर्वपापैः प्रमुच्यते।'** अतः इस कर्मलोक में 'ब्रह्म' प्राप्ति का यह सर्वश्रेष्ठ मन्त्र जाना गया है– **यान्ति ब्रह्मलोकं सनातनम्**।

यह 'गायत्री मन्त्र' सूर्यदेव के सवितारूप की उपासना का वैदिक मन्त्र है। यह इस देहधारी पुरुषरूप को तेज प्रदान करनेवाला उपासना मन्त्र कहा गया है। यह प्राणोपासना का मन्त्र जाना गया है। सूर्य को परम ज्योति सम्पन्न होने के कारण **सूर्य** तथा अन्धकार से परे होने के कारण **सविता** कहते हैं-**'परं ज्योतिस्तमः पारे सूर्योऽयं सवितेति च।'** (सूर्यसिद्धान्त १२.१६) तैत्तिरीयोपनिषद् में श्रुतिकथन आया है कि "वह जो यह आत्मा (यहाँ) इस मनुष्य शरीर में है और ऐसा ही वह जो (वहाँ) सूर्य में स्थित है; वह एक

ही है- **'स यश्चायं पुरुषे यश्चासावादित्ये स एकः।'**(तैत्ति.उप. २.८.५ व ३.१०.४) यह देहस्थ आत्मा ही ब्रह्म, इन्द्र और प्रजापति कहा गया है- **'एष ब्रह्मैष इन्द्र एष प्रजापतिः'**। (ऐत.उप. ३.१.३) तथा स्मृतिकथन है कि- "इस एक ही परमात्मा को कोई अग्नि, कोई मनु और कोई प्रजापति कहते हैं"- **'एतमेके वदन्त्यग्निं मनुमन्ये प्रजापतिम्।'** (मनुस्मृति १२.१२३)

अतः इस वैदिकमन्त्र को इस पुरुषदेह में स्थित परम ज्योतिर्मय सूर्यरूप आत्मा अर्थात् अन्धकार से अतीत कर्तापुरुष परब्रह्मस्वरूप परमात्मा की उपासना का मन्त्र जाना गया है और जिस प्रकार द्युलोक स्थित सूर्य अपने 'द्वादश आदित्य' रूप में अपने ताप द्वारा सम्पूर्ण कर्म करता हुआ किये गये कर्म में लिप्त नहीं होता और न कर्म के बन्धन को ही अपनाता है; ठीक उसी प्रकार देहस्थ सूर्यरूप आत्मा (जीवात्मा) द्वारा 'द्वादश राशि समूह' आधारित इस प्रकट देहधारी पुरुष रूप में किये गये कर्म की निर्लिप्त, अभोक्ता और कर्मबन्धन रहित निर्विकार अवस्था प्राप्त करने का यह उपासना मन्त्र है।

अतः इस 'गायत्री मन्त्र' को पुरुषरूप जीवन-यात्रा में 'शिक्षा प्राप्ति' और 'ब्रह्मचर्य व्रत' के अनुपालन से सम्बन्ध रखने वाला माना गया है। इस 'गायत्री मन्त्र' को पितामह भीष्म द्वारा धारण की गयी प्रतिज्ञा की भाँति अपने नित्य-जीवन में अपनाकर ब्रह्मचर्यव्रत को धारण करते हुए अर्थात् - "मैं ब्रह्म का प्रकटरूप हूँ।" इस मनोभाव को अपनाकर सम्पूर्ण जीवन व्यतीत करने का आधार जाना गया है।

अविनाशी ब्रह्म का कर्ता-पुरुष रूप

छान्दोग्य उपनिषद् में श्रुति कथन आया है कि- "यह सम्पूर्ण जगत् निश्चय ब्रह्म ही है, यह सब उसी ब्रह्म से उत्पन्न होने वाला, उसी में लीन होने वाला और उसीमें चेष्टा करनेवाला है"- **'सर्वं खल्विदं ब्रह्म तज्जलानिति'।** (छा.उप. ३.१४.१) तथा प्रकट किया गया है कि- "हे श्वेतकेतो ! वह सत्यस्वरूप निर्विकार ब्रह्म (आत्मा) तुम स्वयं हो"- **'तत्त्वमसि श्वेतकेतो'।** (छा.उप. ६.८.४) तथा तैत्तिरीय श्रुति का कथन है कि- **'त्वमेव प्रत्यक्षं ब्रह्मासि।'** (तैत्ति.उप. १.१.१) अर्थात्- "तुम ही प्रत्यक्ष ब्रह्म हो।" यही बात यज्ञसंहिता यजुर्वेद आधारित ईशावास्य उपनिषद् में भी आयी है कि- "जो वह इस प्रकार का तेजोमय पुरुष है, वह मैं स्वयं हूँ"- **'योऽसावसौ पुरुषः सोऽहमस्मि।'** (ईशा.१६) तथा इस प्रकट देहधारी पुरुषरूप को अपनाकर गीतोक्त कथन है कि-

यज्ज्ञात्वा न पुनर्मोहमेवं यास्यसि पाण्डव।
येन भूतान्यशेषेण द्रक्ष्यस्यात्मन्यथो मयि ॥ (गीता ४.३५)

अर्थात्- "जिस तत्त्वज्ञान को जानकर फिर तू इस प्रकार मोह को नहीं प्राप्त होगा तथा 'हे पाण्डव !' जिस ज्ञान के द्वारा तू सम्पूर्ण भूतों को निःशेष भाव से पहले अपने में और पीछे मुझ सच्चिदानन्दघन परमात्मा में देखेगा।"

अथ सुस्पष्ट है कि यह देहधारी पुरुष इस मर्त्यलोक में अविनाशी ब्रह्म का प्रकट पुरुषरूप है; यह आकाशशरीर है और इस नश्वर देहधारी पुरुषरूप में वह हृदयस्थ प्रज्ञान स्वरूप अक्षर पुरुष परमात्मा स्वयं ही कर्म को अपनाने वाला बना हुआ है। जिसे गीतोक्त कथन-

न मे पार्थास्ति कर्तव्यं त्रिषु लोकेषु किञ्चन।
नानवाप्तमवाप्तव्यं वर्त एव च कर्मणि ॥ (गीता ३.२२)

अर्थात् - "हे पार्थ ! मुझे इन तीनों ही लोकों में न तो कुछ कर्तव्य है और न कोई भी प्राप्त करने योग्य वस्तु अप्राप्य है तो भी मैं कर्म में ही बरतता हूँ।" आधार पर सुगमता पूर्वक जाना जा सकता है।

मीमाँसा दर्शन का कथन है कि- "इस धरा पर मनुष्य मात्र का अस्तित्व सृष्टि-यज्ञ में कर्म को अपनाने के लिये है- **'पुरुषश्च कर्मार्थत्वात्।'** (मीमाँसा दर्शन ३.१.६) तथा मानवमात्र की इस कर्तापुरुष अवस्था को अपनाकर गीतोक्त कथन है कि- "निःसन्देह कोई भी मनुष्य किसी भी काल में क्षणभर मात्र के लिये भी बिना कर्म किये नहीं रहता।"- **'न हि कश्चित्क्षणमपि जातु तिष्ठत्यकर्मकृत्।'** (गीता ३.५) तथा इस कर्मरत-कर्ममय अवस्था को अपनाकर छान्दोग्य उपनिषद् में श्रुतिकथन आया है कि- "यह देहधारी पुरुष 'क्रतुमय' है अर्थात् यह कर्म निश्चय वाला है। इस लोक में यह जैसे निश्चयवाला होता है; वैसा ही यह यहाँ से मरकर जाने पर हो जाता है- **'अथ खलु क्रतुमयः पुरुषो यथाक्रतुरस्मिँल्लोके पुरुषो भवति तथेतः प्रेत्य भवति।'** (छा.उप. ३.१४.१) तथा बृहदारण्यक उपनिषद् में श्रुतिकथन आया है कि- "यह मनुष्य देव होकर देवों को प्राप्त करता है"- **'देवो भूत्वा देवानप्येति।'** (बृह.उप. ४.१.२)

अतः इस धरा पर मानवमात्र की यह जो कर्मनिश्चय वाली अवस्था है और अविनाशी ब्रह्म को प्राप्त करने का जो सर्वसुलभ सुगम मार्ग है, इससे सम्बन्ध रखने वाला यह गायत्री मंत्र है। यह अनवरत चलने वाले सृष्टिचक्र में दिवसकाल की जाग्रत और कर्म-चेष्टारत अवस्था से सम्बन्ध रखता है जिसे पौराणिक कथाओं तथा स्मृति ग्रन्थों में– **'चेष्टायै कर्मणामहः।'** (मनुस्मृति १.६५) अर्थात्- "दिवस कर्म करने के लिये है।" कहा जाकर प्रकट किया गया है।

वेदत्रयी और यह गायत्री मन्त्र

इस वेदमन्त्र के द्रष्टा ऋषि -जिनकी 'ब्रह्मत्व' प्राप्ति की अनेक गाथाएँ लोक प्रसिद्ध हैं, वे 'गाथिनो विश्वामित्र' तथा देवता 'सविता' कहे गये हैं। नित्य-उपासना का यह वेदमन्त्र ऋग्वेद संहिता में 'एक बार', यजुर्वेद यज्ञसंहिता में कुल 'चार बार' तथा सामवेद संहिता में 'एक बार' आया है। (ऋग्वेद ३.६२.१०; यजुर्वेद ३.३५, २२.९, ३०.२ व ३६.३ एवं सामवेद १३.४.१ (१) (१४६२)) तथा अथर्ववेद में गायत्री को वेदमाता कहा गया है । (अथर्ववेद १९.७१.१) इस प्रकार चारों ही वेद संहिताओं में किसी एक वेदऋचा-मन्त्र को इतना अधिक महत्व नहीं मिला जितना इस 'गायत्री मन्त्र' को। इस कारण 'ईश उपासना' का यह 'गायत्री मन्त्र ''वेदत्रयी' में अत्यन्त महत्व का हो गया है।

महर्षि वाल्मिकि कृत 'चौबीस हजार श्लोक' आधारित आदिकाव्य रामायण में वर्णन मिलता है कि महर्षि विश्वामित्र द्वारा दशरथनन्दन कौशलकुमार बालक श्रीराम और अनुज भ्राता श्रीलक्ष्मण को साथ-साथ शिक्षा प्रदान की गयी है; क्षरपुरुष और अक्षरपुरुष का बोध प्रदान करने वाली 'बला' और 'अतिबला' विद्या (= अपरा और परा विद्या) प्रदान की गयी है। (वा. रामायण १.२२.१३) अतः वेदत्रयी में आया 'ब्रह्म' उपासना का यह 'गायत्री मन्त्र' सगुण ब्रह्म पुरुषोत्तम श्रीराम और भ्राता (अनुज) श्रीलक्ष्मण दोनों ही भाईयों को एक साथ प्रदान की गयी शिक्षा से गहन सम्बन्ध रखने वाला प्रकट होता है और श्रीराम का सम्पूर्ण जीवन-चरित्र इस गायत्री मन्त्र की शिक्षा को अपने नित्य-आचरण में अपना लेना प्रकट करता है। तदनुसार इस 'गायत्री मन्त्र' आधारित जीवन-संदेश को नित्य-जीवन में अपना लेना ही सगुण ब्रह्म श्रीराम को नरोत्तम या पुरुषोत्तम कहे जाने का आधार बना प्रकट होता है।

यह सम्पूर्ण जगत् अङ्गुष्ठमात्र परमपुरुष परमात्मा का प्रकट रूप है- **'पुरुष एवेदं सर्वं।'** (ऋग्वेद १०.९०.२) उस परमेश्वर का यह प्रकट

पुरुषरूप त्रिपादूर्ध्व अवस्था में स्थिर द्योतमान और एक पाद अधोलोक अवस्था में पुनः होने वाला अर्थात् अविनाशी होकर भी पुनः-पुनः जन्म और मृत्यु-चक्र को अपनाने वाला है- **'त्रिपादूर्ध्व उदैत्पुंरुषः पादोंऽस्येहाभंवत्पुनंः।'** (ऋग्वेद १०.९०.४) अतः इस एकपाद अधोलोक पृथिवीलोक को मृत्युलोक कहा गया है - **'पृथिवी मरः'** । (ऐत.उप. १.१.२) तथा इस पुरुषरूप को अपनाकर तैत्तिरीय श्रुति का कथन है कि- "परब्रह्म परमात्मा सत्यस्वरूप, ज्ञानस्वरूप और अनन्तरूप है"-**'सत्यं ज्ञानमनन्तं ब्रह्म'।** (तैत्ति.उप. २.१.१) तथा गीतोक्त कथन है कि- **'अज्ञानेनावृतं ज्ञानं तेन मुह्यन्ति जन्तवः।'**(गीता ५.१५) अर्थात्- "अज्ञान से ज्ञान ढंका हुआ है, अतः उसी अज्ञान से सब प्राणी (= सब मनुष्य इस मर्त्यलोक में) मोहित हो रहे हैं।"

वेदवाणी त्रिपादूर्ध्व और एकपाद अधोलोक आधारित इस सत्य स्वरूप, ज्ञानस्वरूप और अनन्तरूप परमपुरुष परमात्मा का आख्यान विस्तार से करती है, पुनः-पुनः होने वाले अविनाशी सनातन संसारवृक्ष का बोध आच्छादित अवस्था में प्रदान करती है। अतः वेदवाणी में आये श्रुतिकथन को तीन भिन्न नाम– **'ऋचा'**, **'मन्त्र'** और **'छन्द'** नाम से जाना गया है। ऋग्वेद में आये श्रुतिकथन को **'ऋचा'** कहा गया है, यजुर्वेद की ऋचाओं को **'मन्त्र'** एवं सामवेद की ऋचाओं को **'छन्द'** रूप में जाना गया है। वेद ऋचाएँ अपने अभिव्यक्त स्वरूप में **'ऋत'**का आख्यान करती हैं। सृष्टिजगत् के धारणकर्ता **'शाश्वत सत्य'** को उजागर करती हैं। अतः एक पाद आधारित इस अधोलोक या इस मर्त्यलोक में मरणधर्मा मनुष्यमात्र के लिये वेदवाणी के- 'ऋचा', 'मन्त्र' और 'छन्द' आधारित इस 'त्रिपाद कथन' को सर्वकाल में धर्म के अनुपालन का आधार माना गया है- **'वेदोऽखिलो धर्ममूलम्'**। (मनुस्मृति २.६) तथा श्रीमद्भागवतपुराण में आया महर्षि वेदव्यास का कथन है कि–"वेदवाणी का कथन ही धर्म का मार्ग है; और जो कुछ वेदवाणी के विपरीत है वह सब अधर्म की श्रेणी में आता है।"

'वेद प्रणिहितो धर्मोः ह्यधर्मस्तद्विपर्ययः।'

(श्रीमद्भागवतपुराण ६.१.४०)

ऋग्वेद की ऋचाएँ 'पद्य' रूप को धारण करनेवाली तथा 'छन्द व्यवस्था' को अपनाती हैं। कुल 'दश मण्डल' में विभाजित ऋग्वेद की एक हजार से अधिक सूक्त में आयी दश हजार से अधिक वेद ऋचाएँ प्रमुखता से देव वर्णन करती और सृष्टि रहस्य को उजागर करती हैं। इन वेदऋचाओं को अपनाकर यह सृष्टि-विधान प्रकट किया गया है कि- "वेदऋचाएँ परम् व्योम् में अर्थात् चिदाकाश और बाह्याकाश आधारित परम व्योम् में सर्वत्र व्याप्त हैं। इन वेद ऋचाओं में सम्पूर्ण दैवीय शक्तियाँ सदैव निवास करती हैं। जो कोई पुरुष इन वेदऋचाओं को जानता नहीं, उसके लिये ये वेदऋचाएँ क्या करेंगी ? किन्तु जो पुरुष इन ऋचाओं को जानता है, वह इन वेदऋचाओं में स्थित हो जाता अर्थात् वह त्रिपादूर्ध्व पुरुष को प्राप्त करता हुआ समस्त दैवीय शक्तियों को धारण करता और उनका भोग करता है"-

ऋचो अक्षरें परमे व्योंमन् यस्मिंन् देवा अधि विश्वें निषेदुः।
यस्तन्न वेद किमृचा करिष्यति य इत् तद् विदुस्त इमे समांसते॥

(ऋग्वेद १.१६४,३९; अथर्ववेद ९.१५.१८ व श्वेता.उप. २.८)

यह 'गायत्री मन्त्र' सर्वप्रथम ऋग्वेद तृतीय मण्डल के बासठवें सूक्त में आया है। अतः ईश उपासना का यह गायत्री मन्त्र मूलतः 'ऋचा' रूप को धारण करता है तथा इस वेदऋचा के अर्थ (धर्म-सन्देश) को जानकर (= नित्य-जीवन में अपनाकर) यह देहधारी पुरुष 'अक्षर पुरुष' के आकाश शरीर में स्थित हो जाता है। यह देवत्व को धारण करके अमरता को प्राप्त करता और इस धरा पर समस्त दैवीय शक्तियों का भोग करता है। और वह इस मनुष्यलोक में देवपुरुष कहा जाता है।

यहाँ यह उल्लेख करना प्रासंगिक और समीचीन है कि मनीषी ब्रह्मज्ञ ऋषियों द्वारा '**ऋत**' और '**सत्य**' में परस्पर भेद जाना गया है। जिस प्रकार किसी पक्षी के दोनों पंख एक रूप और समान सामर्थ्य होकर भी पृथक्-पृथक् कहे और दोनों उभयरूप जाने जाते हैं तथा कोई भी पक्षी किसी एक पंख को अपनाकर उड़ नहीं सकता; अनन्त आकाश में अपनी यात्रा कर नहीं सकता, वही अवस्था सांसारिक जीवन में 'ऋत' और 'सत्य' की होती

है। अतः 'ऋत' और 'सत्य' के आख्यान हेतु श्रुति दो भिन्न पद साथ-साथ अपनाती है–**'ऋतं वच्मि। सत्यं वच्मि।'** (श्रीगणपति अथर्वशीर्ष-२) **'ऋतं वदिष्यामि। सत्यं वदिष्यामि।'** (तैत्ति.उप. १.१.१) और इस उभयरूप को अपनाकर निरापद जीवन-यात्रा का सर्वसुलभ मार्ग प्रकट करती है। अतः सर्वनियन्ता परमेश्वर का - 'प्रकृति का नियामक विधान - जो है, जैसा है और जो समष्टिपरक अवस्था में सब प्राणियों (मनुष्यों) के लिये एक रूप है वह 'ऋत' जाना गया है; तथा प्रकृति का नियामक विधान- जो है, जैसा है और जो स्वयं के द्वारा जिस प्रकार या जिस रूप में जाना और व्यष्टिपरक अवस्था में स्वयं के द्वारा अनुभव किया गया है, वह 'सत्य' कहा गया है। अतः प्रकृति का जो 'नियामक सत्य' सार्वभौम है, जो सब प्राणियों (मनुष्यों) के लिये एकरूप है, तथा समान परिस्थिति में जो सब प्राणियों (मनुष्यों) द्वारा एकरूप जाना एवं अनुभव किया जाता है और जो समष्टिपरक है- वह 'ऋत' कहा गया है तथा जो व्यष्टिपरक रूप में जाना और अनुभव किया जाकर आचरण में अपनाया गया है, वह 'सत्य' जाना गया है।

अतः नित्य-आचरण में 'ऋत' और सत्य को अपने उभयरूप में साथ-साथ अपना लेना ही जीवन-यात्रा का सुगम मार्ग होता है, इस देहस्थ पुरुषरूप पक्षी के लिये।

स्मरणीय है कि उपनिषद् वाणी में श्रुति द्वारा इस मानवदेह को **'सुकृत'** कहा गया है। (ऐतरेय.उप. १.२.३) तथा इस नश्वर पुरुषदेह में स्थित अविनाशी 'विज्ञानमय पुरुष' (बोधमय-जाग्रत पुरुष) के पक्षीरूप को अपनाकर कथन किया गया है कि-

'तस्य श्रद्धैव शिरः। ऋतं दक्षिण पक्षः। सत्यमुत्तर पक्षः।
योग आत्मा। मह पुच्छं प्रतिष्ठा। तदप्येष श्लोको भवति।'

(तैति.उप. २.४.१)

अर्थात् – "उस पुरुषरूप पक्षी का श्रद्धा ही सिर है। ऋत दाहिना पँख है। सत्य बाँया पँख है। योग आत्मा है तथा मह पुच्छ रूप में प्रतिष्ठा है अर्थात्

इस पुरुषपक्षी का ब्रह्मरूप होना ही विचरण का आधार है; उसका यह श्लोक होता है।"

इस प्रकार श्रुति द्वारा मनुष्य-जीवन में धारण की गयी 'श्रद्धा' को इस पुरुष रूप की पहचान का आधार, नित्य-जीवन में 'ऋत' और 'सत्य' का अनुपालन करना ही गतिमान अवस्था को अपना लेना, यही देहस्थ अजर-अमर आत्मा से इस पुरुषरूप जीवन का एकत्व होना और 'मह' व्याहृति' द्वारा संसूचित ब्रह्म ही इस पुरुषरूप की प्रतिष्ठा होना कथन किया गया है तथा इस प्रकार का यह इस प्रज्ञानमय (विज्ञानमय-गुडाकेश) पुरुष का "पूर्ण पवित्र परिचय" (श्लोक) होना प्रकट किया गया है। इस अवस्था को ही स्मृतिग्रन्थ श्रीमद्भगवद्गीता में- **'श्रद्धामयोऽयं पुरुषो यो यच्छ्रद्धः स एव सः।'** (गीता १७.३) अर्थात्- "यह देहधारी पुरुष श्रद्धामय है, इसलिये जो पुरुष जैसी श्रद्धा वाला है, वह स्वयं भी वही है।" कहा जाकर उपदेश किया गया है। अतः वेदऋचा आधारित इस 'गायत्री मन्त्र' के समष्टिपरक अर्थ को जानकर और उस अर्थ को व्यष्टिपरक रूप में अपने जीवन में अपनाकर यह देहधारी पुरुष अपने सर्वगत सूर्यरूप अविनाशी आत्मा को प्राप्त करता है। यह अपने ब्रह्मस्वरूप में स्थित होता है और द्‌युलोक में स्थित सूर्य की भाँति यह देहधारी पुरुष रूप में अपनी लौकिक जीवनयात्रा सम्पन्न करता हुआ 'कबड्डी के खेल में उभयपक्ष के खिलाड़ी की भाँति' किसी प्रकार का कोई कर्मबन्धन अपनाता नहीं है। अथ 'ऋत' और 'सत्य' के समष्टीपरक स्वरूप को नित्य-जीवन में अपना लेना ही इस मर्त्यलोक में ब्रह्म की प्राप्ति का सर्वसुलभ और समुपलब्ध आधार होता है। (टीप-'ऋत' और 'सत्य' के विस्तृत विवेचन हेतु कृति- तैत्तिरीयोपनिषद् (आनन्द टीका), शिक्षावल्ली, प्रथम अनुवाक एवं चतुर्थ अनुवाक का विवेचन पठनीय।)

यजुर्वेद में आयी वेदऋचाओं को **'मन्त्र'** रूप में जाना गया है। कठोपनिषद् में श्रुति कथन आया है कि- "सब प्राणियों के देह-रूप में छिपा हुआ यह आत्मा (= सर्वरूप परमात्मा) सूक्ष्मदर्शी-तत्त्वज्ञ पुरुषों द्वारा अतितीक्ष्ण बुद्धि से सूक्ष्मता को अपनाकर देखा जाता (= प्राप्त किया जाता) है"- **'दृश्यते त्वग्रयया बुद्धया सूक्ष्मया सूक्ष्मदर्शिभिः॥'** (कठोपनिषद्

१.३.१२) अतः यजुर्वेद की ऋचाएँ यज्ञमय जीवन हेतु सबके लिये सर्वकाल में चिन्तन-मनन की सामग्री बनी हुई हैं। यह 'गायत्री मन्त्र' यजुर्वेद संहिता में कुल 'चार बार' आया है। प्रथम तीन बार यह ऋग्वेद में आयी वेदऋचा रूप में (यजुर्वेद ३.३५, २२.९ व ३०.२) तथा चौथी बार यह 'भूर्भुवः स्वः' इन तीनों ही व्याहृति के साथ आया है; (यजुर्वेद ३६.३) जिसे हमारे द्वारा 'ब्रह्म उपासना' हेतु अपनाया गया है। यजुर्वेद में यज्ञकर्म से सम्बन्धित वेदऋचाएँ (श्रुतिमन्त्र) बहुतायत में आयी हैं। अतः यजुर्वेद संहिता को 'यज्ञसंहिता' रूप में जाना गया है तथा इसे 'भारतीय यज्ञ-संस्कृति' का आधार माना गया है। यजुर्वेद में आया श्रुतिकथन 'गद्य' और 'पद्य' दोनों ही रूपको अपनाता है।

अतः भाषाजगत में गद्य का उद्भव यजुर्वेद से माना जाता है। श्रीमद्भगवद्गीता में "सर्वगत अविनाशी ब्रह्म को अपनी निर्विकार अवस्था में सदैव यज्ञ में प्रतिष्ठित होना उपदेश किया गया है- **'सर्वगतं ब्रह्म नित्यं यज्ञे प्रतिष्ठितम्।'** (गीता ३.१५) श्रुति इस पुरुषदेह में स्थित प्राण को 'यजुः' होना कथन करती है- **'प्राणो वै यजुः'**। (बृह.उप. ५.१३.२) 'यजुः' अर्थात्- "देहस्थ 'सर्वरूप अक्षर पुरुष' से सम्बद्धता को प्रकट करनेवाला महीन सूत्र' होना कथन करती है। प्राण को 'उष्ण' होना प्रकट करती है। इसे देवताओं के लिये उत्तम अग्नि होना कथन करती है- **'देवानामसि वह्नितमः'**। (प्रश्न.उप. २.८) अतः यज्ञसंहिता यजुर्वेद में 'चार बार'आने के कारण 'ब्रह्म उपासना' का यह 'गायत्री मन्त्र' इस कर्मलोक में मनुष्यमात्र के लिये यज्ञमय जीवन और कर्मबन्धन से रहित निर्विकार ब्रह्मस्वरूप को प्राप्त करने से सम्बन्ध रखनेवाला है। और यह प्राणोपासना से अर्थात् यह इस मर्त्यलोक में मनुष्य-जीवन की सार्थकता से सम्बन्ध रखता है।

ऐतरेयोपनिषद् में श्रुति कथन आया है कि उस परमेश्वर द्वारा लोकों की संरचना करने के उपरान्त इस पुरुषरूप का सृजन **'लोकपाल'** रूप में किया है तथा इस मनुष्यदेह में वह परमेश्वर स्वयं प्रवेश करके स्थित हो गया है। (ऐत.उप. १.१.३व १.३.१२) अथ स्पष्ट है कि इस देहधारी पुरुष रूप में वह परमात्मा स्वयं 'लोकपाल' बना हुआ है और अपने सर्वगत एकल स्वरूप में वह 'प्रजापति' कहा और जाना गया है। अतः जिस प्रकार कोई न्यायाधीश

'स्वकर्म निष्पादन' के प्रत्येक अवसर पर प्रकरण से सम्बन्धित विधिक प्रावधान (उपबन्ध) या विधि के आदेश को देखता और उस पर पुनः-पुनः विचार करता है एवं उसका अनुपालन करता हुआ वह अपना निर्णय सुनाता है; ठीक उसी प्रकार यज्ञकर्म से सम्बन्धित यह 'गायत्री मन्त्र' स्वकर्म या 'नियतकर्म' सम्पन्न करते हुए प्रत्येक अवसर पर देखने अर्थात् विचार करने और नित्य-आचरण में अपनाने योग्य विषय सामग्री बना हुआ है। और, यह लोकपाल रूप में स्वयं की असङ्ग अवस्था में किये गये कर्म को किसी न्यायाधीश की भाँति इस पुरुषरूप के लिये स्वयं की अभोक्तावस्था में बन्धनकारी बनाता नहीं है। वेदवाणी और उपनिषद वाणी में आया श्रुतिमन्त्र–

कुर्वन्नेवेह कर्माणि जिजीविषेच्छतँ समाः ।
एवं त्वयि नान्यथेतोऽस्ति न कर्म लिप्यते नरे ॥

(यजुर्वेद ४०.२व ईशा. २)

(पदच्छेद और शब्दार्थ) – (**कुर्वन्**) करते हुए; (**एव**) ही; (**इह**) यहाँ इस जगत में; (**कर्माणि**) कर्मों को; (**जिजीविषेत्**) जीने की इच्छा करना चाहिये; (**शतम्**) सौ वर्षों तक (गूढार्थ = आयु की पूर्णता तक); (**समाः**) समता के भाव में स्थित रहकर; (**एवं**) इस प्रकार; (**त्वयि**) तुझ पुरुषरूप के लिये; (**न**) नही है; (**अन्यथा**) अन्य कोई दूसरा मार्ग; (**इतः**) इस जगत में; (**अस्ति**) अस्तित्ववान; (**न**) नहीं; (**कर्म**) कर्म; (**लिप्यते**) लिप्त होता है; (**नरे**) मनुष्य में।

अर्थात् – "समता के भाव में स्थित रहकर ही यहाँ इस जगत में कर्मों को करते हुए सौ वर्षों तक (गूढ़ार्थ = आयु की पूर्णता तक) जीने की इच्छा करना चाहिये । तुझ पुरुष रूप के लिये इसके अतिरिक्त अन्य कोई दूसरा मार्ग नही है। इस प्रकार किया गया कर्म तुझ मनुष्यरूप में लिप्त नहीं होता ।" इस अवस्था को नित्य-जीवन में अपनाने और आत्मसात् करने में हमारी सहायता करता है।

यहाँ यह स्मरण करना समीचीन है कि सकल जगतरूप की रचना करके वह परमात्मा स्वयं उस सृजनकार्य में प्रवेश करके स्थित हो गया है- **'तत्सृष्ट्वा तदेवानु प्राविशत्'।** "वह सत्यस्वरूप परमात्मा जगतरूप को अपनाकर 'सत्य' और 'असत्य' दोनों ही हो गया है। यह सब कुछ हो गया है"- **'सत्यं चानृतं च सत्यमभवत्। यदिदं किंच।'** (तैत्ति.उप. २.६.१) तथा इस उभयरूप अवस्था में 'वह आप ही अपना मित्र और आप ही अपना शत्रु भी हो गया है'- **'आत्मैव ह्यात्मनो बन्धुरात्मैव रिपुरात्मनः।'**(गीता ६.५) देहस्थ अवस्था में वह स्वकर्म की 'किया जाने योग्य कर्म' और 'न किया जाने योग्य कर्म' दोनों ही अवस्था को, मित्र और शत्रु रूप में धारण करने और अपनाने वाला हो गया है। चन्द्रमा की भाँति स्वकर्म की कृष्णपक्ष अवस्था को अपनाकर वह स्वयं की क्षयकारी (अधोगामी) अवस्था को तथा स्वकर्म की शुक्लपक्ष अवस्था को धारणकर वह पूर्णता को प्राप्त कर अपने धवलरूप अव्यय आत्मा को, ज्योतिर्मय परमात्मा को प्राप्त करनेवाला है। तथा स्वकर्म की इस उभयरूप अवस्था में वह परब्रह्म परमात्मा सत्य की सत्ता (अस्तित्व) को अपनाने वाला है- **'सत्यमेव जयति नानृतं।'** (मुण्ड. उप. ३.१.६) और इस हेतु अर्थात् 'सद्' और 'असद्' के निर्धारण हेतु वह परमात्मा स्वयं ही 'सत्य का भी सत्य' हो गया है- **'सत्यस्य सत्यमिति'**। (बृह.उप. २.१.२०) चूंकि यह सकल जगत् कर्मलोक रूप में जाना गया है तथा "इस पुरुषरूप का अस्तित्व यहाँ कर्म करने के लिये है"- **'पुरुषश्च कर्मार्थत्वात्।'**(मीमाँसा दर्शन ३.१.६) तथा गीतोक्त कथन है कि "इस पुरुषरूप का अधिकार केवल कर्म का निष्पादन करने में है, कर्म का फल प्राप्त करने में कदापि नहीं"- **'कर्मण्येवाधिकारस्ते मा फलेषु कदाचन।'** (गीता २.४७) तथा निर्देश है कि- **'सहजं कर्म कौन्तेय सदोषमपि न त्यजेत्।'** (गीता १८.४८) अर्थात्- "हे कौन्तेय ! दोषयुक्त होने पर भी सहज कर्म (नियत कर्म या कर्तव्य कर्म) को त्यागना नहीं चाहिये।" इस कारण यहाँ इस कर्मलोक में समस्त कर्म अपनी निर्विकार पूर्णता हेतु एक निर्धारित प्रक्रिया और परिणाम को अपनाने एवं प्रकट करनेवाला होता है। अतः इस कर्मलोक में निरापद जीवन-यात्रा हेतु सम्पूर्ण कर्म सर्वत्र ही नियमन की 'सप्त मर्यादाओं' से अर्थात् "आचरण के सात नियमों" से बँधा हुआ है।

जागतिक जीवन से सम्बद्ध इस उभयरूप अवस्था को अपनाकर, इस सृष्ट-रहस्यको प्रकट करते हुए सद्‌गुरुदेव वासुदेव श्रीकृष्ण का श्रीमद्भगवद्गीता में आया उपदेश है कि-

नासतो विद्यते भावो नाभावोविद्यते सतः।
उभयोरपि दृष्टोऽन्तस्त्वनयोस्तत्त्वदर्शिभिः॥ (गीता २.१६)

अर्थात्- "(यहाँ इस जगत् में) असत् वस्तु की तो सत्ता नहीं है और सत् का अभाव नहीं है। मनीषी तत्त्वविद् पुरुषों द्वारा यहाँ लोक-जीवन में सत् और असत् इन दोनों का सहअस्तित्व अपने उभयरूप में देखा है।"

इस प्रकार स्व-कर्म की निरापद अवस्था को धारण हेतु वह पुरुष इस कर्मक्षेत्र में सर्वत्र ही स्व-कर्म या नियतकर्म को अपनाकर 'चार' प्रकार के 'करने योग्य कर्म' (To do) की किन्हीं भी परिस्थितियों में उपेक्षा नहीं करनेवाला और 'तीन' प्रकार के 'नहीं करने योग्य कर्म' (Not to do) को कदापि न करनेवाला हो गया है। अतः इस मर्त्यलोक (= कर्मलोक या मनुष्यलोक) में स्व-कर्तव्य-कर्म से जुड़कर उपरोक्तानुसार उभयरूप 'सप्त मर्यादाओं' का 'स्वयं निर्धारण करना' और स्वकर्म से जुड़ी हुई अवस्था में उन पालन करने योग्य चार मर्यादाओं (To do) का अनिवार्य रूप में पालन करना और तीन न करने योग्य मर्यादाओं (Not to do) का कदापि उलंघन नहीं करना ही जीवन की सुरक्षा (पद, प्रतिष्ठा, जीवन आदि की रक्षा) हेतु इस एक पाद अधोलोक में यज्ञमय जीवन का निरापद यात्रा-मार्ग होता है। इस अवसर पर यहाँ यह स्मरणीय है कि महर्षि मनु द्वारा धर्म के चार लक्षण क्रमशः– वेद, स्मृति, सदाचार और आत्मतुष्टि होना कथन किया गया है-

वेदः स्मृतिः सदाचारः स्वस्य च प्रियमात्मनः।
एतच्चतुर्विधं प्राहुः साक्षाद्धर्मस्य लक्षणम् ॥ (मनुसमृति २.१२)

अथ कर्म से सम्बद्ध इन 'सप्त मर्यादाओं' को लोक-जीवन में आत्म-रक्षा हेतु 'लक्ष्मण रेखा' रूप में अपनाया जाना चिर अपेक्षित होता है।

स्व-कर्म से जुड़ी हुई इन "करने योग्य (To do) और न करने योग्य (Not to do) सप्त मर्यादाओं" को निम्न उदाहरण द्वय द्वारा सुगमतापूर्वक

जाना और स्वाभिमान या अस्मिता की रक्षा हेतु अपनाया जा सकता है। प्रथम पौराणिक उदाहरण राजा शान्तनु और देवी गंगा के सहजीवन का है; जिसमें हमें अपने नवजात पुत्रों का परित्याग करते हुए देखकर राजा शान्तनु द्वारा अपने आठवें पुत्र के जन्म अवसर पर आपत्ति करने (टोकने) पर देवी गंगा द्वारा अपने सद्यजात शिशु (गंगापुत्र भीष्म) को छोड़कर चले जाने अर्थात् सहजीवन के परित्याग का विवरण जानने को मिलता है तथा द्वितीय आधुनिक उदाहरण महामना पण्डित मदनमोहन मालवीय के जीवन से जुड़ा हुआ जानने को मिलता है। पण्डित मदनमोहन मालवीय काँकेर के राजा के यहाँ दीवान का कार्य करने हेतु इस शर्त पर तैयार हुए कि "जब राजा साहब नशे में होंगे या नशा कर रहे होंगे, तब वे (राजा साहब) उन्हें बुलायेंगे नहीं और उनसे कोई बात नहीं करेंगे।" एक समय राजा साहब जब नशा कर रहे थे, तब उन्होंने पण्डित मदमोहन मालवीय जी को बुलवाया और चर्चा की। इस पर दूसरे ही दिन अपनी सेवा से त्यागपत्र देकर महामना श्रीमदनमोहन मालवीय अपने निवास को लौट आये और बड़ी मान-मुनव्वल और अधिक वेतन के प्रस्ताव-प्रलोभन उपरान्त भी पुनः सेवाकार्य करने हेतु तैयार नहीं हुए। अथ विवाह के 'सप्तपदी संस्कार' से जुड़ी हुई सप्त मर्यादाएँ लोक-जीवन में इस अनिवार्यता से सम्बन्ध रखने वाली प्रकट होती हैं।

इस पुरुषरूप को अपनाकर वेदवाणी में श्रुतिकथन आया है कि "इस देहधारी पुरुषरूप द्वारा जन्म लेने के साथ-साथ ही इसकी भाग्यलक्ष्मी जन्म ले लेती है।" (अथर्ववेद ७.११५.३) तथा यह आत्म-रहस्य प्रकट किया गया है कि –

'अहमिन्द्रो न परां जिग्य इद् धनं न मृत्यवेऽवं तस्थे कदां चन ।'

(ऋग्वेद १०.४८.५)

अर्थात्- "मैं इन्द्र हूँ; न धन से, न मृत्यु से यहाँ (इस मरणधर्मा अधोलोक में) कदाचित पराजित किया जाने वाला।" इस लोक में असद् को अपनाकर ही यह पुरुष यहाँ 'धन के प्रलोभन' या 'मृत्यु के भय' को अपनाता है और पराभव को प्राप्त करता हुआ **"क्रीत दास की भाँति"** न करने योग्य (Not to do) कर्म को करनेवाला हो जाता है तथा परिणाम स्वरूप पद, प्रतिष्ठा

आदि से पतन को प्राप्त करता और कारागार का भोग करते है। श्रीमद्भगवद्गीता में आया परब्रह्म श्रीकृष्ण का कथन है कि "इस लोक मैं सभी कर्म धुएँ से आवृत्त अग्नि की भाँति दोषमय हो गये हैं"- **'सर्वारम्भा हि दोषेण धूमेनाग्निरिवावृताः।'** (गीता १८.४८) अतः स्पष्ट है कि स्वाभिमान की रक्षा और सुरक्षित-सुखमय जागतिक जीवन (आजीविका) हेतु इस कर्मलोक में सर्वत्र ही कर्म-निष्पादन से पृथक्-पृथक् जुड़ी हुई इन 'सप्त मर्यादाओं' का निर्धारण करना और उनका नित्य-जीवन में दृढ़तापूर्वक अनुपालन करना आवश्यक होता है। श्रीरामकथा रामायण में आया कौशल्यासुत, दशरथनन्दन श्रीराम का कथन कि - **'रामो द्विर्नाभिभाषते'** (वा.रामायण २.१८.३०) अर्थात् - "राम दो तरह की बात नहीं करता ।" अर्थात् "वचन और कर्म की भिन्नता को कभी अपनाता नहीं।" आधारित वनवासी जीवन में 'कुश घास' को अपना लेना आदि स्व-निर्धारित मर्यादाओं का नित्य-जीवन में कठोरतापूर्वक अनुपालन करना ही उन्हें "मर्यादा पुरुषोत्तम" कहे जाने का आधार होना प्रकट होता और जानने तथा कहने में आता है।

इस प्रकार कर्म के 'सद्' और 'असद्' आधारित 'शुक्ल' और 'कृष्ण' उभयरूप को, स्वकर्म की धवल और कृष्ण तथा लोकहितकारी और लोकक्षयकारी अवस्था को जानने और नित्य-जीवन में अपनाने हेतु यज्ञससंहिता यजुर्वेद में आया श्रुतिकथन सदैव मनन करने योग्य होने से वेदऋचाओं को 'मन्त्र' संज्ञा को अपनाने वाला माना गया है। तथा श्रुति द्वारा स्थूल अग्नि आधारित यज्ञकर्म को आरम्भतः 'अनृत' कहा जाकर, इसे सद् (सत्य) की उपासना हेतु बोधप्राप्ति का प्रतीक-साधन कहा गया है- **'इदमहमनृतात् सत्यमुपैमि।'** (यजुर्वेद १.५)

अतः 'ब्रह्म उपासना' का यह 'गायत्री मन्त्र' स्वकर्म से जुड़ी हुई यज्ञरूप अवस्था में स्वकर्म के निष्पादन हेतु प्रत्येक अवसर पर 'चिन्तन और मनन की सामग्री' बना हुआ है।

सामवेद में यह 'गायत्री मन्त्र' कुल 'एक बार' आया है। सामवेद में आये श्रुतिकथन को **'छन्द'** कहा गया है और वेदऋचाओं को 'छन्द' आधारित रसमय अवस्था में गान करने योग्य माना गया है। लोक-व्यवहार

में 'स्वर भेद' शब्द का अर्थ-भाव परिवर्तन कर देता है। परब्रह्म परमात्मा को स्मरण करते हुए वेदऋचाओं के सस्वर रसमय गान को ही 'सामगान' रूप में जाना गया है। श्रुति द्वारा समस्त स्वर को देवराज इन्द्र (= प्रशासनकर्ता) का आत्मा कहा गया है- **सर्वे स्वरा इन्द्रस्यात्मनः।** (छा.उप. २.२२.३) "इन्द्र का आत्मा" अर्थात् इस एकपाद मरणधर्मा अधोलोक में सुव्यवस्था हेतु "लोक प्रशासन का आधार" होना प्रकट किया गया है। अतः वेदऋचाओं के छन्दगान को आच्छादित अवस्था में धारण किये गये रसमय स्व-आत्मस्वरूप का बोध प्रदान करनेवाला जाना गया है। स्व-कर्म को रसमय अवस्था में अपनाकर देवताओं ने छन्द द्वारा स्वयं को आच्छादित कर लेना कथन किया गया है। तैत्तिरीय उपनिषद् में श्रुति द्वारा किये गये कर्म की जो सुकृत अवस्था है, उसे ही उस परमात्मा का रसमय स्वरूप होना कथन किया है- '**'यद्वै तत्सुकृतं रसो वै सः**'।

अमृत पुरुष ब्रह्म को 'रस' रूप होना कथन किया गया है-'**रसोऽमृतं ब्रह्म**'। (तैत्ति.उप. २.७.१) अतः जिस प्रकार कोई पुरुष अपनी ज्ञानमय अवस्था में स्वकर्म को अपनाता और स्वतःस्फूर्त गान करने लगता है और वह मन की प्रसन्न रसमय अवस्था के साथ-साथ ही आत्मिक आनन्द को प्राप्त करता हुआ 'नवलता' का अनुभव करता है; ठीक उसी प्रकार यह 'गायत्री मन्त्र' मनुष्यमात्र (स्त्री-पुरुषमात्र) को अपने द्वारा किये गये कर्म की बोधमय सुकृत अवस्था में मन की प्रसन्नता, स्फूर्ति और आत्मिक आनन्द तथा कर्मबन्धन से मुक्त 'नवलता' को प्राप्त करने से सम्बन्ध रखता है। इसके साथ-साथ यह रसमय गान जीवनरस प्रदान करता एवं स्व-आत्म-स्वरूप में अर्थात् सच्चिदानन्दघन परमात्मा में स्थित करता और आप्तकाम अवस्था प्रदान करता है। अतः कर्मरत अवस्था में किसी नाविक समूह या श्रमिक – महिला समूह द्वारा गान को अपना लेने की प्राचीन-पुरातन परम्परा को हम आज भी विद्यमान होना जानते और पाते हैं।

यह सम्पूर्ण जगत् परमपुरुष परमात्मा का प्रकट पुरुषरूप जाना गया है- '**पुरुंष एुवेदं सर्वं।**' (ऋग्वेद १०.९०.२) वह परमात्मा सकल विश्वरूप को धारण करनेवाला है- '**पुरुष एवेदं विश्वम्।**' (मुण्ड.उप. २.१.१०) नश्वर शरीर

को धारण करके वह - नाम, रूप और कर्म को अपनाने वाला तथा देहस्थ अवस्था में वह अजन्मा, अनश्वर अवस्था को धारण करनेवाला है। इस प्रकट सकल जगत् को अपनाकर महर्षि वेदव्यास का कथन है कि 'शत' और 'सहस्र' शब्द और सब गणनाएँ अक्षयपुरुष को प्रकट करती हैं- **'शत शतसहस्रन्तु सर्वमक्षयवाचकम्'**। (महाभारत, आदिपर्व २१६.८) किन्तु बहिर्मुख भोगासक्त अन्नरसमय स्व-चेतना को धारण करता हुआ कोई पुरुष परस्पर एकत्व को देखता और अपनाता नहीं; सबमें उस एक परमात्मा को सम्मुख अवस्था में उपस्थित देखता नहीं। अतः देहधारी नश्वर पुरुषरूप और देहस्थ अक्षरपुरुष आधारित इस उभयरूप 'एकल अवस्था' को साथ-साथ प्रकट करने हेतु सब मनीषी ब्रह्मज्ञ ऋषियों द्वारा एक 'विशिष्ट शब्द संयोजना' के अन्तर्गत वेदऋचाओं के छन्द-गान रूप में 'कुल छः' संख्यावाची शब्द- **'एकः'**, **'एका'**, **'एकम्'**, **'दश'**, **'शत'** और **'सहस्र'** शब्द को सतत् परिवर्तनशील नश्वर जगतरूप का और अनश्वर अचल-स्थिर आत्मा का एक साथ भावबोध एवं परिचय प्रदान करनेवाला बनाया गया है। एक साथ 'विद्या' और 'अविद्या' अर्थात् 'ज्ञान का आलोक' प्रदान करनेवाली'परा विद्या' या 'ब्रह्म विद्या' और 'अज्ञान का अंधकार' रूप में जानी गयी 'अपरा विद्या' को साथ-साथ धारण करने और अविनाशी तथा विनाशशील-**'सम्भूतिं च विनाशं च'** (ईशा. १४) को सर्वकाल में प्रकट करनेवाला और सांसारिक जीवन-यात्रामें उपयोगी तथा अमृतपुरुष परमात्मा को प्राप्त करने का ज्ञानमय (बोधमय) साधन बनाया गया है। वेद, वेदाङ्ग, उपनिषद् और अन्य प्राचीन ग्रन्थों में समाहित आर्षज्ञान को प्रकट करने का माध्यम एवं छन्द को छन्द कहे जाने- **'छन्दांसि छन्द'** का आधार बनाया गया है। तदनुसार वेदऋचाओं के छन्दगान रूप में इन 'कुल छः' संख्यवाची शब्द के प्रकट शाब्दिक गणनात्मक अर्थ को 'अविद्या' कहा जाकर इस गणनात्मक अर्थ के अतिरिक्त निहितार्थ (गूढ़ार्थ या कूट अर्थ) रूप में संख्यावाची शब्द - **'एकः'** शब्द को परमपुरुष परमात्मा का; **'एका'** शब्द को परमाप्रकृति का; **'एकम्'** शब्द को पुरुष और प्रकृति के उभयरूप संयुक्त स्वरूप का; **'दश'** शब्द को उस परमेश्वर द्वारा दृश्य और अदृश्य अवस्था में धारण किये गये 'इकाई रूप' साकार, सगुण, आयतनवान, बोधगम्य, सम्यक् स्वरूप

का;**'शत'** शब्द को प्रकट ईकाई रूप में सर्वत्र धारण किये गये 'पूर्णता के गुण' का तथा **'सहस्र'** शब्द को बहुवचन आधारित संख्या दो से अधिक बहुत, अनेक, अनन्त, सर्वरूप का वाचक बनाया जाकर वेदऋचाओं में समाहित 'विद्या' या 'परा विद्या' को 'श्रुतज्ञान परम्परा' में प्रकट करनेवाला बनाया जाकर वेदऋचाओं के 'छन्द-गान' में 'सूत्र-शब्द' (***maxims***) रूप में उपयोग किया गया है। अपने प्रकट शाब्दिक गणनात्मक अर्थ द्वारा 'अविद्या' या 'अपरा विद्या' (अज्ञान का अंधकार) और इस निहितार्थ (= कूट अर्थ या गूढ़ार्थ) द्वारा 'विद्या' या 'परा विद्या' या ब्रह्म विद्या (ज्ञान का आलोक) को सर्वकाल में साथ-साथ धारण करने और प्रकट करनेवाला तथा बोध एवं प्रतिबोध का उभयरूप आधार बनाया गया है। जिसे श्रुति द्वारा 'प्रतिबोध' को अपनाकर निश्चय ही अमृतपुरुष को प्राप्त कर लेना- **'प्रतिबोधविदितं मतममृतं हि विन्दते'**(केन.उप. २.४) कथन किया गया है तथा "विद्या और अविद्या दोनों को साथ-साथ जानकर 'अविद्या' द्वारा मृत्यु से पार सुखमय सांसारिक जीवन व्यतीत करना और 'विद्या' द्वारा मरणोपरान्त अमृतपुरुष को प्राप्त कर लेना" प्रकट किया गया है-

विद्यां च अविद्यां च यस्तद् वेदोभयँ, सह।
अविद्यया मृत्युं तीर्त्वा विद्ययामृतमश्नुते ॥ (ईशा. ११)

इस निहितार्थ को अपनाकर विनाशशील के भोग द्वारा सांसारिक जीवनयात्रा को पूर्ण करने और अविनाशी अक्षरपुरुष के बोध द्वारा अमृतत्व का भोग करना कथन किया गया है- **'सम्भूत्यामृतमश्नुते'** (ईशा. १४) तथा मनीषी विद्वान् पुरुषों द्वारा 'अपरा विद्या' (अविद्या) को 'बला' अर्थात् 'बलशाली' और और 'परा विद्या' (विद्या) को 'अतिबला' अर्थात् 'अति बलशाली' होना कथन किया गया है। यह निहितार्थ ही पुरातनकाल से प्रचलित 'श्रुतज्ञान' की "गुरु-शिष्य परम्परा" में अक्षरपुरुष को प्राप्त करने हेतु 'परा विद्या' आधारित "ब्रह्मज्ञान प्राप्ति" का आधार तथा अनवरत चलने वाले सृष्टिचक्र के अहोरात्र में 'ज्ञान के आलोक' पर आधारित दिवसकाल और 'अज्ञान के अंधकार पर आधारित' निशाकाल का आधार कहा गया है तथा इन 'कुल छः संख्यावाची सूत्र-शब्द'***(maxims)*** की चिरस्मृति हेतु

वेदऋचाओं को 'छन्द' संज्ञा प्रदान की गयी है। और, इसके साथ-साथ ही श्वास-प्रश्वास आधारित वेदऋचाओं के 'सप्त छन्द' आधारित गानरूप की-लघु, मध्यम या बृहद-दीर्घ अवस्था की पूर्वस्मृति हेतु वेदऋचा के गान, वाचन और अध्ययन-अध्यापन समय वेदऋचा के द्रष्टा ऋषि और देवता के साथ-साथ ही वेदऋचा के 'छन्द रूप' की अर्थात् वर्ण-अक्षर संख्या आधारित छन्द-गान के लघु या दीर्घ स्वरूप की पूर्वस्मृति को अनिवार्य रूप में विनियोग हेतु अपनाया गया है। तथा इस व्यवस्था दारा "देवताओं ने छन्द द्वारा स्वयं को आच्छादित कर लेना" कहा गया है। वेदऋचा-मन्त्र के इस छन्द-गान-रूप को अपनाकर वेदवाणी में स्वयं भगवती श्रुति द्वारा यह अनुशासन किया गया है कि-

उ॒त त्वः॒ पश्य॑न् न द॑दर्श॒ वाच॑मु॒त त्वः॑ शृ॒ण्वन् न शृ॑णोत्येनाम्।
उ॒तो त्व॑स्मै त॒न्वं वि स॑स्रे जा॒येव॒ पत्य॑ उश॒ती सु॒वासाः॑ ॥

(ऋग्वेद १०.७१.४)

अर्थात् - "जो कोई इन वेद ऋचाओं के केवल बाह्यस्वरूप को देखता है और इसका उच्चारण (श्रवण) करता है, वह उस वाणी (वेदऋचा) को देखता हुआ भी नहीं देखता और सुनता हुआ भी नहीं सुनता है। किन्तु जो उस ऋचा-छन्द के ऋषि अभिप्रेत अर्थ को (= निहितार्थ या 'कूट' को) जानता है, उसके सामने वह मन्त्ररूपी वेदवाणी अपने वास्तविक स्वरूप को प्रकट करती है; जिस प्रकार कि ऋतुस्नाता पत्नी सुन्दरवस्त्रों से सुसज्जित अवस्था में अपने पति के समक्ष स्वयं को पूर्णरूप में समर्पित करती है।"

तथा स्मृतिग्रन्थ श्रीमद्भगवद्गीता में वेदऋचा के छन्द-गान की इस 'शब्द संयोजना' को ही "अज्ञान से ज्ञान का ढंका होना" कथन किया जाकर इस पुरुषरूप के लिये जागतिक मोह आधारित परस्पर राग-द्वेषका कारण होना कथन किया गया है- **'अज्ञानेनावृतं ज्ञानं तेन मुह्यन्ति जन्तवः।'** (गीता ५.१५) तथा इस निहितार्थ (मूलार्थ या कूटार्थ) आधारित छन्द को अविनाशी आत्मा के सनातन अश्वत्थ वृक्षरूप को जानने मे सहायक 'पर्ण' होना कथन किया गया है। जिस प्रकार 'पर्ण' की सहायता से कोई वृक्ष या किसी लता को पहचाना और नित्य-जीवन में औषधी या अन्य रूप में पञ्चधा

- जड़, छाल, तना, पर्ण-पुष्प और फल रूप में उपयोग किया जाता है; उसी प्रकार 'छन्द गान' के इस भाषागत स्वरूप द्वारा वेदपुरुष के वृक्षरूप को और इस मर्त्यलोक में जीवनलता को जान लेना प्रकट किया गया है। और, इसके साथ-साथ ही 'छन्दगान' आधारित इस "शब्द संयोजना" के निहितार्थ को अपनाकर वेदविद् हो जाना प्रकट किया गया है- **'छन्दांसि यस्य पर्णानि यस्तं वेद स वेदवित्।'** (गीता १५.१) और इस चिर-व्यवस्था को सूक्ति-वचन **'सा विद्या या विमुक्तये।'** अर्थात् "विद्या वह है- जो जन्म-कर्म के बन्धन से मुक्त करे।" रूप में स्मृति में धारण किया गया है। अतः 'श्रुतज्ञान' की "गुरु-शिष्य परम्परा" में दृष्टिबोध का यह एक अतिरिक्त आधार मनःचक्षु रूप में प्राप्त कर लेना ही पुरातनकाल से प्रचलित वटुक के **'उपनयन संस्कार'** का काल के गर्त में विलुप्त हुआ मूल आधार बना होना प्रकट होता है।

वेदऋचाओं, उपनिषद् साहित्य और अन्य प्राचीन आर्षग्रन्थों का अध्ययन, अध्यापन और उपदेश करते समय छन्दगान रूप में आये इन कुल छः संख्यावाची शब्दों का यह निहितार्थ या यह मूलार्थ स्वयं के ब्रह्मरूप में बिना चक्षु के देखने और बिना श्रोत्र (कान) के सुन लेने- **'पश्यत्यचक्षुः स शृणोत्यकर्णः'।** (श्वेता.उप. ३.१९) की क्षमता प्रदान करता है और यह इस अधोलोक में 'देवत्व' प्राप्त करने का आधार होना जानने में आता है। छन्दगान में उपयोग किये गये इन कुल छः संख्यावाची शब्दों के इस निहितार्थ-गूढ़ार्थ या इस कूटार्थ को मूलार्थ रूप में ग्रहण करना (अपना लेना) ही **'दिव्य चक्षु'** को प्राप्त करना होता है। सारथी, गुरुत्मान्, वासुदेव श्रीकृष्ण द्वारा रथी सखा अर्जुन को प्रदान किये गये दिव्यचक्षु तथा महाभारत युद्धभूमि में किया गया निम्न कथन –

न तु मां शक्यसे द्रष्टुमनेनैव स्वचक्षुषा ।
दिव्यं ददामि ते चक्षुः पश्य मे योगेश्वरम् ॥ (गीता ११.८)

अर्थात्- "(हे अर्जुन !) निःसन्देह तू मुझे अपने इन प्राकृत (पार्थिव देहरूप से सम्बद्ध) नेत्रों द्वारा देखने में समर्थ नहीं है, इसलिये मैं तुझे दिव्यचक्षु (= अलौकिक मनःचक्षु) प्रदान करता हूँ; इनसे तू मेरी ईश्वरीय

योगशक्ति (= सर्वगत प्रशासक योगशक्ति) को देख ।" इसी बात से अपना सम्बन्ध रखते हैं ।

श्रीमद्भगवद्गीता में आये वर्णन अनुसार सारथी, अच्युतानन्द श्रीकृष्ण द्वारा प्रदान किये गये दिव्यचक्षुओं की सहायता से उस परमेश्वर के विराट् विश्वरूप को देखकर रथी अर्जुन का कथन है कि- "हे सम्पूर्ण विश्व के स्वामिन्! मैं आपको अनेक भुजा, पेट, मुख और नेत्रों से युक्त तथा सब ओर से अनन्त रूपों वाला देखता हूँ। हे विश्वरूप! मैं आपके न अन्त को देखता हूँ, न मध्य को और न आदि को ही (देखता हूँ)।"-

अनेकबाहूदरवक्त्रनेत्रं पश्यामि त्वां सर्वतोऽनन्तरूपम्।
नान्तं न मध्यं न पुनस्तवादिं पश्यामि विश्वेश्वर विश्वरूप॥

(गीता ११.१६)

तथा महर्षि वेद व्यास द्वारा प्रदान किये गये दिव्य चक्षु से सम्पन्न सम्राट धृतराष्ट्र के सारथी तथा मंत्री संजय ने भी युद्धभूमि में रथी अर्जुन द्वारा देखे गये श्रीकृष्ण के विराट् विश्वरूप को –

अनेकवक्त्रनयनमनेकाद्भुतदर्शनम्।
अनेकदिव्याभरणं दिव्यानेकोद्यतायुधम् ॥
दिव्यमाल्याम्बरधरं दिव्यगन्धानुलेपनम्।
सर्वाश्चर्यमयं देवमनन्तं विश्वतोमुखम् ॥ (गीता ११.१०-११)

अर्थात्– "अनेक मुख और नेत्रों से युक्त, अनेक अद्भुत दर्शनोंवाले, बहुत से दिव्य भूषणों से युक्त और बहुत से दिव्य शस्त्रों को हाथ में उठाये हुए, दिव्य माला और वस्त्रों को धारण किये हुए और दिव्य गन्ध का सारे शरीर में लेप किये हुए, सब प्रकार के आश्चर्यों से युक्त, सीमारहित और सब ओर मुख किये हुए विराट्स्वरूप परमदेव परमेश्वर को अर्जुन ने देखा।"

कहा जाकर महाराज धृतराष्ट्र को सूचित किया है। विचारणीय है कि यहाँ इन दोनों ही विवरण में विश्वरूप में उस परमेश्वर द्वारा धारण किये गये अनेक मुख, अनेक नेत्र, भुजा, पेट, शरीर आदि का वर्णन तो आया है; किन्तु विराट् पुरुष द्वारा विश्वरूप में धारण किये गये - 'अनेक सिर' और 'अनेक

पैर' का वर्णन किया नहीं गया है। अतः लोक प्रचलित मुहावरे के अनुसार यह *"बिना सिर-पैर वाली बात"* होना पायी जाती है। किन्तु जब हम इस विवरण को वेदवाणी में आये पुरुषसूक्त की प्रथम वेदऋचा में आये विराट् पुरुष के वर्णन-

स॒हस्रं॑शीर्षा॒ पुरु॑षः सहस्रा॒क्षः स॒हस्रं॑पात्।
स भूमिं॑ वि॒श्वतों॑ वृत्वात्यं॑तिष्ठद्दशाङ्गु॒लम् ॥ (ऋग्वेद १०.९०.१)

अर्थात्- "(अङ्‌गुष्ठमात्र) परम पुरुष हजार सिरों, हजार आखें और हजार पैरों वाला है। वह समस्त भूमि को सब ओर से आच्छादित करके दश अंगुल अधिक परिमाण में (निहितार्थ- साकार अंगुलीभर परिमाण या अंगुलीनिर्दिष्ट ऊर्ध्व अवस्था में) स्थित है।"

के साथ पढ़ते हैं और इस निहितार्थ या मूलार्थ को अपनाते हैं, तो हम विराट् पुरुष को सम्पूर्ण विश्वधरा पर सर्वत्र ही अनेक सिर, अनेक आँख, अनेक मुख, अनेक भुजा, अनेक पेट, अनेक शरीर और अनेक पैर को धारण करनेवाला जानते और एक रहकर अनेक हो जाना तथा अनेक होकर भी सदैव एक ही बने रहना पाते हैं। संख्या 'एक हजार' तो विराट् विश्वरूप को प्रकट करती नहीं। अतः यही कारण है कि ब्रह्म के विराट् अक्षय कालपुरुष रूप को प्रकट करने के कारण कृतयुग में नश्वर कालगणना का "सूर्य सिद्धान्त" लागू होता नहीं है।

यह विराट् पुरुष की एक से बहुत होकर देवताओं के प्रकटरूप में स्वयं को आच्छादित कर लेने की अवस्था प्रकट होती है, जिसे **'आच्छन्दः'** या **'छादयति इति छन्दः'** कहा जाकर प्रकट किया गया है। अतः 'अपरा विद्या' और 'परा विद्या' आधारित 'अज्ञान' और 'ज्ञान' अथवा 'शाब्दिक गणनात्मक अर्थ' और इस 'निहितार्थ या मूलार्थ' की उभयरूप अवस्था को अपनाकर उपनिषद् वाणी में श्रुतिकथन आया है कि-

अविद्यायामन्तरे वर्तमानाः स्वयं धीराः पण्डितं मन्यमानाः।
जङ्घन्यमानाः परियन्ति मूढा अन्धेनैव नीयमाना यथान्धाः ॥

(मुण्ड.उप. १.२.८)

अर्थात्– "अविद्या (अपरा विद्या) में भीतर स्थित रहने वाले और अपने आपको बड़ा बुद्धिमान्, विद्वान्-पण्डित माननेवाले वे मूर्ख लोग (नाना योनियों में) चारों ओर बार-बार आघात सहन करते रहते अर्थात् पुनर्जन्म को प्राप्त करते रहते हैं; जिस प्रकार अन्धे मनुष्य के द्वाराले जाये जाने वाले नेत्रहीन अन्धेपुरुष (अपने गन्तव्य को प्राप्त न करके आघात सहते और भटकते रहते हैं)।" तथा यह सृष्टि-रहस्य प्रकट किया गया है कि-

अविद्यायां बहुधा वर्तमाना वयं कृतार्था इत्यभिमन्यन्ति बालाः।
यत्कर्मिणो न प्रवेदयन्ति रागात्तेनातुराः क्षीणलोकाश्च्यवन्ते ॥

(मुण्ड.उप. १.२.९)

अर्थात् – "बहुधा अविद्या (अपरा विद्या) में रहने वाले वे बालबुद्धि को धारण करने वाले मूढ़ लोग "हम कृतार्थ हो गये हैं", इस प्रकार अभिमान किया करते हैं। क्योंकि विषयों में आसक्ति के कारण कर्मों में लगे हुए लोग अपने आत्मा को (देहस्थ अक्षरपुरुष को) भलीभाँति जान नहीं पाते हैं; इस कारण दुःखार्त होकर निम्न लोकों को गिर जाते (अर्थात् अधोयोनियों में जन्म प्राप्त करते) हैं।" अतः सम्पूर्ण आर्षज्ञान की इस उभयरूप अवस्था को प्रकट करते हुए वेदवाणी में भगवती श्रुति द्वारा यह स्पष्ट कथन किया गया है कि इस जगत में ज्ञान प्राप्ति के दो आधार हैं- एक 'बोध' और दूसरा 'प्रतिबोध' तथा अपेक्षा की गयी है कि हम सदैव ही प्रज्ञावान होकर इन दोनों को अर्थात् संख्यागत अर्थ और सांकेतिक बोधार्थ को जाननें और नित्य-जीवन में अपनाने वाले बनें रहें :–

ऋषीं बोधप्रतीबो॒धावंस्व॒प्नो यश्च॒ जागृंविः।
तौ तें प्रा॒णस्यं गो॒प्तारौ॒ दिवा॒ नक्तं च जागृताम् ॥

(अथर्ववेद ५.३०.१०)

अर्थात्- "बोध और प्रतिबोध नाम के दोऋषि हैं; वे स्वप्नावस्था में तथा जो जाग्रत अवस्था है उसमें (अर्थात् अहोरात्र आधारित जो रात और दिन हैं - उन दोनों ही अवस्थाओं में) वे सबको संतुष्ट करनेवाले हैं। वे दोनों तुम सब लोगों के प्राणों की रक्षा करनेवाले, रात में और दिन में जागते रहें अर्थात्

बोध और प्रतिबोध को हम सर्वकाल में जाननें और इन्हें अपने नित्य जीवन में अपनाने वाले बनें रहें।"

इस अवसर पर यहाँ यह स्मरण करना योग्य है कि श्रीमद्भगवद्गीता में परब्रह्म श्रीकृष्ण द्वारा चारों ही वेदग्रन्थ में सामदेव को अपना स्वयं का प्रकटरूप होना कथन किया गया है- **'वेदानां सामवेदोऽस्मि।'** (गीता १०.२२) तथा गायत्री छन्द को भी स्वयं का ही प्रकटरूप होना प्रकट किया गया है- **'गायत्री छन्दसामहम्'।** (गीता १०३५) अतः ईश उपासना हेतु इस गायत्री मंत्र को मनोमय अवस्था में अपनाना, नित्य-जीवन में श्रीकृष्ण के सानिध्य को अपनाने जैसा होता है। महाभारत के युद्ध मैदान में रथी अर्जुन द्वारा प्राप्त किये गये सारथी श्रीकृष्ण के सानिध्य की भाँति यह इस संसार समर में परब्रह्म अच्युतानन्द श्रीकृष्ण का सानिध्य प्राप्त करने सदृश होता है।

यहाँ यह स्मरण करना भी समीचीन है कि **'शिक्षा संहिता'** ग्रन्थ में महर्षि पाणिनि ने वेदऋचाओं के **'छन्द'** रूपको वेदपुरुष के दो पैर होना कथन किया गया है- **'छन्दः पादौ तु वेदस्य।'** (पाणिनीय शिक्षा -४१) तथा श्रीमद्भागवतपुराण में वैदिक छन्दों के इस गूढ़ार्थ को जान लेना ही बालबुद्धि का परित्याग करते हुए किसी युवा का ज्ञानवृद्ध हो जाना कथन किया गया है तथा मात्र आयु को ज्यैष्ठता का आधार माना नहीं गया है- **'छन्दोभ्योऽन्यत्र न ब्रह्मन् ज्यैष्ठयस्य कारणम्।'** (श्रीमद्भागवत ६.७.३३) अतः वेद ऋचाओं के छन्दगान रूप में अविनाशी ब्रह्म के विस्तार रहस्य को प्रकट करने हेतु अपनाये गये इन कुल छः संख्यावाची शब्दों के गणनात्मक शाब्दिक अर्थ द्वारा नश्वर जगत् रूप और इनके मूलार्थ या निहितार्थ द्वारा इस सकल प्रकटरूप में समाहित अनश्वर आत्मा (कूटस्थ अक्षर पुरुष) के बोध को जीवन में अपना लेना ही वेदपुरुष की गति, या कालपुरुष के युगात्मक संचरण, या इस मर्त्यलोक की यात्रा उपरान्त स्वधाम को लौट जाने का आधार हो जाता है, जिसे श्रुतिकथन-

सम्भूतिं च विनाशं च यस्तद् वेदोभयँ सह।
विनाशेन मृत्युं तीर्त्वा सम्भूत्यामृतमश्नुते ॥ (ईशा. ११)

अर्थात् – "जो मनुष्य देहस्थ अविनाशी अक्षर पुरुष को और प्रकट विनाशशील-नश्वर जगत् रूप को भी साथ-साथ जानता है, वह विनाशशील के भोग (उपयोग) द्वारा मृत्यु को पार करके (= जीवनयात्रा को पूर्ण करके) अविनाशी के बोध द्वारा अमृतपुरुष को भोगता (प्राप्त करता) है।"

आधार पर सुगमतापूर्वक जाना जा सकता है और जिसे श्रीमद्भगवद्गीता में –

जन्म कर्म च मे दिव्यमेवं यो वेत्ति तत्त्वतः।
त्यक्त्वा देहं पुनर्जन्म नैति मामेति सोऽर्जुन ॥ (गीता ४.९)

अर्थात् – "हे अर्जुन ! मेरा स्वयं यह इस देहधारी नश्वर पुरुषरूप में जन्म लेना और इहलोक में कर्म को (= नाम, रूप और कर्म को) अपनाना दिव्यता को धारण करता है। यह आत्म-रहस्य जो कोई पुरुष तत्त्वतः जान लेता है, वह इस मानव शरीर को त्यागकर फिर जन्म को प्राप्त नहीं होता, किन्तु मुझे ही प्राप्त होता है।"

कहा जाकर प्रकट किया गया है तथा वेदऋचाओं के इस 'छन्द रूप' को अविनाशी अश्वत्थरूपी सनातन आत्मवृक्ष या इस पुरातन संसारवृक्ष का परिचय प्रदान करनेवाला पर्ण कहा जाकर वेदज्ञान को प्राप्त करने का आधार होना प्रकट किया गया है-

ऊर्ध्वमूलमधः शाखमश्वत्थं प्राहुरव्ययम्।
छन्दांसि यस्य पर्णानि यस्तं वेद स वेदवित् ॥ (गीता १५.१)

अर्थात्- "(त्रिपाद) ऊर्ध्वमूल और (एकपाद) अधोशाखवाले जिस अश्वत्थरूपी संसारवृक्ष को (मनीषी, विद्वान् पुरुष) अविनाशी कहते हैं तथा छन्द जिसके पर्ण हैं; उस 'पर्ण' रूप को जो पुरुष तत्त्वतः जानता है, वह वेदवाणी को जानने वाला है।"

अतः स्पष्ट है कि इस 'गायत्री मन्त्र' के छन्द-गान की रसमय 'सामगान' अवस्था आधारित ब्रह्मबोध को अपनाकर सवितादेव की उपासना द्वारा यह मरणधर्मा मनुष्य अपने आनन्दस्वरूप अनश्वर अमृतस्वरूप आत्मा

को प्राप्त (भोग) करता है- **'अंमृत्त्वमांनशुः'**। (अथर्ववेद ९.१०.१) इस मनुष्यजीवन में आनन्दमय आत्मलोक आधारित स्वर्गलोक के सुखमय सांसारिक जीवन का भोग करता है और मृत्यु उपरान्त इस लोक से प्रयाण करके यहीं पर अमृतपुरुष परमात्मा को प्राप्त करता है। पुरुषरूप की इस कर्मरत बोधमय अवस्था को अपनाकर श्रीमद्भगवद्गीता में आया स्मृतिकथन कि–"ज्ञान नौका द्वारा तू सम्पूर्ण पाप-समुद्र से भलिभाँति पार उतर जाएगा"- **'सर्वं ज्ञानप्लवेनैव वृजिनं सन्तरिष्यसि।'**(गीता ४.३६) इसी बात का आख्यान करता है। (विमर्श- इस बिन्दु पर विस्तृत विवेचन हेतु कृति- '**परम तत्व का क्रीडा विलास**','**श्रुति संदेश**' तथा '**परा विद्या**' पठनीय।)

तैत्तिरीयोपनिषद् में श्रुति द्वारा देहस्थ सर्वरूप आत्मा को आनन्दमय कहा गया है- **'आत्माऽऽनन्दमयः।'**(तैत्ति.उप. २.५.१) परब्रह्म स्वरूप परमात्मा को प्राप्त कर लेने पर पुनर्जन्म न होना कथन किया गया है- '**मामुपेत्य तु कौन्तैय पुनर्जन्म न विद्यते।**' (श्रीमद्भगवद्गीता ८.१६) तथा वह परमात्मा सच्चिदानन्दघन रूपमें जाना गया है। इस सर्वगत आत्मा को देहस्थ अवस्था में प्राप्त कर इस मरणधर्मा पुरुषरूप द्वारा मुदितामय अवस्था को प्राप्त कर लेना प्रकट किया गया है- **'स मोदते मोदनीयँ हि लब्ध्वा।'** (कठ.उप. १.२.१३) हृदयगुहा में स्थित परब्रह्म परमात्मा को जानकर इस पुरुषरूप द्वारा अविद्याजनित समस्त ग्रन्थियों को खोल डालना कथन किया गया है- **'एतद्यो वेद निहितं गुहायां सोऽविद्याग्रन्थिं विकिरतीह सोम्य।'** (मुण्ड. उप. २.१.१०) हृदयस्थ मनोमय, हिरण्यगर्भ, अमृतपुरुष को प्राप्तकर "इस देहधारी पुरुषरूप का यह से वह हो जाना"- **'एतत्ततो भवति'** (तैत्ति.उप. १.६.२) प्रकट किया गया है। चूंकि इस मृत्युलोक में सब-के-सब प्राणी (मनुष्य) 'आनन्द की प्राप्ति' को अपनाकर पञ्चकोशमय (अन्नमयकोश, प्राणमयकोश, मनोमयकोश, विज्ञानमयकोश और आनन्दमय कोश) अवस्था में अपना-अपना जीवन व्यतीत करते हैं। अतः 'सामवेद संहिता' सहित वेदत्रयी में आया यह 'गायत्री मन्त्र' गान किया जाने पर सांसारिक जीवन की पञ्चकोशमय अवस्था में अपना - अपना स्व – कर्म करते हुए सब मनुष्यों के लिये मन की प्रसन्नता और आत्मिक आनन्द

को प्राप्त करने का साधन तथा सबको समस्त कर्मग्रन्थियों से मुक्ति प्रदान करनेवाला है। यह सम्पूर्ण कर्मबन्धन से सर्वथा मुक्त करता हुआ नवलता प्रदान करता है।

इस प्रकार ऋग्वेद, यजुर्वेद और सामवेद में आया 'नित्य-उपासना का यह गायत्री मन्त्र' मनुष्यमात्र के "यज्ञमय जीवन" से सम्बन्ध अपना रखनेवाला और समस्त कर्मबन्धन से मुक्त करनेवाला है। यह 'नवलता' प्रदान करनेवाला है। तथा तीनों ही वेदसंहिता- ऋग्ग, यजु और साम में आने से ऋचा, मंत्र और छन्दरूप आधारित आत्म-बोधयुक्त जाग्रत अवस्था में यह वेदमन्त्र प्रसिद्ध लोकोक्ति 'वेदत्रयी' का आधार हो गया है।

यहाँ यह विचारणीय है कि जिस प्रकार किसी एक ही बात को सिद्धान्त रूप में कहने, पालन करने हेतु आदेश या निर्देश रूप में कहने और आत्मविभोर अवस्था में गान करने पर इन तीनों ही अवस्था में मनःस्थिति और स्वर भिन्नता अपना महत्वपूर्ण स्थान अपनाती है; वही अवस्था यहाँ इन तीनों ही वेद संहिताओं में आये इस श्रुतिमंत्र के साथ होना पायी जाती है।अथ 'ब्रह्म उपासना' के इस 'गायत्री मन्त्र' को अपनाकर अथर्ववेद में श्रुति कथन आया है कि-

'स्तुता मयां वर॒दा वेंदमा॒ता प्र चोंदयन्तां पावमा॒नी द्विजानांम् । आयुः प्रा॒णं प्र॒जां प॒शुं की॒र्तिं द्रविंणं ब्रह्मवर्च॒सम् । मह्यं द॒त्वा व्रंजत ब्रह्मलो॒कम् ।' (अथर्ववेद १९.७१.१)

अर्थात्- "वर प्रदान करनेवाली वेदमाता गायत्री का मेरे द्वारा स्तवन (अनुष्ठान) किया गया। यह गायत्री देवताओं को नियोजित करनेवाली (प्रेरणा देनेवाली) और पवित्र करने वाली है। 'हे गायत्री !' तुम मुझे आयु, आरोग्य (प्राण), सन्तति (प्रजा), पशुधन, यश-कीर्ति, धन-वैभव, तेजोमय ज्ञान देकर ब्रह्मलोक को/ में ले जाओ।"

बृहदारण्यक उपनिषद् में 'गायत्री छन्द' आधारित उपासना मार्ग का वर्णन करते हुए श्रुतिकथन आया है कि- "भूमि, अन्तरिक्ष और द्यौ' – ये आठ अक्षर इस 'छन्द' का प्रथम पाद है; जो इस प्रकार इस प्रथम पाद को जानता

है, वह त्रिलोकी में जितना कुछ है, उस सबको जीत लेता (प्राप्त करता) है। 'ऋचः यजूंषि सामानि'- ये आठ अक्षर अर्थात् ऋग्वेद, यजुर्वेद और सामवेद (पद्य, गद्य और गान) ये इस गायत्री का द्वितीय पाद है। जो इस प्रकार इस द्वितीय पाद को जानता है, वह जितनी यह 'त्रयविद्या' है, उस सभी को जीत लेता (प्राप्त करता) है। 'प्राण, अपान, व्यान' – ये आठ अक्षर इस गायत्री का तृतीय पाद है अर्थात् ये प्राणादि (जन्म, मृत्यु और जीवन) ही इस गायत्री का तृतीय पाद है। जो इस प्रकार इस तृतीय पाद को जानता है, वह जितना भी यह प्राणी समुदाय है, सबको जीता लेता (प्राप्त करता) है।" (बृह.उप. ५.१४.२ से ४) तात्पर्य यह कि इस 'गायत्री अनुष्ठान' द्वारा यह मनुष्य सुख-समृद्धि, वेदत्रयी और अमरता (दीर्घायु) को प्राप्त करता है।अतः जिस प्रकार बीजारोपण करने या कोई वृक्षारोपण करने और अच्छी उपज प्राप्त करने से पहले 'भूमि का गुणसंवर्धन' करना आवश्यक होता है; उसी प्रकार इस 'गायत्री मन्त्र' को 'ब्रह्म उपासना' हेतु अपनाने से पहले इन द्वादश विषय-समूह के बारेमें मूलभूत जानकारी अपने मानसपटल पर धारण करना परम आवश्यक होता है।

इस प्रकार 'ईश उपासना का यह गायत्री मन्त्र **'ज्ञानान्मुक्तिः'** रूप में सबके लिये 'चतुर्थ पुरुषार्थ' आधारित 'मोक्ष' प्राप्ति (उपार्जन) का साधन बना हुआ है। श्रीमद्भगवद्गीतामें सच्चिदानन्दघन श्रीकृष्ण ने स्वयं को यज्ञ कहा है- **'अहं यज्ञः'**; (गीता ९.१६) तथा छान्दोग्य उपनिषद् में श्रुति द्वारा इस देहधारी पुरुषरूप को भी 'यज्ञ' कहा गया है- **'पुरुषो वाव यज्ञः।'** (छान्दो.उप. ३.१६.१) तथा कथन किया गया है कि- "यह पुरुष जो चलता (= सुकृत कर्म करता) है, निश्चय यह यज्ञ ही है। यह चलता हुआ (= सुकृत कर्म करता हुआ) निश्चय इस सम्पूर्ण जगत् को पवित्र करता है; क्योंकि यह गमन करता हुआ इस समस्त संसार को पवित्र कर देता है; इसलिये यही यज्ञ है तथा मन और वाक् (अर्थात् विचार और कर्म) ये दोनों इसके मार्ग हैं"- **'सर्वं पुनाति तस्मादेष एव यज्ञस्तस्य मनश्च वाक्च वर्तनी॥'** (छा.उप.४.१६.१)" मन और वाणी ये दोनों इसके मार्ग हैं' अर्थात्- वाणी और कर्म की एकरूपता या परस्पर भिन्नता ही इस जीवात्मा की गति या पुनर्जन्म का कारण है।

आर्षवचन- **'रामो द्विर्नाभिभाषते'** (वा.रामायण २.१८.३०) अर्थात्- "राम वचन और कर्म की भिन्नता आधारित दो तरह की बात नहीं करता।" की भाँति वचन और कर्म की एकरूपता को अपना लेना ही इस पुरुषरूप के लिये स्वधाम प्राप्ति का मार्ग है। अतः मानवमात्र के इस देहधारी यज्ञ-पुरुषरूप और देहस्थ परमेश्वर के यज्ञमयस्वरूप अर्थात् क्षरपुरुष और अक्षरपुरुष आधारित इस उभयरूप एकल यज्ञमय अवस्था को अपनाकर श्रुति द्वारा इस धरा पर पुरुषरूप 'यज्ञमय जीवन' के 'तीन सोपान' क्रमशः 'गायत्री सवन' (प्रातः सवन), 'त्रिष्टुप सवन' (माध्यन्दिन सवन) और 'जगती सवन'(तृतीय सवन) होना कथन किये गये हैं। मन और वचन को इन तीनों ही सवन का आधार होना कथन किया गया है। इसके साथ-साथ इन तीनों ही यज्ञसवन (सत्र) की अवधि गायत्री छन्द, त्रिष्टुप छन्द और जगती छन्द की अक्षर-वर्ण संख्या अनुसार क्रमशः २४ वर्ष, ४४ वर्ष और ४८ वर्ष होना कथन की जाकर इस कर्मलोक में मनुष्यमात्र की आयु कुल ११६ वर्ष होना प्रकट की गयी है तथा रोग निवारण और दीर्घायु को प्राप्त करने हेतु यज्ञमय जीवन के 'गायत्री सवन' को 'त्रिष्टुप सवन' से और 'त्रिष्टुप सवन' को 'जगती सवन' से जोड़ लेने का अनुशासन किया गया है। (छा.उप. ३.१६.१-७) इस प्रकार महर्षि मनु के कथन- **'वेदोऽखिलो धर्म मूलम्।'** (मनुस्मृति २.६) अनुसार इस धरा पर धर्मके अनुपालन का आधार बनीं तथा ऋचा, मन्त्र और छन्द रूप में जानी गयी वेदवाणी का अनुपालन करने पर इस एकपाद अधोलोक में मनुष्यमात्र की आयु कुल 'एक सौ सोलह वर्ष' होना कथन की गयी है। तथा वेदवाणी में श्रुति द्वारा 'सूर्या विवाह सूक्त' में वर-वधु के प्रति किया गया अनुशासन है कि-

इहैव स्तं मा वि यौष्टं विश्वमायुर्व्यश्नुतम्।
क्रीळंन्तौ पुत्रैर्नप्तृभिर्मोदमानौ स्वे गृहे ॥ (ऋग्वेद १०.८५.४२)

अर्थात् –"(वर-वधु के प्रति कथन) तुम दोनों यहीं पर साथ-साथ रहो। कभी परस्पर पृथक् मत होओ। संसार में रहकर सम्पूर्ण आयु का भोग करो और अपने घर में पुत्र तथा नातियों के साथ क्रीड़ा करते हुए आनन्दित होकर निवास करो।"

अथ 'ब्रह्म उपासना' का यह 'गायत्री मन्त्र' इस मनुष्यलोक में जिसकी एक अन्य संज्ञा 'कर्मलोक' है, इसमें मानवमात्र की 'त्रिपाद् यज्ञमय जीवनयात्रा'और 'एक सौ सोलह वर्ष' आधारित दीर्घायु (आयु की पूर्णता) को प्राप्त करने से सम्बन्धित होना प्रकट होता है। यह 'गायत्री मन्त्र' यज्ञमय जीवन को अपनाकर अर्थात् स्वकर्म की आहुतिरूप अवस्था को अपनाकर यज्ञपुरुष रूप में उस यज्ञपुरुष परमेश्वर की उपासना करने पर अमरता (दीर्घायु) प्रदान करने और देहधारी पुरुषरूप में सुखमय तथा आनन्द से परिपूर्ण यज्ञमय जागतिक जीवन व्यतीत करने से सम्बन्ध रखता है और मनीषी विद्वान् पुरुषों द्वारा यह मन्त्रजप प्राणोपासना (पुरुषरूप जीवन-यात्रा) के विधान- **असतो मा सद्गमय। तमसो मा ज्योतिर्गमय। मृत्योर्मा अमृतं गमय ॥** (बृह.उप. १.३.२८) की पालनपूर्ति करनेवाला जाना जाता है।

इस अवसर पर यहाँ यह स्मरण करना समीचीन और प्रासंगिक है कि श्रुति और स्मृति में कथन किये गये उस परमेश्वर के इस यज्ञरूप का आधार वह परमात्मा वेदवाणी में आरम्भतः 'अग्नि' कहा जाकर पञ्चधा- पुरोहित, यज्ञकर्म का देवता, ऋत्विज, होता और रत्नधाता रूप में स्तवन किया गया है-

> **'अग्निमीळे पुरोहितं यज्ञस्य देवमृत्विजम् ।**
> **होतारं रत्नधातमम्' ॥** (ऋग्वेद १.१.१)

और, जिस प्रकार अग्नि को प्राप्त करने हेतु ईंधन आवश्यक होता है, उसी प्रकार उस परमेश्वर के इस अग्नि (= यज्ञाग्नि) स्वरूप को प्राप्त करने हेतु श्रुति हाथों में समिधा लेकर श्रोत्रिय और ब्रह्मनिष्ठ आचार्य अर्थात् श्रुतिकथन के पराविद्या आधारित निहितार्थ को जानने वाले वेदविद् और अविनाशी ब्रह्म के इस अग्निरूप के प्रति निष्ठा रखने वाले आचार्य के पास समित्पाणि जाने का अनुशासन करती है- **'तद्विज्ञानार्थं स गुरुमेवाभिगच्छेत् समित्पाणिः श्रोत्रियं ब्रह्मनिष्ठम ॥'** (मुण्ड.उप. १.२.१२) **'समित्पाणिः'** अर्थात् आचार्य के यज्ञकर्म हेतु 'समिधा भाव' को अपनाने का अनुशासन करती है।

यही कारण है कि उस परमेश्वर के इस अग्नि/यज्ञाग्नि रूप को अपनाकर ही हमारे द्वारा गुरुआश्रम जाने के अवसर पर प्रतिबोध रूप में हाथों में श्रीफल (नारियल) या कुछ अन्य खाद्य अथवा भोग सामग्री भेंट हेतु लेकर जाने की परम्परा को पुरातनकाल से अपनाया गया है।

गायत्री का पञ्चधा स्वरूप

गायत्री का स्वरूप स्पष्ट करते हुए उपनिषद्वाणी में श्रुति द्वारा कथन किया गया है कि- "यह गायत्री एकपदी है, यह द्विपदी है, यह त्रिपदी है, यह चतुष्पदी है, (और) यह पदरहित-अपदी है"-**'गायत्र्यस्येकपदी द्विपदी त्रिपदी चतुष्पद्यपदसि।'** (बृह.उप. ५.१४.७) तथा यह स्पष्ट किया गया है कि- "उसका अग्नि ही मुख है"- **'तस्या अग्निरेव मुखं'**। (बृह.उप. ५.१४.८)

"गायत्री एकपदी है" अर्थात् यह एक चरण (पैर) वाली है। 'जिस प्रकार अविनाशी सनातन आत्मा 'अश्वत्थ वृक्ष' रूप को अपनाकर एकपद अचल-स्थिर अवस्था में स्थित हो गया है और इस ज्योतिर्मय पुरुषरूप आत्मा से यह समस्त जगत् परिपूर्ण है- **'वृक्ष इव स्तब्धो दिवि तिष्ठत्येकस्तेनेदं पुरुषेण सर्वम्।'** (श्वेता.उप. ३.९) उसी प्रकार यह गायत्री एकपद परिपूर्ण अवस्था को धारण करनेवाली है। यह छायादार वृक्ष की भाँति सबको आश्रय प्रदान करनेवाली और त्रयताप से सदैव सबकी रक्षा करनेवाली है। यह ऊर्ध्वगति प्रदान करती है। यह किसी अन्य आश्रय से रहित, पूर्णता के गुण से युक्त, अचल, स्थिर और सनातन है। उपासना की जाने पर यह स्वावलम्बी-आत्मनिर्भर, तेजोमय और फलदार आम्रवृक्ष की भाँति मधुर रसमय फल का दाता एवं आश्रय प्रदाता देवपुरुष बनाने वाली है। यह ओज तथा ऊर्ध्वगति प्रदान करनेवाली है। यहाँ यह स्मरणीय है कि 'विवाह संस्कार' अवसर पर वर-वधु को 'दिवि' भेंट करना, पति-पत्नी के उभयरूप एकल स्वरूप में अविनाशी आत्मा के इस प्रकाशवान् ज्योतिषमान् स्वरूप की प्रेरणामय स्मृति को लोक-जीवन में अपना लेना प्रकट करता है।

"गायत्री द्विपदी है" अर्थात् यह दो चरण (पैर) वाली है। यह किसी पक्षी की भाँति इस अखिल भुवन-मण्डल में विचरण हेतु मनुष्यमात्र को गति प्रदान करनेवाली है। यह गायत्री **'इहलोक'** और **'परलोक'** दोनों में समानरूप से स्थित है। यह इस 'एकपाद अधोलोक' (मनुष्यलोक या मर्त्यलोक) में और उस 'त्रिपाद ऊर्ध्वलोक' (देवलोक, परलोक या स्वर्गलोक)

दोनों में सब मनुष्यों का कल्याण करनेवाली और उपासना का फल प्रदान करनेवाली है। यह स्त्री और पुरुष दोनों के लिये समान फलदायी है। यह इस संसारवन में जीवनयापन करते हुए जीवितावस्था तथा मरणोपरान्त भी सबका कल्याण करनेवाली है। यह अविनाशी, अनामय ब्रह्मतत्त्व में लय अवस्था प्रदान करनेवाली है।

"गायत्री त्रिपदी है" अर्थात् यह तीन चरण (पैर) वाली है। यह तीनों ही काल- वर्तमानकाल, भूतकाल और भविष्यकाल में स्थित है। यह काल के बन्धन से परे त्रिकालातीत है। यह 'त्रयी विद्या' को धारण और प्रदान करनेवाली है। यह ऋग्वेद, यजुर्वेद और सामवेद रूपको धारण करती है। शब्दशः उच्चारण करने पर यह गद्यरूप, लय के साथ उच्चारण करने पर यह पद्यरूप और राग या स्वर आधारित रसमय अवस्था में उच्चारण करने पर यह गानरूप जानी जाती है। यह चिरायु-अव्यय है। यह यज्ञमय जीवन के तीनों ही सवन- गायत्री सवन, त्रिष्टुप सवन और जगती सवन में मानवमात्र का कल्याण करनेवाली है। यह तीनों ही लिंग आधारित पुरुषरूप प्राणीमात्र (मनुष्य मात्र) के लिये हितकर है।

"गायत्री चतुष्पदी है" अर्थात् यह चार चरण (पैर) वाली है। ऋग्वेद, यजुर्वेद और सामवेद इन तीनों ही वेदसंहिताओं में यह गायत्री मन्त्र आया है तथा अथर्ववेद में गायत्री को 'वेदमाता' कहा गया है। अतः ज्ञानप्राप्ति हेतु यह चारों ही वेद से सम्बन्धित है। श्रुति इस नश्वर पुरुषदेह में स्थित प्रकाशरूप परमात्मा को 'वेदपुरुष' कहती है। अतः यह गायत्री चारों ही वर्ण में सबका कल्याण करनेवाली है। बृहदारण्यक उपनिषद् में श्रुतिकथन आया है कि- 'इस लोक में कर्म की विभूतिमय अवस्था को प्राप्त करने हेतु परब्रह्म परमात्मा स्वयं चारों ही वर्ण में जन्म को प्राप्त करनेवाला हो गया है। पूषा शूद्रवर्ण है। यह पृथिवी पूषा (सबका पोषण करनेवाली) है। जागतिक जीवन को अपनाकर वह ज्योतिर्मय 'अङ्गुष्ठमात्र पुरुष' ब्राह्मण रूपसे वह ब्राह्मण, क्षत्रिय रूपसे वह क्षत्रिय, वैश्य रूपसे वह वैश्य और शूद्र रूपसे वह परमात्मा शूद्र बना हुआ है। तथा यह आत्म-रहस्य प्रकट किया गया है कि जो कोई पुरुष इस आत्मलोक की उपासना करता है अर्थात् सब वर्णों में

उस एक आत्मा को चेष्टारत देखता है, उसका कर्म कभी क्षीण नहीं होता। इस आत्मा से वह इस मर्त्यलोक में जिस-जिस वस्तु की कामना करता है, उसी-उसी को वह पुरुष प्राप्त कर लेता है- **'अस्माद्ध्येवात्मनो यद्यत्कामयते तत्त्सृजते।'** (बृह.उप. १.४.११-१५) तथा इस वर्णविभाग को अपनाकर वेदवाणी में श्रुतिकथन आया है कि –"(इस एक पाद अधोलोक में) सब मनुष्यों में न तो कोई बड़ा है, (और) न कोई छोटा। सब आपस में भाई-भाई हैं। सब सौभाग्य हेतु अर्थात् अपने आत्म-कल्याण हेतु परस्पर मिलकर प्रयत्न करते हैं"- **'अज्यैष्ठासो अकनिष्ठास एते सं भ्रातरा वावृधुः सौभगाय।'**(ऋग्वेद ५.६०.५) तथा महाभारत महाकाव्य के शान्तिपर्व में आया महर्षि वेदव्यास का कथन है कि-

सर्वे वर्णा ब्राह्मणा ब्रह्मजाश्च सर्वे नित्यं व्याहरन्ते च ब्रह्म।
तत्त्वं शास्त्र ब्रह्मबुद्धया ब्रवीमि सर्वं विश्वं ब्रह्म चैतत् समस्तम् ॥

(म.भा. शान्तिपर्व ३१८.८९)

अर्थात् – "सभी वर्ण ब्रह्म से उत्पन्न और ब्राह्मण ही हैं। और सभी सदैव ब्रह्म का ही नित्य आचरण करते हैं। मैं ब्रह्मबुद्धि से शास्त्रों का यह तत्त्व-सार कहता हूँ कि यह सम्पूर्ण विश्व, यह समस्त दृश्य प्रपञ्च ब्रह्म का प्रकटरूप ही है।"

अतः जब हम 'षड् वेदाङ्गशास्त्र' आधारित ज्योतिषशास्त्र को अपनाकर किसी भी 'परिवार' या किसी 'कुल' या किसी 'वंश' के सब सदस्यों का 'जन्माङ्गचक्र' देखते हैं, तो हम एक ही परिवार में 'कर्म की विभूतिमय अवस्था' को प्राप्त करने हेतु चारों ही वर्ण के पुरुषरूप का अस्तित्व होना और तदनुसार उस जातक-पुरुष की कर्मप्रवृत्ति और स्वभाव होना जानते हैं। श्रीमद्भगवद्गीता में आया वासुदेव श्रीकृष्ण का कथन- **'कुलक्षये प्रणश्यन्ति कुलधर्माः सनातनाः।'** (गीता १.४०) अर्थात्- "कुल के नाश होने से सनातन कुल-धर्म नष्ट हो जाते हैं।" कर्म की विभूतिमय अवस्था को अपनाकर इसी एक बात से सम्बन्ध रखता है। चूंकि त्रिपादूर्ध्व और इस एकपाद् अधोलोक में चारों ही वर्णमें जन्म को प्राप्तकर वह परमात्मा स्वयं ही इस वर्णविभाग का कर्ता और इसको अपनाने वाला बना हुआ है। अतः

वासुदेव श्रीकृष्ण द्वारा उस वर्ण-विभाग का स्वयं को कर्ता कहा जाकर भी स्वयं को अकर्ता होना और इस वर्ण-विभाग को स्वयं का प्रकट रूप होने से अव्यय होना प्रकट किया गया है- **'तस्य कर्तारमपि मां विद्ध्यकर्तारमव्ययम्।'** (गीता ४.१३) "इस वर्ण-विभाग को अव्यय कहा गया है" अर्थात् एक ही परिवार या एक ही कुल में इन चार वर्ण का होना, वर्ण विभाग को अपनाकर किसी का छोटा या बड़ा न होना और इस व्यवस्था को अविनाशी कहा गया है। "इस एक पाद अधोलोक में बहिर्मुखवृत्ति को प्राप्त यह मरणधर्मा मनुष्य इस वर्ण विभाग को नाना की भाँति देखकर या परस्पर भेद अपनाकर मृत्यु से मृत्यु की ओर जाता" अर्थात्- जन्म-मृत्युचक्र को अपनाता है- **'मृत्योः स मृत्युं गच्छति य इह नानेव पश्यति।'** (कठ.उप. २.१.११) अतः बुद्धिमान् मनुष्य बिना किसी भेद-भाव के सब प्राणियों (मनुष्यों) में उस एक परमात्मा को उपस्थित देखकर इस लोकसे प्रयाण करके अमरता को प्राप्त करते हैं- **'भूतेषु भूतेषु विचित्य धीराः प्रेत्यास्माल्लोकदमृता भवन्ति ॥'** (केन.उप. २.५) अतः जिस प्रकार हम परस्पर स्नेह और एकजुटता को अपनाकर अपने-अपने परिवार या कुल में निवास करते और सुख-समृद्धि का उपार्जन करते हैं; ठीक उसी प्रकार इस जगतरूप को अपनाकर श्रुति द्वारा अपेक्षा की गयी है कि इस एक पाद अधोलोक में हम सब मनुष्य परस्पर समरसता और एकात्मता को अपनाकर निवास करने और उस पुरुषरूप को प्रकट करनेवाले हो जाएँ। वेदवाणी में आये अनेक श्रुतिकथन- **'न ततो विजिगुप्सते'** (ईशा. ६); **'सं वो॒ मनां॑सि॒ जानताम्'** (ऋग्वेद १०.१९१.०२); **'स॒मा॒नी प्र॒पा स॒ह वोऽन्नभा॒गः'** (अथर्ववेद ३.३०.६) अर्थात्- "वह (इस आत्मा को जानकर) किसी से घृणा नहीं करता"; "सब एकमत होकर वार्तालाप करो"; "तुम्हारा पानी पीने का स्थान एक होवे; तुम सब एक साथ भोजन ग्रहण करो"; आदि इसी एक बात का अनुशासन करते हैं।

अथ यह गायत्री अपने चतुष्पद रूप में चारों ही वर्ण में जन्म को प्राप्त हुए सब पुरुषों (स्त्री-पुरुषों) का कल्याण करनेवाली है। यह राजा दशरथ के चार पुत्रों की भाँति चार वर्ण आधारित सम्पूर्ण मानवसमाज को

एक सूत्र में पिरोने वाली है। यह मनुष्य-जीवन की चारों ही अवस्था वटुक, युवा, वयस्क और वृद्धावस्था में सबका सतत् कल्याण करनेवाली है। जिसे जनार्दन श्रीकृष्ण के निम्न गीतोक्त कथन आधार पर सुगमतापूर्वक जाना जा सकता है-

मतः परतरं नान्यत्किञ्चदस्ति धनञ्जय।
मयि सर्वमिदं प्रोतं सूत्रे मणिगणा इव ॥ (गीता ७.७)

अर्थात् – "हे धनञ्जय ! मुझसे भिन्न दूसरा कोई परम कारण नहीं है। यह सम्पूर्ण जगत् सूत्र में पिरोयी गयी मणियों के सदृश मुझ में गुँथा हुआ है।"

अथ यह गायत्री कामधेनु रूप है। स्मरणीय है कि लोक में अज्ञानी पुरुष को चतुष्पद् प्राणी (पशु) रूप में जाना जाकर उसे 'मानुष' कहा गया है, उसे 'मनुष्य' जाना जाता नहीं। अतः यह गायत्री सब अज्ञानी, बालबुद्धि पुरुषों का कल्याण करनेवाली है। यह गायत्री श्रुति कथन- '**मनुंर्भव जनया दैव्यं जनंम्।**' (ऋग्वेद १०.५३.६) अर्थात्- "देहधारी पुरुषरूप में तुम मनुष्य बनों और देवत्व को जन्म प्रदान (प्राप्त) करो।" की पूर्ति करनेवाली है। यह इस एक पाद मनुष्यलोक का रूपान्तरण देवलोक या स्वर्गलोक रूप में करनेवाली है। यह त्रिपादूर्ध्व पूर्णपुरुष से अर्थात् आत्मविद् पुरुष के आचरण से सम्बन्ध रखने वाली है।

गायत्री मन्त्र के 'चतुष्पद् स्वरूप' को चार चरण वाले 'अनुष्टुप छन्द' से जोड़कर भी देखा जाता है तथा बत्तीस वर्ण-अक्षर वाले मन्त्र- **'तत्सवितुर्वणीमहे वयं देवस्य भोजनम्। श्रेष्ठं सर्वधातमं तुरं भर्गस्य धीमहि ॥'** (.) [अर्थात्- "हम सब जो अक्षय कालपुरुष के भोजन अर्थात् मर्त्य जीव हैं, उस सविता देव के सकल जगत् के धारणकर्ता श्रेष्ठ तेज का वरण करते हैं, वह देव हमें तेजोमय तुरीयरूप ('ऋतम्भरा') बुद्धि से सम्पन्न करे।"] को सावित्री कहा जाता है। किन्तु इस चतुष्पद् गायत्री मन्त्र के सम्बन्ध में छान्दोग्य उपनिषद् में आया श्रुतिकथन है कि- "कई लोग 'अनुष्टुप छन्द' आधारित सावित्री का उपदेश करते हैं। वे कहते हैं कि वाक् 'अनुष्टुप्' है,

इसलिये हम वाक् का ही उपदेश करते हैं। किन्तु ऐसा नहीं करना चाहिये। गायत्री छन्द आधारित त्रिपदा सावित्री का ही उपदेश करें। ऐसा जानने वाला अधिक प्रतिग्रह भी करे तो भी वह गायत्री के एक पद के बराबर भी नहीं हो सकता।" (छा.उप. ५.१४.५)

इस प्रकार श्रुति द्वारा 'गायत्री मन्त्र' के इस 'चतुष्पद् रूप' को 'अनुष्टुप् छन्द' से जोड़कर देखना और इसे अपनाना हीन या तुच्छ कार्य होना कथन किया गया है। इसे त्याज्य माना गया है। चूंकि ईश उपासना का यह 'गायत्री मन्त्र' सूर्य के तेजोमय पञ्चपाद स्वरूप और नित्य-आचरण से, स्वकर्म के निष्पादन की असंग अवस्था से सम्बन्ध रखता है, वक्तृता देने से कदापि नहीं। अतः यही कारण है कि इस लोक में जो कोई पुरुष केवल बातें करता है और आचरण में कर्मनिष्ठा को अपनाता नहीं; वह 'डपोरशंख' या 'ढपोरशंख' कहा जाता है; और उसे हीन या तुच्छ पुरुष रूप में जाना जाता है। तात्पर्य यह कि यदि कोई पुरुष 'गायत्री मन्त्र' की बात तो करता है, किन्तु आचरण में इस वैदिक मन्त्र के जीवन-संदेश को कर्म निष्पादन में अपनाता नहीं; तो वह गर्हित जीवन व्यतीत करता है।

"गायत्री पदरहित (अपदी) है" अर्थात् यह निराकार, अशरीर, चेतन अवस्था को धारण करनेवाली है। यह सर्वव्यापी और विकाररहित है। गायत्री के ये पाँचों ही गुण-धर्म अविनाशी सनातन आत्मा के होना पाये जाते हैं। इसके साथ-साथ श्रुतिकथन है कि "अग्नि ही उसका मुख है"; अर्थात्- जिस प्रकार अग्नि में डाला गया अच्छा और बुरा समस्त काष्ठ ईंधन रूप में भस्मीभूत हो जाता है; उसी प्रकार "गायत्री के अग्निमुख को जानने वाले पुरुष का पुण्य और पाप आधारित समस्त अच्छा और बुरा कर्म (तिनके की भाँति) तत्काल भस्मीभूत हो जाता है और वह पुरुष शुद्ध, पवित्र, अजर, अमर आत्मा हो जाता है- **'तत् संप्साय शुद्धः पूतोऽजरोऽमृतः संभवति।'** (बृह.उप. ५.१४.८) श्रुति अविनाशी आत्मा को अशरीर अवस्था में सब शरीर में अविचलभाव में स्थित हो जाना कथन करती है- **'अशरीरँ शरीरेष्वनवस्थेष्वस्थितम्।'** (कठ.उप. १.२.२२) तथा इस पुरुषरूप के आनन्द की मीमाँसा करते हुए तैत्तिरीय उपनिषद् में श्रुतिकथन आया है कि

इस श्रुतिरहस्य को जानने और नित्य-जीवन में अपनाने वाले कामनारहित (कर्मनिष्ठ) श्रोत्रिय पुरुष का जो आनन्द है वह 'मानुष' कहे गये मनुष्यों के एक सौ आनन्द, मनुष्य गंधर्व के एक सौ आनन्द, अजानज देवताओं के एक सौ आनन्द, कर्मदेव नामक देवताओं के एक सौ आनन्द, देवताओं के एक सौ आनन्द, इन्द्र के एक सौ आनन्द, बृहस्पति के एक सौ आनन्द और प्रजापति के एक सौ आनन्द और ब्रह्मा का जो आनन्द है, उसके समरूप होकर 'अकामहत श्रोत्रिय पुरुष' को अर्थात् वेदवाणी (वेदत्रयी) में आये इस गायत्री मंत्र को अपनाकर 'कामनारहित यज्ञमय जीवन' व्यतीत करने वाले 'ब्रह्म उपासक' को स्वभावतः प्राप्त है। (तैत्ति.उप. २.८.१से ४)

अथ स्पष्ट है कि यह 'गायत्री मन्त्र' इस पुरुषदेह में स्थित अशरीर, अविनाशी, ब्रह्मस्वरूप आत्मा की उपासना का मन्त्र है। यह गायत्री इस पुरुषदेह में स्थित उस परमात्मा के कर्तास्वरूप से सम्बन्ध रखती है। यह त्रिपादूर्ध्व त्रिविक्रम पुरुष की उपासना का मन्त्र है और यह कठोपनिषद् में आये श्रुतिकथन-

पुरमेकादशद्वारमजस्यावक्रचेतसः।
अनुष्ठाय न शोचति विमुक्तश्च विमुच्यते ॥ एतद्वै तत् ॥

(कठ.उप. २.२.१)

अर्थात् – "अवक्र (कुटिलता से रहित) चेतनस्वरूप अजन्मा परमेश्वर का ग्यारह द्वार वाला (यह मनुष्य शरीर) पुर (नगररूपी निवास का स्थान) है; (उस पुर निवासी परमेश्वर का) अनुष्ठान करके (यह देहधारी पुरुष) शोक नहींकरता है और वह विमुक्त पुरुष जन्म-कर्म के सम्पूर्ण बन्धन से मुक्त हो जाता है। निश्चय, यही है वह आत्मा (जिसे तुम जान लेना चाहते हो)।" से अपना सम्बन्ध रखता है।

गायत्री का पौराणिक स्वरूप

यहाँ यह उल्लेख प्रासंगिक है कि गायत्री का यह पञ्चधा स्वरूप ही प्राचीन पुराण साहित्य में गायत्री को पञ्चमुख कहे जाने का आधार बना हुआ है। श्रीमद्देवीभागवत में गायत्री का स्वरूप -

मुक्ताविद्रुमहेमनीलधवलच्छायैर्मुखैस्त्रीक्षणै-
र्युक्तामिन्दुनिबद्धरत्नमुकुटां तत्त्वार्थवर्णात्मिकाम्॥
गायत्रीं वरदाभयाङ्कुशकशाः शुभ्रं कपालं गुणं
शङ्खं चक्रमथारविन्दयुगलं हस्तैर्वहन्तीं भजे ॥

(श्रीमद्देवीभागवत १२.३.१०)

अर्थात्- "मोती, मूँगा, स्वर्ण, नील और धवल आभा वाले (पाँच) मुखों, तीन नेत्रों तथा चन्द्रकला (द्वितीय तिथी के चन्द्रमा) युक्त रत्नमुकुट को धारण करनेवाली, चौबीस अक्षरों से विभूषित और हाथों में वरद- अभयमुद्रा, अंकुश, चाबुक, शुभ्रकपाल, रज्जु, शंख, चक्र तथा दो कमलपुष्प धारण करनेवाली भगवती गायत्री का मैं ध्यान करता हूँ।"

कहा जाकर वर्णन किया गया है तथा उपासना कर्म को अपनाकर कथन किया गया है कि प्रातःकाल गायत्री बाल्यावस्था वाली, मध्याह्नकाल में युवावस्था से युक्त तथा सायंकाल में वृद्धावस्था को धारण करनेवाली हो जाती है। प्रातःकाल वे हंस पर, मध्याह्न काल में गरुड़ पर तथा सायंकाल में वृषभ पर विराजित रहती हैं। (श्रीमद्देवीभागवत १२.५.४-५) गायत्री का यह सम्पूर्ण विवरण प्रतिबोधात्मक अवस्था को धारण करता है। यह तदनुसार उपासना आधारित फल-प्राप्ति को प्रकट करता है ।

यह विवरण नाना प्रतीकों के माध्यम से अपने कथ्य को प्रकट करता है। इसके अतिरिक्त गायत्री के स्तवन हेतु 'विष्णुसहस्रनाम स्तोत्र' (महाभारत, अनुशासन पर्व अध्याय १४९) या शिवसहस्रनामस्तोत्र

(शिवपुराण) की भाँति श्रीमद्देवी भागवत में **गायत्रीसहस्रनाम स्तोत्र** का विवरण वर्णन किया गया है। (श्रीमद्देवीभागवत १२.६.४-५)

(टीप- श्रीमद्देवीभागवत पुराण के एकादश स्कन्ध के अध्याय सोलह से चौबीस तक में तथा द्वादश स्कन्ध के अध्याय एक से छः तक में कर्मकाण्ड आधारित गायत्री उपासना का विवरण विस्तार से आया है।)

मंत्र-जप की तीन विधियाँ

ब्रह्म उपासना का यह 'गायत्री मन्त्र' तीन भिन्न रूप में 'जप-अनुष्ठान' (पुनः-पुनः स्मरण) किया जाता है-

(१) वाचिक जप

(२) उपाँशु जप

(३) मानस जप।

इन तीनों ही प्रकार की जपविधि को अपनाकर आर्षवचन है कि- "वाचिक जप दश गुना (सम्यक्) फल प्रदान करता है; 'उपाँशु जप' एक सौ गुना (पूर्ण) फल प्रदान करता है तथा 'मानस जप' एक हजार गुना (अनन्त) फलदायी होता है-

विधि यज्ञाज्जपयज्ञो, विशिष्टो दशभिर्गुणैः।
उपाँशु स्याच्छतगुणः सहस्रो मानसस्मृतः ॥

इसके साथ-साथ ही 'गायत्री मन्त्र' की जप प्रक्रिया' के बारे में यह विवरण जानने को मिलता है कि-

ॐकारं पूर्वमुच्चार्य भूर्भुवः स्वस्ततः परम्।
गायत्रीं प्रणवं चान्ते जप्यं ह्येवमुदाहृतम् ॥

अर्थात् –"पहले प्रणवनाद 'ॐकार' का उच्चारण करना चाहिये, फिर 'भूर्भुवः स्वः 'इन तीन व्याहृतियों का, तत्पश्चात् गायत्री मन्त्र का उच्चारण करके अन्त में भी प्रणव लगाना चाहिये। गायत्री मन्त्र का जप ऐसा बताया गया है।" तथा कथन किया गया है कि-

सव्याहृतिकां सप्रणवां गायत्रीं शिरसा सह।
ये जपन्ति सदा तेषां न भयं विद्यते क्वचित् ॥

अर्थात् –"जो लोग सदा गायत्री मन्त्र का जप व्याहृतियों के साथ, प्रणवनाद ॐ (ओंकार नाद) के साथ और शिरोभाग के साथ श्रृद्धापूर्वक करते हैं; उन्हें कहीं भी कोई भय नहीं होता है।" (टीप- प्राणायाम मन्त्र का जो अन्तिम अंश '*ॐ आपो ज्योति रसोऽमृतं ब्रह्म भूर्भुवः स्वरोम्।*' है; उसे शिरोभाग कहा गया है। यह 'प्राणायाम मन्त्र' आगे आया है।)

मन्त्रजप की इस त्रिविध प्रक्रिया में 'गायत्री मन्त्र' का 'वाचिक जप' स्पष्ट उच्चारण करते हुए 'वैखरी वाक्' रूप में बोल कर 'घोष स्वर' में किया जाता है। यह किसी भी साधक के लिये मन्त्रजप-स्मरण की आरम्भिक अवस्था जानी जाती है। 'वाचिक जप' के साथ श्वास-प्रश्वास की अनिवार्यता जुड़ी हुई है। अतः 'वाचिक जप-स्मरण' बहिर्मुख चेतना से सम्बन्ध रखता है और यह बालमन आधारित चित्त की एकाग्रता को प्राप्त करने में सहायक होता है। जिस प्रकार शर-सन्धान की प्रक्रिया में धनुष को दृढ़तापूर्वक धारण करने और पुनः-पुनः तीर चलाने की आवश्यकता होती है; वही अवस्था इस 'वाचिक जप' की जानी जाती है। किसी भी उपासना मन्त्र का 'वाचिक जप' करना स्व-चेतना की बहिर्मुख अवस्था का अर्थात् 'इत्' अवस्था का कार्य होता है।

'उपांशु जप' शब्द-मन्त्र का घोष उच्चारण किये बिना फुस-फुस ध्वनि रूप में किया जाता है, जिसे निकट अवस्था में बैठा हुआ कोई दूसरा व्यक्ति सुन न सके। यह 'उपांशु जप' बहिर्मुख चित्तवृत्ति को अन्तर्मुख बनाने में सहायक होता है तथा 'मानस जप' जिह्वा द्वारा शब्द-मन्त्र का उच्चारण किये बिना ही मानसिक धरातल पर, मन ही मन शब्द-मन्त्र का उच्चारण करते हुए और मन ही मन चिदाकाश में शब्द-मन्त्र को सुनते हुए किया जाता है। 'मानस जप' करते समय श्वास-प्रश्वास की आवश्यकता होती नहीं है। यह 'मानस जप' तो आत्मस्थ अवस्था में श्वास-प्रश्वास से परे अवस्था में अर्थात् श्वास ग्रहण करते समय तथा प्रश्वास छोड़ते समय भी अबाधित अवस्था में किया जाता है। चूंकि इस पुरुषदेह में स्थित 'मन' को आत्म-साधना के क्रम में ब्रह्म का प्रकटरूप जाना गया है- **'मनो ब्रह्मेति व्यजानात्।'** (तैत्ति.उप. ३.४.१) अतः लक्ष्य से लगे हुए तीर की भाँति यह मानसजप तन्मय अवस्था

प्रदान करता है। श्वास-प्रश्वास से परे अवस्था में मानसिक धरातल पर जिह्वा की सहायता लिये बिना किया गया 'मानस जप' स्व-चेतना की 'उत्' अवस्था प्राप्त करने का कार्य होता है। इस प्रकार मानसिक धरातल पर किया गया मन्त्रजप श्रुतिकथन- **'शरवत्तन्मयो भवेत्'**। (मुण्ड.उप. २.२.४) को चरितार्थ करता है। यह स्व-चेतना को 'उत्' अवस्था में स्थित करता है और यह देहस्थ अक्षरपुरुष को प्राप्त करने में सहायक हो जाता है।

श्रुति द्वारा हिरण्यगर्भ अमृतपुरुष परमात्मा को अपने सर्वरूप में मन के द्वारा 'जाना जाने' और मन के द्वारा ही 'प्राप्त किया जाने' योग्य कथन किया गया है- **'मनसैवेदमाप्तव्यम्'।** (कठ.उप. २.१.११) अतः यह 'मानस जप' उपासक को आत्मस्थ अवस्था प्रदान करता है तथा गीतोक्त उपदेश- **'सर्वेषु कालेषु मामनुस्मर युद्ध च।'** (गीता ८.७) अर्थात्- "सर्वकाल में तू मेरा स्मरण कर और युद्ध भी कर।" अर्थात् "तू मुझ हृदयस्थ अक्षरपुरुष का सतत् स्मरण करते हुए इस संसार समर में जीवन-संघर्ष कर।" का अनुपालन करना सम्भव बनाता है। और, यह इस संसार-समर में अमरता (अपराजेय अवस्था) प्रदान करनेवाला होता है।

श्रीमद्भगवद्गीता में विश्वेश्वर श्रीकृष्ण ने सब प्रकार के यज्ञों में जपयज्ञ को अपना स्वयं का प्रकटरूप होना कथन किया है-**'यज्ञानां जपयज्ञोऽस्मि।'** (गीता १०.२५) यज्ञकर्म को मनीषी पुरुषों को पावन (पवित्र) करने वाला, कभी त्याग न करने योग्य और अवश्य किया जाने योग्य कर्म कथन किया गया है- **'न त्याज्यं कार्यमेव तत्।'** (गीता १८.५)) ब्राह्मण ग्रन्थों में यज्ञ को विष्णु का प्रकटरूप कहा गया है- **'यज्ञो वै विष्णुः।'** (शतपथब्राह्मण) तथा केनोपनिषद् में श्रुतिकथन आया है कि "यह देहस्थ आत्मा ही श्रोत्र का श्रोत्र, मन का मन, वाणी का वाणी है; वही प्राण का प्राण और चक्षु का भी चक्षु है। धीर पुरुष इस बोध को नित्य-जीव्वन में अपनाकर इस लोक से जाने के बाद अमर हो जाते हैं।"-

श्रोत्रस्य श्रोत्रं मनसो मनो यद्वाचो ह वाचं स उ प्राणस्य प्राणः।
चक्षुश्चक्षुरतिमुच्य धीराः प्रेत्यास्माल्लोकादमृता भवन्ति ॥

(केन.उप. १.२)

तथा स्पष्ट किया गया है कि-

यद्वाचानभ्युदितं येन वागभ्युद्यते।
तदेव ब्रह्म त्वं विद्धि नेदं यदिदमुपासते ॥ (केन.उप. १.४)

अर्थात्- "जो उच्चारण की गयी वाणी से प्रकाशित नहीं होता, किन्तु जिससे वाणी प्रकाशित होती है, उसी को तू ब्रह्म जान, जिस इस वाक् रूप की लोग उपासना करते हैं, वह ब्रह्म नहीं है।"

अतः जिह्वा की सहायता लिये बिना, श्वास-प्रश्वास से परे (रहित) अवस्था में मन ही मन चिदाकाश में शब्द-मन्त्र का उच्चारण करना और श्रोत्र (कान) की सहायता लिये बिना, बाह्य आकाश की भाँति चिदाकाश में इस शब्दरूप को सुन लेना ही 'मानस जप' करते हुए देहस्थ अक्षरब्रह्म परमात्मा को प्राप्त कर लेना है। इस लोक में अमरता को प्राप्त कर लेना है। जिसे श्रुति द्वारा स्वयं के ब्रह्मरूप में बिना चक्षु के देखने और कानों के बिना ही सुनने वाला कहा गया है-**'पश्यत्यचक्षुः स शृणोत्यकर्णः।'** (श्वेता.उप. ३.१९) यह चिदाकाश को जानकर 'परम् व्योम्' का बोध प्राप्त करते हुए अपने आकाशशरीर ब्रह्मस्वरूप का बोध प्राप्त कर लेना है और यह यज्ञमय जागतिक जीवन व्यतीत करते हुए कर्मरत सुकृत अवस्था में इस गायत्री मन्त्र को अपनाकर अमृतत्त्व का भोग करना हो जाता है- **'अंमृतत्वमांनशुः'**। (ऋग्वेद १.१६४.२३ व अथर्ववेद ९.१०.१)अतः 'मानस जप' को सबसे श्रेष्ठ जाना गया है। चंचल मन की एकाग्रता को प्राप्त करने का अचूक साधन जाना गया है और इस 'मानस जप' को 'एक हजार' अर्थात् अनन्त गुना फलदायी होना कथन किया गया है।

इस अवसर पर यहाँ यह स्मरण किया जाना प्रासंगिक और समीचीन है कि- बृहदारण्यक उपनिषद् में श्रुति द्वारा इस 'मानव वाक्' को ही उस परमात्मा का वाक् कहा गया है- **'वागेवास्य वाक्'**। (बृह.उप. १.१.१) तथा कठोपनिषद् में श्रुतिकथन आया है कि- "यह मरणधर्मा मनुष्य न तो प्राण से और न अपान से जीवित रहता है, किन्तु जिसमें ये दोनों ही आश्रय पाये हुए हैं, उससे यह पुरुषरूप (मनुष्यमात्र) जीवित रहता है।"-

न प्राणेन नापानेन मर्त्यो जीवति कश्चन।
इतरेण तु जीवन्ति यस्मिन्नेतावुपाश्रितौ ॥ (कठ.उप. २.२.५)

इस प्रकार श्वास-प्रश्वास आधारित यह 'वाचिक जप' परब्रह्म परमात्मा को प्राप्त करने का साधन होता नहीं। यह तो इस देहधारी क्षरपुरुष के अस्तित्व से सम्बन्ध रखता है और यह इस नाम-रूप आधारित क्षरपुरुष को प्रकट करता है। यह इस 'एक पाद अधोलोक' में याकि इस मरणधर्मा मनुष्यलोक में किसी पुरुषरूप को जीवित कहे जाने और उसे प्राप्त करने का आधार जाना जाता है तथा श्वास-प्रश्वास का टूट जाना (बन्द होना) ही इस पुरुषरूप द्वारा मृत्यु को प्राप्त करना मान लिया जाता है। अतः मानस जप करते हुए चिदाकाश में शब्दरूप को सुन लेना ही देहस्थ अक्षरपुरुष को प्रकट करने और उस अमृतपुरुष को प्राप्त करने का साधन हो जाता है। इस प्रकार चिदाकाश में शब्द रूप को सुनना चञ्चल मन की एकाग्रता (मनोमय पुरुष) को प्राप्त करने का सर्वसुलभ अचूक साधन जाना गया है। अथ ब्रह्म उपासना के इस पुरातन मार्ग को प्रकट करते हुए मुण्डकोपनिषद् में श्रुति द्वारा यह आत्म-रहस्य प्रकट किया गया है कि -

प्रणवो धनुः शरो ह्यात्मा ब्रह्म तल्लक्ष्यमुच्यते।
अप्रमत्तेन वेद्धव्यं शरवत्तन्मयो भवेत् ॥ (मुण्डकोपनिषद् २.२.४)

अर्थात् – "इस मानवदेह में श्वास-प्रश्वास रूप में प्राण के गमनागमन से उत्पन्न होने वाला प्रणव नाद ही धनुष है (और) देहस्थ जीवात्मा ही बाण (तीर) है तथा ब्रह्मस्वरूप परमात्मा उसका लक्ष्य कहा जाता है। वह हिरण्यगर्भ परब्रह्म परमात्मा (अपने जीवात्मा द्वारा) प्रमादरहित अवस्था में बींधा जाने योग्य है। अतः लक्ष्य से लगे हुए तीर की भांति लक्ष्य को वेधकर (प्राप्तकर) तन्मय हो जाना चाहिये अर्थात् परब्रह्म परमात्मा से अपनी सतत् सायुज्यता को धारण करना चाहिये।"

इस प्रकार श्रुति इस नश्वर पुरुषदेह में श्वास-प्रश्वास के गमनागमन पर आधारित प्रणवनाद को धनुष एवं देहस्थ अक्षरपुरुष 'जीवात्मा' को 'शर' (बाण) रूप होना कथन करती है तथा इस प्रकट पुरुष रूप को रथी रूप

में धनुर्धर्ता होना प्रकट करती है। अतः श्वास-प्रश्वास आधारित यह वाचिक जप-स्मरण भगवान शिव के टूटने वाले 'पिनाक धनुष' को धारण करने से सम्बन्ध रखता है, जिसे स्मृतिग्रन्थ श्रीमद्भगवद्गीता में आरम्भतः महारथी शूरवीर योद्धाओं द्वारा "महेश का महान् धनुष" - **'महेष्वासा'** (गीता १.४) धारण करना कथन किया जाकर यह आत्म-रहस्य प्रकट किया गया है तथा श्वास-प्रश्वास की सहायता के बिना उच्चारित और चिदाकाश में शब्दरूप को सुनते हुए आत्मस्थ अवस्था को प्राप्त कर समस्त जागतिक व्यापार करना ही श्रीमद्भगवद्गीता में "परम पुरुष का धनुष"- **'परमेष्वासः'** (गीता १.१७) धारण करना प्रकट किया गया है।

उस परमेश्वर का यह श्रेष्ठ धनुष कुरुक्षेत्र की रणभूमि में पितामह भीष्म की भाँति अजेय अवस्था और इच्छामृत्यु प्राप्त करने की पात्रता प्रदान करता है। पौराणिक कथाओं में भगवान विष्णु के इस **'शारङ्ग धनुष'** को धारण कर देवताओं द्वारा असुरों पर विजय प्राप्त करना और अपना खोया हुआ स्वर्गलोक का साम्राज्य पुनः प्राप्त कर लेना कथन किया गया है। अथ इस प्रकार का यह श्वास-प्रश्वास (प्रणवनाद) आधारित संहारकर्ता भगवान शिव (महेश) और सकल जगत् के धारण-पालन एवं पोषणकर्ता परमपुरुष भगवान विष्णु के धनुष का उभयरूप होना जाना और कहा जाता है।

महाभारत महापुराण में महर्षि वेदव्यास दारा यह आत्म-रहस्य प्रकट किया है कि- "अविनाशी ब्रह्म के 'दो रूप' जानना चाहिये- एक 'शब्द ब्रह्म' तथा दूसरा 'पर ब्रह्म'। जो कोई पुरुष 'शब्द ब्रह्म स्वरूप' को अर्थात् शब्द के नश्वररूप और अनश्वर अक्षर स्वरूप को भलीभाँति जानता है; वह सुगमता से 'परब्रह्म स्वरूप' परमात्मा की ओर जाता अर्थात् हिरण्यगर्भ अनश्वर परब्रह्म परमात्मा को प्राप्त कर लेता है।"-

द्वे ब्रह्मणि वेदितव्ये शब्दब्रह्म परं च यत्।
शब्द ब्रह्मणि निष्णातः परब्रह्म अधिगच्छति ॥

(म.भारत, शान्तिपर्व २३२.२०)

शब्द बाह्य आकाश में प्रकट होता है और सदैव नश्वर अवस्था को धारण करता है। यह सम्पूर्ण आकाश में चतुर्दिक व्याप्त होकर लोप हो जाता है। अतः तीनों ही वेदसंहिता ऋग्वेद, यजुर्वेद और सामवेद में आये इस 'गायत्री मंत्र' के जप की इन तीनों ही विधियों द्वारा वाणी के शब्दब्रह्म स्वरूप को (पद्य, गद्य और गानरूप को) और देहस्थ अक्षरपुरुष को भलीभाँति जानकर और नित्य-जीवन में अपनाकर यह मनुष्य देहस्थ अमृतपुरुष परमात्मा को प्राप्त करता है। वह इस लोक से प्रयाण कर परब्रह्म परमात्मा में लय अवस्था प्राप्त करता है, जिसे श्रुति द्वारा **'अत्रेव समवलीयन्ते'** (बृह.उप. ४.४.६) कहा गया है तथा अनुशासन किया गया है कि-

धनुर्गृहीत्वौपनिषदं महास्त्रं शरं ह्युपासानिशितं संधयीत ।
आयम्य तद् भावगतेन चेतसा लक्ष्यं तदेवाक्षरं सोम्य विद्धि ॥

(मुण्ड.उप. २.२.३)

अर्थात् –"हे प्रिय सोम्य ! उपनिषदों में वर्णित प्रणवरूप महान् अस्त्र धनुष को लेकर (उस पर) निश्चय ही उपासना द्वारा तीक्ष्ण किया हुआ बाण चढ़ाये (फिर) भावपूर्ण चित्त के द्वारा (अर्थात् चित्त की एकाग्रता और धैर्य को धारण कर) उस बाण को खींच कर उस परम अक्षर पुरुषोत्तम को ही लक्ष्य मानकर वेधे (अर्थात् तद् गत अवस्था को प्राप्त करे)।"

अथ अनवरत चलने वाले सृष्टिचक्र में यह 'मानस जप' देहस्थ अक्षरपुरुष को प्राप्त करने का साधन होता है। यह चिदाकाश में शब्द के उच्चारण और श्रवण आधार पर देहस्थ अक्षर पुरुष आत्मा, शिवस्वरूप परमात्मा का बोध प्रदान करता है, जिसे श्रुति कथन- **'य एतदविदुरमृतास्ते भवन्त्यथेतेरे दुःखमेवापियन्ति।'** (श्वेता.उप. ३.१०) अर्थात् – "जो इस अक्षर- शब्दरूप परब्रह्म परमात्मा को जानते हैं, वे अमर हो जाते हैं; परन्तु इस आत्म-रहस्य को न जानने वाले दूसरे लोग दुखः का पान करते अर्थात् पुनः-पुनः जन्म को प्राप्त करते हैं।" तथा गीतोक्त कथन –**'यज्ज्ञात्वा न ... ... द्रक्ष्यस्यात्मन्यथो मयि ॥'** (गीता ४.३५) एवं श्रीरामचरितमानस में आये कथन–"मैं चिदाकाश में स्थित अपने शिवस्वरूप आत्मा का भजन-असौ स्तवन करता हूँ।"

'चिदाकाशमाकाशवासं भजेऽहम्।' (उत्तरकाण्ड-१०७)

आधार पर सुगमता पूर्वक जाना और अपनाया जा सकता है। यह आत्म-बोध समस्त दुःखों का अन्त कर सुखमय जीवन-अवस्था प्रदान करता है। इस अवसर पर यहाँ यह स्मरणीय है कि श्रुति द्वारा यहाँ इस मरणधर्मा पुरुषदेह में स्थित यह आत्मा और वहाँ द्युलोक स्थित ज्योतिर्मय सूर्य में स्थित वह आत्मा, दोनों को एक ही होना कथन किया गया है- **'स यश्चायं पुरुषे यश्चासावादित्ये स एकः।'** (तैत्ति.उप. ३.१०.४) तथा ईशावास्य उपनिषद् में आया श्रुतिकथन है कि- "इस प्रकार का जो तेजोमय पुरुष है वह मैं स्वयं हूँ"- **'योऽसावसौ पुरुषः सोऽहमस्मि।'** (ईशा-१६) अतःइस समरूपता के आधारपर ही देहस्थ आत्मा को सूर्यरूप जाना गया है। वेदवाणी में 'सूर्या विवाह सूक्त' के अन्तर्गत इस पुरुषरूप के प्रति सूर्य और स्त्रीरूप के प्रतिसूर्या नाम-सम्बोधन अपनाया गया है। (ऋग्वेद १०.८५.३-३५) तथा षडवेदाङ्गशास्त्र आधारित ज्योतिषशास्त्र के अन्तर्गत जातक के देहरूप में स्थित आत्मा को सूर्यरूप जाना जाकर ही विचार किया जाता है। यहाँ यह भी उल्लेखनीय है कि धर्मग्रन्थों में सूर्यदेवता को कानों में कुण्डल धारण करने वाला कहा गया है। कानों में धारण किये गये कुण्डल को ही सूर्यदेवता की पुरुषरूप पहचान का सूत्र होना प्रकट किया गया है। अतः जब हम 'मानस जप' को अपनाकर इस 'गायत्रीमंत्र' का जप मन ही मन करते हैं और चिदाकाश में इस मंत्रजप को कर्णेन्द्रिय की सहायता लिये बिना ही शब्द रूप में सुनने का कार्य करते हैं, तो हम सहज ही अपने दोनों ही कर्णेन्द्रिय को कुण्डलरूप होना जानते हैं। हम दोनों ही कान को इस देहरूप की शोभा होना पाते हैं और देहस्थ अनश्वर आत्मा को अपने ज्योतिर्मय सूर्यरूप में प्राप्त कर उसमें स्थित हो जाते हैं।

तैत्तिरीयोपनिषद् में श्रुतिकथन आया है कि- परब्रह्म परमात्मा सत्यस्वरूप, ज्ञानस्वरूप और अनन्तरूप है- **'सत्यं ज्ञानमनन्तं ब्रह्म।'** (तैत्ति.उप. २.१.१) 'अनन्तरूप है' अर्थात् वह ब्रह्मस्वरूप परमात्मा सब प्राणियों (मनुष्यों) के देहरूपमें स्थित हो गया है। वह सब को ब्रह्मभाव प्रदान करनेवाला है। 'गायत्री' का परिचय प्रदान करते हुए छान्दोग्य उपनिषद् में

श्रुतिकथन आया है कि- "गायत्री ही ये सब भूत-प्राणीवर्ग हैं। जो कुछ भी ये स्थावर-जङ्गम प्राणी हैं, वे सब गायत्री ही हैं। वाक् (वाणी) ही गायत्री है। और वाक् ही ये सब प्राणी हैं; क्योंकि यही गायत्री उनका गान (नामोच्चारण) करती है और उनकी (भय आदि त्रिविध ताप से) रक्षा करती है"- **'गायत्री वा इदँसर्वं भूतं यदिदं किं च वाग्वै गायत्री वाग्वा इदँसर्वं भूतं गायति च त्रायते च।'** (छान्दो.उप. ३.१२.१)

अतः यह 'गायत्री उपासना' सब मनुष्यों को अमृतत्त्व प्रदान करनेवाली है। यह सबको मोक्ष प्राप्ति के अमृतमार्ग पर ले जाने वाली है। अथर्ववेद में गायत्री को स्तुति करने योग्य, वर प्रदान करनेवाली और समस्त ज्ञान की जननी वेदमाता कहा गया है– **'स्तुता मया वरदा वेदमाता'** (अथर्ववेद १९.७१.१) "वर देने वाली वेदमाता" अर्थात्- "मनोवाञ्छित कार्य को सिद्ध करनेवाली और सब प्रकार का ज्ञान-बोध प्रदान करने वाली माता" कहा गया है तथा जिस प्रकार कोई माता अपने पुत्र का ज्ञानसंवर्धन करती है और उसे ग्राम/ नगर वीथिकाओं में अकेला भ्रमण करने योग्य बनाती है; उसी प्रकार यह 'गायत्री उपासना' मानवमात्र को जागतिक मोह और अज्ञान आधारित 'अन्धकूप' से बाहर निकालकर इस सकल जगत् में जीवनयात्रा करने योग्य बनाती है। अतः 'गायत्री' वेदमाता रूप में 'ज्ञान की जननी' कही जाती है।

अथ स्पष्ट है कि यह गायत्री उपासना इस मर्त्यलोक में मानवमात्र के लिये 'प्रज्ञानस्वरूप परमात्मा' को प्राप्त करने और विद्वान् ज्ञानी पुरुषों के उद्भव का स्रोत हो गयी है। मनुष्यमात्र के लिये यह 'ज्ञान प्राप्ति का अक्षय स्रोत' हो गयी है। सब प्राणियों (मनुष्यों) के देहरूप में स्थित यह अचल-स्थिर आत्मा आनन्दमय है – **'आत्माऽऽनन्दमयः'** (तैत्ति.उप. २.५.१) इस आनन्दमय आत्मा को प्राप्तकर यह मनुष्य प्रसन्नचित्त अवस्था को धारण करता है- **'स मोदते मोदनीयं हि लब्ध्वा।'** (कठ.उप. १.२.१३)

अतः गायत्री उपासना आनन्दमय आत्मा को प्राप्त कर, आनन्दमय जागतिक जीवन व्यतीत करने का साधन हो गयी है। यह कर्मरत अवस्था को अपनाकर अपनी जीवनयात्रा पूर्ण करते हुए त्रिपादूर्ध्व वामन पुरुष

(विष्णु) को प्राप्त करने का साधन हो गयी है। यह मृत्यु उपरान्त अनामय 'परमपद' प्रदान करनेवाली हो गयी है। और, यह स्मृतिगत पौराणिक कथन- **'चेष्टायै कर्मणामह'** अर्थात्– "दिवसकाल का अस्तित्व कर्मचेष्टा के लिये है।" से सम्बद्ध अवस्था को अपनाकर सृष्टि-चक्र के संधारण का आधार हो गयी है।

गायत्री मन्त्र का पद विभाग, पदच्छेद और अन्वय

ज्योतिर्मय हिरण्यगर्भ प्रज्ञानस्वरूप 'ब्रह्म'की उपासना हेतु यह 'गायत्री मन्त्र' चित्त की एकाग्रता को अपनाकर निम्न रूप में स्मरण-मनन किया और जपयज्ञ हेतु अपनाया जाता है'-

"ॐ भूर्भुवः स्वः तत्सवितुर्वरेण्यं भर्गो देवस्य धीमहि।

धियो यो नः प्रचोदयात् ॥"

तथा मन्त्र उच्चारण की पूर्णता पर पुनः 'ॐ' उद्गीथ का उच्चारण किया जाता है। ईश्वर तत्त्व 'ब्रह्म' की उपासना का यह 'गायत्री मन्त्र' कुल चार भागमें विभाजित है। इस 'उपासना मन्त्र' का प्रथम भाग 'ॐ' शब्द-नाद का उच्चारण है। यह 'ओम' शब्द-नाद उस परमेश्वर का 'एकाक्षर नाम' है। शब्दरूप निराकार परमेश्वर का यह एकाक्षर नाम इस लोकमें महान् यश प्रदान करनेवाला है- **'यस्य नाम महद्यशः।'** (श्वेता.उप. ४.१९) मन्त्र के द्वितीय भाग में 'भूः', 'भुवः' और 'स्वः, ये तीन व्याहृतियाँ आती हैं। ये तीनों ही व्याहृतियाँ इस प्रकट जगतरूप का, सर्वगत "विराट् पुरुष" का भाव-बोध प्रदान करती हैं। मंत्रोच्चारण के तृतीय भाग में तीन चरण वाला गायत्री छन्द आधारित उपरोक्त वैदिक ऋचा-मन्त्र आता है। तथा चतुर्थ क्रम में 'ॐ' पद का उच्चारण पुनः सम्पुट् रूप में किया जाता है। उपासना हेतु इस गायत्री मन्त्र का प्रथम चरण द्वितीय चरण के साथ जोड़ा जाता है। प्रथम और द्वितीय चरण आधारित यह प्रथम भाग तथा तृतीय चरण आधारित द्वितीय भाग प्रकृति और पुरुष के संयुक्त नश्वर और अनश्वर (उभयरूप) से अपनी सम्बद्धता अपनाने वाला होता है। इस 'गायत्री मन्त्र'का पदच्छेद/ अन्वय-

"तत् सवितुः वरेण्यं। भर्गः देवस्य धीमहि। धियः यः नः प्रचोदयात्।"

जानने में आता है। तदनुसार यह गायत्री मन्त्र निम्न अर्थ प्रकट करता है-

"**तत्** = उस; **सवितुः** = सविता नामक; **वरेण्यं**= वरण करने योग्य; **भर्गः** = ब्रह्म तेज; **देवस्य** = देव के, परमेश्वर के; **धीमहि**= ध्यान (चिन्तन-मनन-वरण) करते हैं; **धियः** = बुद्धि;**यः** = जो; **नः** = हमारी (मेरी); **प्रचोदयात्** = प्रेरित करे, नियोजित करे।"

अथ व्याहृतियुक्त अवस्था में 'ब्रह्म उपासना' का यह 'गायत्री मन्त्र' संक्षेप में अर्थ सूचित करता है कि-

"उस परमेश्वर के वरण करने योग्य 'सविता' नामक ब्रह्मतेज का मैं ध्यान (चिन्तन-मनन-वरण) करता हूँ जो तीनों ही लोक को आलोकित करने और जीवन-चेतना प्रदान करनेवाला है। वह देव मेरी (हमारी) बुद्धि को इस हेतु प्रेरित करे; मुझे (हमें) मेरे (हमारे) इस संकल्प में हमें नियोजित करें।"

इस प्रकार वेदत्रयी- ऋग्वेद, यज्ञसंहिता यजुर्वेद और सामवेद में आया ईश उपासना का यह 'वेदऋचा-मन्त्र' कुल 'दश पद' युक्त और 'दो भाग' आधारित होना प्रकट होता है।'गुरु-शिष्य परम्परा' में 'ब्रह्मज्ञान'को प्राप्त करने हेतु 'संख्या दश' सांकेतिक महत्व (गूढ़ार्थ) को धारण करती है। यह प्रतिबोधात्मक रूप में प्रकट करती है कि" ईश उपासना का यह 'गायत्री मन्त्र' कुल दस पद (शब्द) को धारण करता हुआ निश्चयात्मक आयतनवान सम्यक् स्वरूप धारण करता है और 'ब्रह्म उपासना' का यह 'गायत्री मन्त्र' निश्चय फल देने वाला है।"

इस गायत्री मंत्र का चौबीसवाँ वर्ण-अक्षर - यह 'गायत्री मन्त्र' अपने उपरोक्त त्रिपाद् छन्द-रूप में कुल तेईस वर्ण-अक्षर का जाना जाता है तथा इस 'गायत्री मन्त्र-छन्द' का चौबीसवाँ वर्ण-अक्षर इस सुकृत मानवदेह में स्थित यह अक्षरपुरुष स्वयं होता है जो त्रिपादूर्ध्व और एकपाद अधोलोक आधारित इस मर्त्यलोक-पृथिवीलोक- **'पृथिवी मरः'** (ऐत.उप. १.१.२) में "जन्माङ्ग चक्र" अनुसार वर्ण एवं गुण-कर्म को अपनाकर त्रिगुणमय जागतिक जीवन व्यतीत करते हुए- इस वेदऋचा- वेदत्रयी में आये 'गायत्रीमंत्र' की उपासना द्वारा अपने अक्षर ब्रह्मस्वरूप को धारण करता हुआ समस्त दैवीय शक्तियों को धारणकर सुखमय जीवन व्यतीत करता है

और अमरता का भोग करता है, जिसे श्रुति द्वारा - **'य इत् तद् विदुस्ते अंमृतत्वमांनशुः ।'** (ऋग्वेद १.१६४.३९ एवं अथर्ववेद ९.१०.१) कहा जाकर प्रकट किया गया है।

बृहदारण्यक उपनिषद् में श्रुति कथन आया है कि 'इस लोक में कर्म की विभूतिमय अवस्था को प्राप्त करने हेतु परब्रह्म परमात्मा (अविनाशी आत्मा) स्वयं चारों ही वर्ण में जन्म प्राप्तकर कर्म को अपनाने वाला हो गया है। (बृह.उप. १.४.११-१४) इस पुरुषरूप का यह वर्ण-अक्षर-रूप हमें वेदाङ्गशास्त्र के अन्तर्गत ज्योतिष शास्त्र आधारित जातक के 'जन्माङ्ग चक्र' की सहायता से जानने को मिलता है तथा इस वर्ण-रूप आधारित अविनाशी आत्मा की उपासना (आत्मोपासना) द्वारा यह मनुष्य जो-जो कामना करता है उस-उस को प्राप्त कर लेता है- **'यद्यत्कामयते तत्तत्सृजते।'** (बृह.उप. १.४.१५) अथ इस गायत्री मन्त्र की उपासना द्वारा यह मनुष्य कर्मबन्धन रहित अपने ब्रह्मस्वरूप को प्राप्त करता है। किन्तु कई लोगों द्वारा चौबीस वर्ण-अक्षर की संख्यापूर्ति हेतु 'वरेण्यं' पद को 'वरेणियं' रूप में उच्चारण किया जाता है। उनका यह सब कार्य प्रसिद्ध लोकोक्ति- *'आम्रफल का स्वाद लेने के स्थान पर, आम्रफल की गुठली गिनने' और* बालबुद्धि आधारित मूढ़ता को अपना लेने जैसा होता है। 'गायत्री' को वेदमाता रूप में जाना गया है। अतः जिस प्रकार कोई माता अपने बालक के तोतले या अधूरे बोल सुनकर भी तत्परतापूर्वक उसकी आवश्यकता पूर्ति करनेवाली या बालक को दुग्धपान कराने वाली हो जाती है; वही अवस्था इस 'गायत्री उपासना' के साथ जानी जाती है-

गायत्री वेदमाता सा सर्वकल्याण-कारिणी।
पठतां जपतां नृणां करोतु कुशलं सदा ॥

चूंकि इस पुरुषदेह में स्थित 'ब्रह्मस्वरूप अनश्वर आत्मा' निर्विकार, प्रकाशरूप और प्रज्ञानस्वरूप है। सविता रूप में सूर्य आरोग्य के देवता हैं। वे प्राणीमात्र को नवचेतना प्रदान करते हैं। जीवन-यात्रा का आधार होते है। अतः ब्रह्म उपासना का यह 'गायत्री मन्त्र' आयु की पूर्णता प्रदान करने, अकाल मृत्यु से रक्षा करने, रोग निवारण करने, अवसाद दूर करने,

विकारमुक्त करने और ज्ञानवान अवस्था प्रदान करनेवाला है। यह जीवन को ओजस्वी और तेजोमय बनाने वाला है। ग्रहण योग (सूर्य और चन्द्र ग्रहण) समय 'गायत्री मन्त्र' का जप करना विशेष लाभकारी जाना गया है। इसे प्रेतबाधा से मुक्त करनेवाला माना गया है। गरुड़पुराण हेमाद्रि २.६२-६३ में आये विवरण अनुसार 'गायत्री मन्त्र' का शत बार, सहस्त्र बार, दश सहस्त्र बार जप करने पर यह अनेक रोगों का निवारण-विनाश करता है।

यह 'गायत्री' शब्द 'संज्ञा' रूप है। यह व्यक्तिवाचक है। शब्दकोश अनुसार यह गायत्री शब्द गुरुमन्त्र, पवित्रमन्त्र, दुर्गा, गंगा, देवी आदि अर्थ सूचित करता है। चूंकि यह 'गायत्री मन्त्र' अविनाशी ब्रह्म की निर्विकार क्रियाशक्ति का उपासना मन्त्र है।

अतः 'गायत्री' के देवीरूप को हंसारूढ़ा जाना गया है तथा पौराणिक मान्यतानुसार त्रिकाल सन्ध्योपासना के लिये गायत्री को प्रातःकाल कुमारी रूप में हंसारूढ़ा-ब्रह्मस्वरूपिणी; मध्याह्नकाल में युवती रूप में 'धर्मरूपी वृषभ पर सवार' वृषभारूढ़ा सावित्री-शिवस्वरूपिणी और संध्याकाल में प्रोढ़ा (वृद्धा) रूप में गरुढ़ारूढ़ा सरस्वती - विष्णुरूपा जाना गया है। गायत्री उपासना के ये तीनों ही देवीरूप तदनुसार सन्ध्योपासना का फल प्रदान करने वाले माने गये हैं। ये त्रिकाल सन्ध्योपासना का आधार जाने गये हैं। स्मरणीय है कि संध्याकर्म के तीन भेद- उत्तम, मध्यम और अधम जानने को मिलते हैं।

प्रातःकाल और सायंकाल की जाने वाली संध्या के सम्बन्ध में वर्णन मिलता है कि- "उषाकाल में तारों के रहते की जाने वाली प्रातःसंध्या उत्तम, तारों के लुप्त होने पर की जाने वाली मध्यम तथा सूर्य के उदय हो जाने पर की जाने वाली संध्या अधम होती है।"-

उत्तमा तारकोपेता मध्यमा लुप्ततारका।
कनिष्ठा सूर्यसहिता प्रातःसंध्या त्रिधा स्मृता ॥

(देवीभागवत ११.१६.४)

इसी प्रकार सायंकालीन संध्याकर्म के सम्बन्ध में कथन किया गया है कि-

उत्तम सूर्यसहिता मध्यमा लुप्तभास्करा।
कनिष्ठा तारकोपेता सायंसंध्या त्रिधा स्मृता ॥

(देवीभागवत ११.१६.५)

अर्थात्- "सूर्य के रहते की जाने वाली सायंसंध्या उत्तम, सूर्य के अस्त हो जाने पर की जाने वाली मध्यम और तारों के दिखाई देने पर की जाने वाली संध्या अधम कही जाकर तीन भिन्न रूप में स्मरण की (कही) जाती है।"

गायत्री मन्त्र के देवताओं की पौराणिक अवधारणा

इस अवसर पर यहाँ यह विचार किया जाना समीचीन है कि प्राचीन पुराण साहित्य में इस 'गायत्री मन्त्र' में आये सभी चौबीस वर्ण (अक्षर) के पृथक्-पृथक् चौबीस देवता होना कथन किया गया है। पद्मपुराण में गायत्री मन्त्र के 'चौबीस वर्ण-अक्षर' के 'चौबीस देवता' क्रमशः निम्नानुसार होना कथन किया गया है-

अग्निर्वायू रविर्विद्युद्यमो जलपतिर्गुरुः ॥
पर्जन्यो इन्द्रो गन्धर्वः पूषा च तदन्तरम्।
मित्रोऽथ वरुणस्त्वष्टा वासवो मरुतः शशी ॥
अङ्गिरा विश्वनासत्यौकस्तथा सूर्यदेवताः।
रुद्रो ब्रह्मा विष्णुश्च क्रमशोऽक्षर देवताः ॥ (पद्मपुराण २१५.१६-१८)

अर्थात् –"अग्नि, वायु, रवि, विद्युत, यम, वरुण, गुरु, पर्जन्य, इन्द्र, गन्धर्व, पूषा, मित्र, वरुण, त्वष्टा, वसु, मरुत, शशी, अङ्गिरा, विश्वेदेव, अश्विद्वय, सूर्य, रुद्र, ब्रह्मा और विष्णु क्रमशः चौबीस अक्षर के देवता हैं।"

तथा श्रीमद्देवीभागवत में चौबीस वर्ण के देवता क्रमशः अग्नि, प्रजापति, चन्द्रमा, ईशान, सविता, आदित्य, बृहस्पति, मित्रावरुण, भग, ईश्वर, गणेश, त्वष्टा, पूषा, इन्द्राग्नि, वायु, वामदेव, मित्रावरुण, विश्वेदेव, मातृक, विष्णु, वसु, रुद्र, कुबेर और अश्विनीकुमार होना कथन किया गया है। (श्रीमद्देवीभागवत १२.२.२०-२६)

इस प्रकार गायत्री मन्त्र के देवताओं का यह पौराणिक विवरण परस्पर समानता या एकरूपता को अपनाता नहीं। अतः 'मन्त्र उपासना' के क्रम में यहाँ मुख्य बात यह विचारणीय है कि ऋग्वेद संहिता के तृतीय मण्डल, सूक्त क्रमांक बासठ में आये विवरण अनुसार इस वैदिकऋचा-मन्त्र के द्रष्टा ऋषि गाथिनो विश्वामित्र अर्थात् 'ब्रह्मत्व को प्राप्त करने हेतु जिनकी महर्षि वशिष्ठ और अप्सरा मेनका के साथ अनेक पौराणिक गाथाएँ प्रसिद्ध हैं', वे महर्षि

'गाथिनो विश्वामित्र' इस 'गायत्री मन्त्र' के द्रष्टा ऋषि तथा देवता 'सविता' कथन किये गये हैं। तथा यह सर्वविदित है कि 'मन्त्र उपासना' करते हुए 'बहुदेव' को अपनाना कदापि फलदायी होता नहीं। यह स्वचेतना की एकात्म अवस्था को अपनाना होता नहीं। यह नित्य-जीवन में व्यवसायात्मिका अर्थात् फल प्रदायिनी एकात्मिका बुद्धि (गीता २.४१) को धारण करना होता नहीं। वेदवाणी में श्रुतिकथन आया है कि- "जो कोई इस देव को एकमात्र 'एक' जानता है वह कीर्ति, यश, दीर्घायु, वैभव, ऐश्वर्य, अन्न-भोग और ब्राह्मतेज, अन्न और खान-पान का वैभव आदि प्राप्त करता है। वह पुरुष न दो है, न तीन है, न चार है, न पाँच है, न छः है, न सात है, न आठ है, न नौ है, न दश ही कहा जाता है। वह सबको देखता है। जो जीवित हैं और जो जीवित नहीं है उनको भी। वही एकमेव सामर्थ्यवान् है। वह एक है। एकमात्र सर्वव्यापक देव एक ही है। ये सब देव इसमें ही एकरूप होते हैं"- **'सर्वे अस्मिन् देवा एकवृतो भवति।'** (अथर्ववेद १३.५.१४-२१) तथा कठोपनिषद् में आया श्रुतिकथन है कि-

अङ्गुष्ठमात्रः पुरुषो ज्योतिरिवाधूमकः।
ईशानो भूतभव्यस्य स एवाद्य स उ श्वः ॥ (कठ.उप. २.१.१३)

अर्थात् - "'अङ्गुष्ठमात्र पुरुष 'धूमरहित ज्योति' के समान है। वह भूत और भविष्य का नियमन-शासन करनेवाला है। वह आज भी है और वह कल भी है।"

तथा स्पष्ट किया गया है कि- "जिस प्रकार अखिल भुवन में प्रविष्ट हुआ एक ही स्थूल अग्नि नाना रूप में उस-उस रूपके अनुसार हो रहा है;उसी प्रकार सब प्राणियों का एक ही अन्तरात्मा नाना रूप में प्रविष्ट होकर उस-उस रूपके अनुरूप हो रहा है और वह उन सब रूपों के बाहर स्थित है"-

अग्निर्यथैको भुवनं प्रविष्टो रूपं रूपं प्रतिरूपो बभूव।
एकस्तथा सर्वभूतान्तरात्मा रूपं रूपं प्रतिरूपो बहिश्च ॥

(कठ.उप. २.२.९)

और यह आत्म-रहस्य उजागर किया गया है कि-

अंगुष्ठमात्रः पुरुषोऽन्तरात्मा सदा जनानां हृदये सन्निविष्टः। तं स्वच्छ्रीरात्प्रवृहेन्मुञ्जादिवेषीकां धैर्येण तं विध्याच्छुक्रममृतं विध्याच्छुक्रममृतमिति ॥ (कठ.उप. २.३.१७)

अर्थात् –"अङ्गुष्ठमात्र पुरुष'सदैव अन्तरात्मा रूप में सब मनुष्यों (सब स्त्री-पुरुषों) के शरीर में प्रविष्ट होकर हृदयदेश में निवास करने वाला है। मुञ्ज घास से निकाली गयी सींक की भाँति धैर्यपूर्वक सदैव उसे अपने शरीर से पृथक् अवस्था में देखें; (और) उसी को विशुद्ध अमृत स्वरूप समझें; उसी को विशुद्ध अमृत स्वरूप समझें।"

अतः इस बहुदेव के स्थान पर 'सविता देव' को मन्त्र उपासना का एकदेव मान लेना ही सबके लिये आत्म-कल्याणकारी होता है। यह अविनाशी ब्रह्म को प्राप्त करने एवं द्युलोक स्थित सूर्य की भाँति कर्म की बन्धनरहित अवस्था को प्राप्त करने का मार्ग होता है। श्रीमद्भागवत पुराण में किये गये अनुशासन- **'वेद प्रणिहितो हि धर्मोः ह्यधर्मस्तद्विपर्ययः।'** (श्रीमद्भागवत पुराण ६.१.४०)अर्थात्- "वेदवाणी का कथन ही धर्म है तथा जो कुछ उसके (वेदवाणी के) विपरीत है- वह सब अधर्म की श्रेणी में आता है।" के अनुसार यह धर्ममार्ग का अनुपालन करना होता है।

अथ यही कारण है कि मन्त्र-उपासना मार्ग में इस भटकाव को रोकने के लिये ही - सूक्ति-वचन **"चरैवेति-चरैवेति"** अर्थात्- "चलते रहो, चलते रहो" का अनुपालन करते हुए वेदऋचा का उच्चारण करने से पूर्व ऋचा-मन्त्र के द्रष्टा ऋषि, ऋचा-मन्त्र के छन्द-गानरूप और वेदऋचा के देवता के स्मरण की अनिवार्यता को विनियोग हेतु अपनाया गया है। स्मरणीय है कि त्रिपादूर्ध्व आधारित यहाँ इस मर्त्यलोक में "यह देहधारी पुरुषरूप 'क्रतुमय' कहा गया है"- **'अथ खलु क्रतुमयः पुरुषो'।** (छा.उप. ३.१४.१) 'क्रतुमय' अर्थात् "कर्मनिश्चय वाला कथन किया गया है।" और सब प्राणियों (मनुष्यों) का यह अन्तरात्मा मनोमय होना प्रकट किया गया है- **'अन्तरात्मा मनोमयः।'** (तैत्ति.उप. २.३.१)

अतः यह देहधारी पुरुष कर्मनिश्चय को अपनाकर जिस प्रकार का विचार मन में करता है - उस प्रकार की वाणी का उच्चारण करता है। जिस प्रकार की वाणी का उच्चारण करता है - उस प्रकार का आचरण करता है; और यह जिस प्रकार का आचरण करता है - उस प्रकार का यह मनुष्य हो जाता है"-

यन्मनसा मनुते तद्वाचा वदति।
यद्वाचा वदति तत्कर्मणा करोति।
यत्कर्मणा करोति तदभि संपद्यते ॥

अतः अब हम इस 'गायत्री मन्त्र' की पदावली को अपनाकर - इस "उपासना मन्त्र" के भाव-बोध और मनःसंकल्प आधरित आध्यात्मिक एवं धार्मिक जीवन संदेश पर क्रमशः किंचित् विस्तार के साथ विचार करते हैं।

ॐ पद उच्चारण का जीवन-सन्देश

ॐ = यह प्रकाश रूप परब्रह्म परमात्मा का 'एक अक्षर का नाम' और ब्रह्म का प्रकटरूप है- **'ओमित्येकाक्षरं ब्रह्म।'** (गीता ८.१३) यह 'ॐ' ब्रह्म है। 'ॐ' ही यह सब कुछ है- **'ओमिति ब्रह्म। ओमीतीदँसर्वम्।'** (तैत्ति.उप. १.८.१) तथा माण्डूक्य श्रुति का कथन है कि- 'ॐ' ऐसा यह अक्षर (अव्यय परमात्मा) है। यह सम्पूर्ण जगत् उस अक्षरपुरुष का ही उपव्याख्यान है। जो भूतकाल में हो चुका, जो वर्तमान में हो रहा तथा जो भविष्यकाल में होनेवाला है, यह सब-का-सब जगत् एक ओंकार ही हैऔर जो इन तीनों ही काल से परे त्रिकालातीत है, जो कुछ अन्य है वह भी ओंकार ही है- **'यच्चान्यत् त्रिकालातीतं तदप्योङ्कार एव।'** (माण्डूक्य.उप. १) अतः सर्वप्रथम 'ॐ' शब्द-नाद का उच्चारण करना अखिल ब्रह्माण्ड के स्वामी परब्रह्म परमात्मा का 'नाम स्मरण' करना है। यह इस संसार समुद्र के भयंकर प्रवाह को पार करने हेतु सर्वप्रथम 'ब्रह्म' रूपी नौका को अपना लेना है- **'ब्रह्मोडुपेन प्रतरेत विद्वान् स्रोतांसि सर्वाणि भयावहानि।'** (श्वेता.उप. २.८) यह श्रुतिकथन- **'ओमित्येवं ध्यायथ आत्मानं'** (मुण्ड.उप. २.२.६) अर्थात् – "ओम इस नाम द्वारा अविनाशी, अतिसूक्ष्म, अशरीर, सर्वरूप आत्मा का ध्यान करें।" का अनुपालन किया जाना है।

तैत्तिरीय उपनिषद् में श्रुतिकथन आया है कि मनीषी-आचार्य कोई भी कथन/ कार्य आरम्भ करने से पहले (कार्य की सुगम-निर्विघ्न पूर्णता और फलप्राप्ति हेतु) उस परमेश्वर के 'ओम' नाम का उच्चारण करते हैं। जागतिक जीवन में जिस प्रकार हम किसी व्यक्ति को पुकारने या घने जंगल में खोजने हेतु उस व्यक्ति के 'नाम' को अपनाते और उस 'नाम' को पुकारते हैं; उसी प्रकार 'परब्रह्म परमात्मा' को इस 'संसारवन' में प्राप्त करने हेतु उपनिषद् वाणी में श्रुति इस 'ॐ नाम' उच्चारण को अपनाने का निर्देश करती है। उपासना के अन्य सब मंत्रों को छोड़कर इस एकाक्षर 'ॐ' नाम को हिरण्यगर्भ अमृतपुरुष परमात्मा को प्राप्त करने का सुगम 'सेतु' होना

कथन करती है- '**अन्या वाचो विमुञ्चथामृतस्यैष सेतुः।**' (मुण्ड.उप. २.२.५) इस 'ॐ' नाम (नाद) को परम आलम्बन होना कथन करती है- '**एतदालम्बनं परम्।**' (कठ.उप. १.२.१७) तथा उस परमेश्वर की उपासना हेतु बहुत अधिक शब्द-अक्षरवाले मन्त्र को अपनाने का निषेध करते हुए उसे अपनाना मात्र 'वाणी का परिश्रम' होना प्रकट करती है- '**नानुध्यायाद् बहूञ्छब्दान् वाचो विग्लापानँ हि तदिति।**' (बृह.उप. ४.४.१)

छान्दोग्योपनिषद् में श्रुतिकथन आया है कि- "प्रजापति द्वारा किये गये- 'भूः, भुवः और स्वः 'इन तीनों ही अक्षर के आलोचन से इस 'ॐ' अक्षर की उत्पत्ति हुई है। (छा.उप. २.२३.३) तथा प्रकट किया गया है कि- "यह जो अक्षर 'ॐ' है, वह अन्य स्वरों के समान स्वर है। यह अमृत और अभयरूप है। इसमें प्रविष्ट होकर देवगण अमृत और अभय हो गये। तथा वह कोई अन्य जो इसे इस प्रकार जानने वाला होकर इस अक्षर की स्तुति (उपासना) करता है, वह इस अमृत और अभयरूप अक्षर में प्रवेश कर जाता है तथा इसमें प्रविष्ट होकर जिस प्रकार देवगण अमर हो गये थे, उसी प्रकार वह अमर हो जाता है।" (छान्दो.उप. १.४.४-५) इस प्रकार 'ॐ' अक्षर में प्रवेश करके अर्थात् 'भूः, भुवः और स्वः' अक्षर (व्याहृति) द्वारा संसूचित पृथिवी, अन्तरिक्ष और द्युलोक आधारित उस परमेश्वर के आकाशशरीर में प्रवेश करके यह मनुष्य देवताओं की भाँति अमरता को प्राप्त करता है।

अत: सर्वरूप में समाहित और स्वयं के इस नश्वर देह-रूप में स्थित प्रज्ञानस्वरूप, परब्रह्म परमात्मा की प्राप्ति हेतु उपनिषद्वाणी में श्रुति द्वारा इस एकाक्षर नाम 'ॐ' की उपासना का अनुशासन किया गया है- '**ओमित्येतदक्षरमुद्गीथमुपासीत।**' (छान्दो.उप. १.१.१) अर्थात्- "ॐ यह अक्षर उद्गीथ है, इसकी उपासना करनी चाहिये।" 'यह ॐ अक्षर उद्गीथ है' अर्थात्- यह 'ॐ' शब्दनाद स्व-चेतना की 'उत्' अवस्था प्राप्त करने हेतु गान आधारित उस परमात्मा का रसमय नाम है। इस विषय में 'योग दर्शन' के प्रणेता महर्षि पतञ्जलि का यह कथन है कि- '**तस्य वाचकः प्रणवः। तज्जपस्तर्थभावनम्।**' (योगदर्शन १.२७-२८) अर्थात्- "प्रणवाक्षर 'ॐ' उस परमेश्वर का वाचक नाम है। उस 'ॐ' नाम का जप और उसके अर्थ की

भावना करनी चाहिये।" "ॐ नाम का जप और उसकी भावना करनी चाहिये" अर्थात् जिस प्रकार हम 'दूर स्थित' या किसी वनक्षेत्र अथवा मानव समूह (भीड़) में दृष्टि से ओझल हुए अपने मित्र या किसी अन्य देहधारी पुरुषरूप को खोजने या उसे सम्मुख अवस्था में प्राप्त करने हेतु - उसका नाम पुकारते हैं- और - इसके साथ-साथ ही उस नामधारी मित्र या पुरुषरूप या किसी अन्य को सशरीर अवस्था में अपने सम्मुख दृष्टिगोचर अवस्था में उपस्थित देख लेने या प्राप्त कर लेने की आतुरता का मनोभाव - नाम पुकारने के साथ-साथ अपनाते हैं - ठीक उसी प्रकार उस परमेश्वर का 'ॐ' नाम पुकारने के साथ उस निराकार, प्रकाशरूप परमेश्वर को अपने सम्मुख अवस्था में देख लेने या प्राप्त करने की आतुरता का मनोभाव अपनाना चाहिये।

वह परमात्मा रसरूप है। अतः सर्वप्रथम प्रणवनाद 'ॐ' का उच्चारण-स्मरण करना, ओंकार नाद के गानरूप (उद्गीथ रूप) को अपनाना - जीवन-यात्राके दुर्गमपथ को सुगम बनाने और अभय तथा अमरता को प्राप्त करने हेतु उस परमेश्वर के 'एकाक्षर नाम' का आरम्भतः स्मरण करना है। इस मनुष्यदेह में निवास करते हुए रसमय हिरण्यगर्भ पुरुष को प्राप्त करने और मनुज रूप में देवत्व को प्राप्त/ धारण करने हेतु अग्रसर होना है।

तीनों ही व्याहृतियों का अर्थ और जीवन-सन्देश

भूः, भुवः स्वः = उस परमेश्वर के एकाक्षर'ॐ' (ओम) नाम का स्मरण-उच्चारण सर्वप्रथम करने के बाद ज्योतिर्मय पुरुष की उपासना के द्वितीय क्रम में - **'भूः' 'भुवः'** और **'स्वः'** इन तीन व्याहृतियों का उच्चारण करना, उस परमेश्वर के प्रकट 'पुरातन जगतरूप' का, सर्वव्यापी सर्वगत पुराण पुरुष रूप का स्मरण करना है। इन तीनों ही व्याहृतियों के साथ 'ईश उपासना का यह गायत्री मन्त्र' यज्ञ संहिता यजुर्वेद के अध्याय छत्तीस (३६.३) में आया है।

इन तीनों ही व्याहृति- भूः, भुवः और स्वः को अपनाकर बृहादारण्यक उपनिषद् में श्रुतिकथन आया है कि- "इस अखिल भुवन-मण्डल में यह जो प्रकाश पुरुष है, उसका 'भूः' यह सिर है; सिर एक होता है और यह अक्षर भी एक है। 'भुवः' यह भुजा है; भुजाएँ दो हैं और ये अक्षर भी दो हैं। 'स्वः' यह प्रतिष्ठा (चरण) है; प्रतिष्ठा (चरण रूप में धवल और कृष्ण अथवा सद् और असद्) दो हैं और ये अक्षर भी दो हैं। 'अहर्' यह उस पुरुष का उपनिषद् (गूढ़ नाम) है। जो ऐसा जानता है, वह पाप को मारता है और उसे त्याग देता है (अर्थात् वह पापकर्म से विरत होता है)।" (बृह.उप. ५.५.३) यह 'अहर्' नाम-सम्बोधन विराट् पुरुष के जिस अनश्वर गुण-स्वरूप का हरण (या अपहरण) किया न जा सके उस पुरुष रूप अवयव को सूचित करता है। यह अनश्वर 'अहर्' गुण-स्वरूप ही श्रीमद्भगवद्गीता में 'अच्युत' (गीता १.२१, ११.४२ व १८.७३) कहा जाना प्रकट होता है।

छान्दोग्य उपनिषद् में श्रुतिकथन आया है कि "प्रजापति ने लोकों के उद्देश्य से ध्यान रूप तप किया। उन अभितप्त लोकों से **'त्रयी विद्या'** की उत्पत्ति हुई तथा उस अभितप्त त्रयी विद्या से 'भूः, भुवः और स्वः' ये अक्षर उत्पन्न हुए।" (छान्दो.उप. २.२३.२) यह 'त्रयी विद्या' ही पद्य, गद्य और गान रूप में जानी जाती है। समस्त आर्षज्ञान इन तीन रूप में प्रकट हुआ जाना जाता है तथा परम्परानुसार मनीषी विद्वान् पुरुषों द्वारा ऋग्वेद, यजुर्वेद और

सामवेद को 'वेदत्रयी' कहा गया है। तथा तैत्तिरीय उपनिषद् में श्रुति द्वारा इस पुरुषदेह में स्थित 'हिरण्यगर्भ मनोमय पुरुष' के विज्ञानमयपुरुष-पक्षी रूप को अपनाकर कथन किया गया है कि-

'तस्य यजुरेव शिरः। ऋग्दक्षिण पक्षः। सामोत्तरः पक्षः। आदेश आत्मा। अथर्वांगिरसः पुच्छं प्रतिष्ठा। तदप्येष श्लोको भवति।'

(तैति.उप. २.३.१)

अर्थात् – "उस पुरुषरूप पक्षी का यजुर्वेद ही सिर (पहचान का आधार) है। ऋग्वेद दाहिना पँख है। सामवेद बाँया पँख है। (अर्थात् ऋग्वेद और सामवेद का अनुपालन गतिमान अवस्था का आधार है।) आदेश आत्मा (वेदवाणी का अनुपालन ही शरीर) है तथा अथर्ववेद के मन्त्र ही पुच्छ रूप में प्रतिष्ठा है। उसका यह श्लोक (= पवित्र पूर्ण परिचय) होता है।"

इस प्रकार का यह 'मनोमय' वेदपुरुष का परिचय एवं प्रकट रूप होना भगवती श्रुति द्वारा कथन किया गया है। यजुर्वेद अर्थात् स्व-कर्म की यज्ञरूप अवस्था को नित्य-जीवन में अपनाना ही इस वेदपुरुष (मनोमय पुरुष) की पहचान का आधार होना एवं ऋग्वेद और सामवेद की ऋचाओं के सन्देश को नित्य-जीवन में धारण करना ही 'पुरुष पक्षी' के उभय पँख रूप में इस मनोमय वेदपुरुष की गति का आधार होना प्रकट किया गया है। [किसी पक्षी के दोनों ही पँख एकरूप होते हैं। अतः ऋग़्वेद और सामवेद की ऋचाओं की एकरूपता का यह प्रमुख कारण एवं आधार है।] 'आदेश आत्मा' अर्थात् वेदवाणी के अनुशासन का अनुपालन करना ही इस लोक में मनोमय पुरुष (वेदपुरुष) के जीवन का आधार है, जिसे प्राचीन पुराण एवं स्मृति साहित्य में- **'वेदप्रणिहितो हि धर्मो ह्यधर्मस्तदविपर्ययः।"** (श्रीमद्भागवतपुराण ६.१.४०) अर्थात् –"वेदवाणी के कथन का अनुपालन करना ही धर्म है तथा जो कुछ वेद्वाणी के विपरीत है वह सब अधर्म है।" तथा **'वेदोऽखिलो धर्ममूलम्'** (मनुस्मृति २.६) अर्थात् –"वेद सब धर्म का मूल है।" कहा जाकर प्रकट किया गया है। तथा अथर्ववेद को वेदपुरुष की प्रतिष्ठा (जीवन का आधार) कहा गया है। यहाँ यह स्मरणीय है कि परब्रह्म श्रीकृष्ण

ने चारों ही वेदग्रन्थ में सामवेद को अपना स्वयं का विभूतिमय प्रकटरूप होना कथन किया है- **'वेदानां सामवेदोऽस्मि।'** (गीता १०.२२) अतः स्पष्ट है कि यह 'मनोमय पुरुष' अपने पुरुष-पक्षी रूप में ऋग्वेद में आये कुल दस हजार से अधिक श्रुतिमंत्र में से – सामवेद में आये इन 'कुल अठारह सौ पचहत्तर' (१८७५) ऋचा-मन्त्र-छन्द को कालक्रमानुसार उभय पँख रूप में अपनाकर अपने सुपर्ण पक्षी रूप में ब्रह्मलोक में यात्रा करनेवाला है अर्थात् देहधारी मनुष्य (पुरुष-स्त्री) रूप में अपनी यज्ञमय जीवन-यात्रा ब्रह्मरूप में सम्पन्न करनेवाला है; जिसे श्रीमद्भगवद्गीता में गुरुत्मान् वासुदेव श्रीकृष्ण द्वारा पुनरावर्ती होना उपदेश किया गया है। (गीता ८.१६)

यह मनोमय 'वेद पुरुष' ही महर्षि पाणिनि द्वारा 'शिक्षा संहिता' में षड् वेदाङ्ग शास्त्र - शिक्षा, कल्प, व्याकरण, निरुक्त, छन्द और ज्योतिष को अपनाकर अपने सर्वरूप में लौकिक जीवन-यात्रा पूर्ण करनेवाला कथन किया गया है-

छन्दः पादौ तु वेदस्य हस्तौ कल्पोऽथ पठ्यते।
ज्योतिषामयनं चक्षुर्निरुक्तं श्रोत्रमुच्यते ॥
शिक्षा घ्राणं तु वेदस्य मुखं व्याकरणं स्मृतम्।
तस्मात्साङ्गमधीत्यैव ब्रह्मलोके महीयते ॥

(पाणिनीय शिक्षा ४१-४२)

अर्थात् – "छन्द वेदपुरुष के दो पैर हैं तथा कल्प दो हाथ कहे गये हैं। ज्योतिष अयन रूपी दो नेत्र, निरुक्त कान, शिक्षा नासिका और मुख व्याकरण जानना चाहिये। इन छः अङ्गों के साथ वेदवाणी को धारणकर (अपनाकर) यह मनुष्य ब्रह्मलोक में महिमावान होता है।"

अथ स्पष्ट है कि जिस प्रकार कोई सामान्य मनुष्य अपने शरीर के छः अङ्ग आधारित - दोनों ही पैर से चलकर गंतव्य को प्राप्त करता या भटकता है; दोनों हाथों द्वारा सद् और असद् कर्म करता है, दोनों नेत्र की सहायता से दिवस काल तथा रात्रिकाल में देखता है, कानों द्वारा मधुर और कर्कश बोल सुनता है, नासिका द्वारा सुगन्ध और दुर्गन्ध को जानता और ग्रहण करता है,

तथा मुख द्वारा शुद्ध और अशुद्ध या सत्य और असत्य वाणी बोलता है; ठीक उसी प्रकार सर्वरूप वेदपुरुष (मनोमय पुरुष) द्वारा 'छन्द' के गान रूप में उपयोग किये गये 'कुल छः' संख्यवाची शब्द -**एकः, एका, एकम्, दश, शत और सहस्र शब्द** के 'अपरा विद्या' आधारित गणनात्मक अर्थ और 'परा विद्या' आधारित निहितार्थ या मूलार्थ को साथ-साथ जानकर नित्य-जीवन में अपना लेना ही गति अर्थात् गंतव्य (मोक्ष) को प्राप्त करने का आधार है, यह स्वधाम को लौट जाने का मार्ग है तथा 'कल्प' अर्थात् 'ज्ञान के आलोक' और 'अज्ञान के अन्धकार' पर आधारित 'अहोरात्र' तथा इससे सम्बद्ध 'कल्प' की जो अवधारणा है, यह 'हस्त' रूप में वेदपुरुष द्वारा किये जाने वाले कर्म की 'सुकृत' रसमय अवस्था का आधार है, जिसे श्रीमद्भगवद्गीता में- **'योगः कर्मसु कौशलम्।'** (गीता २.५०) अर्थात्- "कर्मों में कौशलता ही योग है।" कहा जाकर उपदेश किया गया है तथा धर्मशास्त्रों में प्राणियों (मनुष्यमात्र) के लिये दिवस का अस्तित्व कर्म के लिये और रात्रि को स्वप्न के लिये अर्थात् स्वप्न के मिथ्या दृश्य को सत्य जानने के लिये होना कथन किया गया है- **'रात्रिः स्वप्नाय भूतानां चेष्टायै कर्मणामहः ॥'** (मनुस्मृति १.६५) स्मरणीय है कि बृहदारण्यक उपनिषद् में श्रुति द्वारा इस पुरुषदेह में स्थित प्राण, वाक्, जिह्वा, चक्षु, श्रोत्र, मन, हस्त एवं त्वचा को ग्रह एवं इनके विषयों को अतिग्रह होना कथन किया गया है (बृह.उप. ३.२.१ से ९) तथा देहस्थ आत्मा को सूर्यरूप जाना गया है- **'सूर्य॑ आ॒त्मा जगंतस्त॒स्थुषंश्च।'** (ऋग्वेद १.११५.१, यजुर्वेद ७.४२) सूर्य के द्वादश रूप की भाँति यह देहधारी पुरुष भी अपने उभय रूप में (पुरुष और स्त्री रूप में) "द्वादश राशि समूह" आधारित पृथक्-पृथक् चित्तवृत्ति एवं स्वभाव को धारण करता है। अतः जिस प्रकार कोई पुरुष दिवसकाल में द्‌युलोक स्थित सूर्य के आलोक में देखता और आत्मबोध अपनाता है तथा रात्रिकाल में द्‌युलोक स्थित ग्रह-नक्षत्र की सहायता से देखता और कर्मबन्धन अपनाता है; उसी प्रकार श्रुति द्वारा वर्णित देहस्थ अष्टग्रह (बृह.उप. ३.२.१-९) और द्‌युलोक स्थित अष्टग्रह (अष्टकवर्ग) की सहायतासे 'जन्माङ्ग चक्र' को देखना ही अयन रूपी ज्योतिषशास्त्र आधारित वेदपुरुष के दो चक्षु हैं। इसी प्रकार निरुक्त श्रोत्र, शिक्षा घ्राण और

व्याकरण वेदपुरुष का मुख कहे गये हैं। इन छः वेदाङ्ग को नित्य-जीवन में अपनाकर यह देहधारी पुरुष अपने ब्रह्मरूप में महिमावान होता है।

अतः '**भूः**' '**भुवः**' '**स्वः**' व्याहृति का 'ब्रह्म उपासना' के क्रम में उच्चारण-स्मरण करना विराट्पुरुष के इस प्राचीन जगतरूप और देहस्थ अक्षरपुरुष के पुरुष-पक्षीरूप की स्मृति को जीवन में अपनाना और चित्त की भावभूमि पर धारण करना इंगित करता है।

धातु आधरित शब्द रूप में 'भूः' व्याहृति, 'भू = सत्तायाम्' आधार पर सत्ता, अस्तित्व, अस्ति, सत् आदि अर्थ धारण करती और सूचित करती है। यह 'सत्-चित्-आनन्दस्वरूप' परमात्मा के 'सत्' स्वरूप को प्रकट करनेवाली जानी जाती है। 'भुवः' व्याहृति, 'भुवः = अवकल्पने, मिश्रीकरणे, चिन्तन इत्यन्ये'; आधार पर कल्पना करना, मिश्रण करना, चिन्तन करना आदि अर्थ धारण करती व सूचित करती है। धात्वर्थ को अपनाकर यह 'सत्-चित्-आनन्दस्वरूप' परमात्मा के 'चित्' स्वरूप को प्रकट करने वाली जानी जाती है। 'स्वः' व्याहृति अपने शब्द रूप में 'स्व' अर्थात् अपने देहस्थ आत्मा से सम्बन्ध रखती है। यह सर्वरूप आत्मा आनन्दमय है- '**आत्माऽऽनन्दमयः।**' (तैत्ति.उप. २.५.१) तथा अपने आत्मा को प्राप्त करके यह पुरुष मुदितामय हो जाता है- '**स मोदते मोदनीयँ हि लब्ध्वा।**'(कठ.उप. १.२.१३) और यह इस लोक में सुखमय जीवन व्यतीत करता है। अतः जो सुखमय है, वह आत्मलोक ही स्वर्गलोक कहा गया है। इस प्रकार ये तीनों ही व्याहृतियाँ सत-चित-आनन्द स्वरूप सर्वरूप परमात्मा को प्रकट करती हैं।

यह 'व्याहृति' शब्द 'व्यवहृत' या 'व्याहृत' शब्द से बना है। सकल जगत रूप को अपनाकर वह 'सत्यस्वरूप परमात्मा' नश्वर और अनश्वर दोनों ही अवस्था को धारण करनेवाला हो गया है। छान्दोग्य उपनिषद् में श्रुति कथन आया है कि – ब्रह्मस्वरूप परमात्मा प्रकाशवान्, अनन्तवान्, ज्योतिषमान् और आयतनवान् अवस्था को धारण करनेवाला है। (छा.उप. ४.५-९) इन चारों ही गुण-लक्षण को अपनाकर नश्वर अवस्था में वह परमात्मा सतत् परिवर्तनशील तथा अनश्वर अवस्था में वह स्थिर-अचल बना हुआ है।

इस उभयरूप विस्तारमें सतत् परिवर्तनशील अवस्था को अपनाकर, नश्वरता के गुण-धर्म को धारण करता हुआ स्वयं प्रकाश परमात्मा का यह जो अव्यय सनातन जगतरूप है और जिसे लोक-व्यवहार में उस परमात्मा से पृथक् होना मान लिया गया है और इस पृथकता को लोक-जीवन में अपनाया गया है - इस व्यवहारजनित दूर अवस्था को प्रकट करनेवाला यह **'व्यवहृत'** या **'व्याहृत'** शब्द होता है; जिसे **'व्याहृति'** रूपमें अपनाया गया है। भाषाविज्ञान में 'देववाणी संस्कृत भाषा' के शब्दकोश अनुसार 'व्याहृति' शब्द- उच्चारण, भाषण, वचन, व्यक्तव्य, उच्चारित ईश्वरपरक शब्द विशेष आदि अर्थ सूचित करता है। तथा 'व्याहृत' शब्द- अभिव्यक्त, कहा हुआ, बोला हुआ, उच्चारण किया हुआ अर्थ सूचित करता है। इसके अतिरिक्त देवनागरी 'हिन्दी भाषा' के शब्दकोश अनुसार यह 'व्याहृत' शब्द- मना किया हुआ, वर्जित, बुरा, निषिद्ध, व्यर्थ, परस्पर विरोधी अर्थ को भी धारण करता और प्रकट करता है। यह इस पृथक् अवधारणा का निषेध करता है। अतः 'व्याहृति' शब्द इन्हीं सब भाव-बोध और अर्थ को अपनाकर उच्चारण, भाषण, वचन, वक्तव्य, ईश्वरपरक शब्द, कथन, उक्ति आदि अर्थ सूचित करता है। इस प्रकार यह **'व्याहृति'** शब्द परम पुरुष परमात्मा के जगत रूप विस्तार की मूल किन्तु पृथक् जानी गयी अनश्वर, अव्यय, सनातन, प्रकट रूप अवस्था से सम्बन्ध रखने वाला और इस जगत रूप विस्तार का जो पृथक् अव्यय, चिर दृश्यमान स्वरूप जाना गया है और जिसमें परस्पर एकत्व का बोध प्राप्त कर लेना ही उपासना का लक्ष्य है, उसे प्रकट करने और उसकी स्मृति-बोध प्रदान करनेवाला यह व्याहृति शब्द हो गया है। अतः "शब्द उच्चारण का वह संक्षिप्त रूप जो उस परमेश्वर के सदैव नवीनता से युक्त शाश्वत, अभिव्यक्त, अव्यय जगत रूप को प्रकट करता है और इसके संधारणकर्ता स्वरूप का निश्चयात्मक बोध प्रदान करता है; उसे 'व्याहृति' कहा गया है।"

अथ स्पष्ट है कि जिस प्रकार गणितशास्त्र में 'विशिष्ट चिह्न' का उपयोग जोड़, गुणा, भाग, घटाना आदि के लिये किया जाता है और उनका एक निश्चित अर्थ-बोध 'शिक्षा प्राप्ति हेतु' एवं 'लोक-व्यवहार' में अपनाया जाता

है; या जिस प्रकार विकासयात्रा को अपनाकर इंजीनियरींग के क्षेत्र में विस्तृत विषय को प्रकट करने और उसे ग्रहण करने हेतु कोई 'चिह्न' या 'पारिभाषिक शब्दावली' को अपनाया गया है; या जिस प्रकार विज्ञान की भाषा में किसी विशिष्ट अक्षर या अक्षर समूह को सूत्ररूप में संक्षिप्तता के आधार पर एक निश्चित अर्थ-बोध के लिये अपनाया जाता है; ठीक उसी प्रकार धर्म-दर्शन और आध्यात्म के क्षेत्रमें उस सर्वरूप परमेश्वर को प्राप्त करने हेतु, या उसके प्रकट अविनाशी अभिव्यक्त जगत स्वरूप का निश्चयात्मक बोध प्राप्त करने और उसे प्रकट करने हेतु मनीषी ब्रह्मविद् मन्त्र द्रष्टा ऋषियों द्वारा जिस संक्षिप्त 'शब्दरूप' को अपनाया गया है, उसे 'व्याहृति' कहा गया है। व्याहृतियाँ 'कुल सात'- 'भूः', 'भुवः', 'स्वः', 'महः', 'जनः', 'तपः' और 'सत्यम्' होना जानी गयी तथा शास्त्रों में वर्णन की गयी हैं। ये सभी सात व्याहृतियाँ 'सद् तत्त्व' आत्मा (परमपुरुष परमात्मा) के प्रकट जगतरूप का, अक्षर ब्रह्मस्वरूप का बोध प्रदान करती हैं, जिसे उस परमेश्वरका प्रकट क्रियात्मक शाश्वत स्वरूप जाना गया है। ये सब त्रिपादूर्ध्व और एक पाद अधोलोक अवस्था को अपनाकर स्थित हुए परम पुरुष को अपनी संपूर्णता में प्रकट करती है और उस सर्वरूप परमात्मा को प्राप्त करने में सहायक होती हैं। ये सकल भुवन में व्याप्त 'सप्त लोक' अवस्था को प्रकट करनेवाली जानी जाती हैं। नित्य-सन्ध्योपासना कर्म करते समय इन सातों ही व्याहृति का उपयोग गायत्री मन्त्र के साथ "प्राणायाम मन्त्र" रूप में निम्नानुसार किया जाता है-

'ॐ भूः ॐ भुवः ॐ 'स्वः ॐ महः ॐ जनः ॐ तपः ॐ सत्यम् ॐ भूर्भुवः स्वः तत्सवितुर्वरेण्यं भर्गो देवस्य धीमहि धियो यो नः प्रचोदयात्। ॐ आपो ज्योती रसोऽमृतम् ब्रह्म भूर्भुवः स्वरोम् ॥'

अथ स्पष्ट है कि ये सातों ही व्याहृतियाँ इस मनुष्य-जीवन से सम्बन्ध रखती हैं। ये देहस्थ प्राण-चेतना की सप्तलोक अवस्था को प्रकट करती है। यहाँ इस 'गायत्री मन्त्र'की उपासना हेतु इन उपरोक्त 'सात व्याहृतियों' में से प्रथम तीन- 'भूः', 'भुवः' और 'स्वः' व्याहृति का स्मरण अपनाया गया है। स्मरणीय है कि तैत्तिरीय उपनिषद्, शीक्षा-वल्ली के पञ्चम अनुवाक में 'भूः',

'भुवः', 'स्वः' और 'महः'; इन चार व्याहृतियों का वर्णन विस्तार से आया है। जिसके अनुसार-

- 'भूः' व्याहृति को यह लोक (अयं लोकः), अग्नि, ऋग्वेद और प्राण (प्राण-तत्त्व) का सूचक होना कथन किया गया है।
- 'भुवः' व्याहृति को अन्तरिक्ष, वायु, सामवेद और अपान (मृत्यु) का सूचक होना कथन किया गया है। तथा
- 'स्वः' व्याहृति को लोक (आत्मलोक, ब्रह्मलोक या स्वर्गलोक), आदित्य (देहस्थ सूर्यरूप आत्मा), यजुर्वेद और व्यान (सर्वत्र व्याप्त चेतना शक्ति) का सूचक होना कथन किया गया है।

इस प्रकार ये तीनों ही व्याहृतियाँ अपने-अपने चतुष्पाद् रूप में इस प्रकट जगत् रूप को 'द्वादश' अवस्था में प्रकट करती हैं।

अथ ये तीनों ही व्याहृतियाँ स्मरण की जाने पर इस पुरुषदेह में स्थित् 'विराट् पुरुष' के जागतिक स्वरूप को प्रकट करनेवाली होती हैं। ये चार भाग में विभाजित सब प्राणियों (= स्वेदज, उद्भिज्ज, अण्डज और जरायुज) के देहरूप में स्थित उस परमेश्वर के सूक्ष्म से भी अतिसूक्ष्म और बड़े (महान्) से भी अति बड़े (अति महान्)- **'अणोरणीयान् महतो महीयान्'** (श्वेता.उप. ३.२०) क्रियात्मक स्वरूप को प्रकट करती हैं। ये सब चर-अचर प्राणियों के देहरूप में स्थित उस परमेश्वर को जान लेने पर इस प्रकट देहधारी पुरुषरूप को पापकर्म के सम्पूर्ण बन्धन से सर्वथा मुक्त करनेवाली होती हैं- **'ज्ञात्वा देवं मुच्यते सर्वपाशैः।'**(श्वेता.उप. ४.१६) ये शिवस्वरूप अशरीर आत्मा के द्वादश ज्योतिर्मय अभिव्यक्त स्वरूप को उजागर करती हैं। अहोरात्र आधारित निशाकाल में भगवान शिव के द्वादश ज्योतिर्लिंग रूप की उपासना करना इस अभिव्यक्त स्वरूप की स्मृति से सम्बन्ध रखता है। श्रुति द्वारा उस परमात्मा के इस प्रकट पुरुष रूप को जानकर- इस देहधारी पुरुष का मृत्यु से पार हो जाना और इस मृत्युलोक में पुरुष रूप प्राणी के लिये मुक्ति का अन्य कोई मार्ग न होना कथन किया गया है- **'तमेव विदित्वा मृत्युमेति नान्यः पन्थाः विद्यते अयनाय।'**(यजुर्वेद ३१.१८ व श्वेता.उप. ३.१८)

अतः ये सात व्याहृतियाँ इस देह-रूप में स्थित अमृत स्वरूप परमात्मा को प्रकट करती और प्राप्त करने में सहायक होती हैं।

तैत्तिरीय उपनिषद् में श्रुति द्वारा चतुर्थ व्याहृति 'महः' को आदित्य (सूर्य), चन्द्रमा, ब्रह्म और अन्न का सूचक होना प्रकट किया गया है। तथा कथन किया गया है कि "जो कोई पुरुष इन चारों ही व्याहृति- 'भूः', 'भुवः', 'स्वः' और 'महः' को तथा इनके चार-चार विभाग (= कुल 'षोडश' विभाग) को उपरोक्तानुसार जानता है, वह ब्रह्म को जानता है"- **'चतस्त्रश्चतस्त्रो व्याहृतयः। ता यो वेद। स वेद ब्रह्म।'** (तैत्ति.उप. २.५.३) वह मनुष्य अविनाशी निर्विकार सर्वक्षम ब्रह्म को जानकर ब्रह्म ही हो जाता है- **'स यो ह वै तत्परमं ब्रह्म वेद ब्रह्मैव भवति।'** (मुण्ड.उप. ३.२.९) इस पुरुषदेह में स्थित ब्रह्मस्वरूप आत्मा को प्राप्त करके यह देहधारी पुरुष उसका ही प्रकटरूप- "यह से वह हो जाता है"- '**एतत्ततो भवति'।** (तैत्ति.उप. १.६.२) स्मरणीय है कि अपने 'द्वादश आदित्य' रूप में सूर्य उत्तरायण तथा दक्षिणायन अवस्था को अपनाकर यात्रा करता है। स्व-प्रकाश की तेजोमय प्रखर और मन्द अवस्था को अपनाता है। 'चन्द्रमा' अपना स्वयं का प्रकाश धारण करता नहीं किन्तु सूर्य के प्रकाश से आलोकित अवस्था में अपने प्रकाश की शुक्लपक्ष तथा कृष्णपक्ष अवस्था को अपनाता है।

अविनाशी 'ब्रह्म' को निर्विकार, अनामय कर्तापुरुष रूप में जाना गया है तथा 'अन्न' भक्षण सामग्री को कहा गया है। अन्न भक्ष्य और भोक्ता, अन्न और अन्नाद् अवस्था को धारण करता है। अतः इस पुरुषदेह में स्थित ब्रह्मतत्त्व को प्रकट करने वाली 'मह' व्याहृति तथा शेष अन्य तीन- 'जनः', 'तपः' और 'सत्यम्' सहित ये चार व्याहृतियाँ इस पुरुषरूप की सांसारिक जीवन-यात्रा से सम्बन्ध रखनेवाली हैं। इनमें 'जनः' व्याहृति को सब प्राणियों (मनुष्यों) के समेकित जीवात्मा स्वरूप (जनलोक) को प्रकट करती है।

ईशावास्य उपनिषद् में आये श्रुतिमंत्र क्रमांक छः और सात (यस्तु सर्वाणि... एकत्वमनुपश्यतः ॥) इस 'जनः' व्याहृति के अभिव्यक्त स्वरूप को जानने और नित्य-जीवन में अपनाने हेतु हमारी सहायता करते हैं। 'तपः' व्याहृति को मनुजरूप में किये जाने वाले तपोमय कर्म (तपस्वी जीवन) को

तथा 'सत्यम्' व्याहृति को सत्यस्वरूप परमात्मा (सत्यमय जीवन) को प्रकट करनेवाली जाना गया है।

ये सब मनोभाव और कर्मक्षेत्र से सम्बन्धित होकर देहस्थ जीवात्मा (आत्मा) और देहधारी क्षरपुरुष की कर्ता-पुरुष-रूप उच्चतर अवस्था को प्रकट करती हैं। ये तीनों ही व्याहृतियाँ 'मह' व्याहृति आधारित सब देहधारी पुरुषों (पुरुष और स्त्रीरूप) के 'ब्रह्ममय जीवन एवं बोधमय जाग्रत अवस्था' से अपना सम्बन्ध रखती हैं।

ये क्रमशः पुरुषरूप (देहधारी मनुष्य रूप) जीवन-यात्रा में परस्पर एकात्मभाव को अपनाने, स्वकर्म की तपोमय श्रेष्ठ अवस्था को नित्य-जीवन में धारण करने और जीवन-यात्रा में सत्य आचरण को अपनाने अर्थात् सदैव सत्य बोलने और वचन एवं कर्म की एकरूपता को अपना लेना प्रकट करती हैं तथा 'अन्नरसमय देहधारी पुरुष' रूप में अपनी इस 'पुरुषरूप' (देहधारी मनुष्य रूप) जीवन-यात्रा को पूर्ण कर सत्यलोक को प्राप्त कर, स्वधाम को लौट जाना या यहीं पर परम पुरुष परमात्मा को प्राप्त कर लेना अर्थात् इस नश्वर मनुष्यदेह का परित्याग कर अनश्वर आत्मा को प्राप्त कर लेना सम्भव बनाती हैं; जिसे श्रुति द्वारा मृत्यु उपरान्त यहीं पर लय अवस्था को प्राप्त करना- **'अत्रेव समवलीयन्ते'** कथन किया गया है।

वह "परब्रह्म परमात्मा सत्यस्वरूप, ज्ञानस्वरूप और अनन्तरूप है"- **'सत्यं ज्ञानमनन्तं ब्रह्म'**। (तैत्ति.उप. २.१.१) अतः ये सब पुरुषरूप जीवन-यात्रा के लक्ष्य (साध्य) को प्राप्त कर लेने से अपना सम्बन्ध रखती हैं।

गायत्री मन्त्र के प्रथम चरण का जीवन-सन्देश

ज्योतिर्मय पुरुष की उपासना के क्रममें 'ओम' शब्द-नाम का स्मरण करने और इस प्रकट जगतरूप तथा इस देहधारी पुरुषरूप की पापमुक्त अवस्था का बोध प्रदान करनेवाली व्याहृति- भूः, भुवः और स्वः का स्मरण करने और इस भाव-बोध को चित्त की भावभूमि पर धारण करने के उपरान्त 'गायत्री मन्त्र' के **प्रथम चरण**- **'तत्सवितुर्वरेण्यम्'** का स्मरण-उच्चारण किया जाता है। इस प्रथम चरण में- **तत् + सवितुः + वरेण्यम्';** ये कुल तीन पद (शब्द) आये हैं। ये तीनों ही शब्द (पद) अपनी त्रिपाद् अवस्था में क्रमशः निम्न भाव-बोध प्रदान करते और तदनुसार 'मनःसंकल्प' को चित्त की भावभूमि पर धारण करना प्रकट करते हैं -

'तत्' = यह 'तत्' शब्द 'तन् विस्तारे, श्रद्धोपकरणयोः' (= फैलना, विस्तृत होना, विश्वास करना, सहाय करना) धातु से बनता है, इसलिये इसका अर्थ 'व्यापक, श्रद्धा रखने योग्य, सहायक' ऐसा होता है। जिसका अँगुलीनिर्देश अवस्था में/ से बोध प्राप्त किया जाता है, उस प्रत्यक्ष पदार्थ (अवयव) को 'तत्' (वह) शब्द से बतलाते हैं। वह परमात्मा तत्त्वज्ञ, योगी पुरुषों द्वारा उतना ही प्रत्यक्ष अवस्था में देखा (अनुभव किया) जाता है, जितना साधारण मनुष्यों द्वारा कोई आयतनवान घनपदार्थ।

वह परमेश्वर सबकी सहायता करनेवाला है। वह सखा रूप में जाना गया है- 'सखा', (गीता ११.४१ व ४४) तथा श्रुति 'इन्द्र', 'मित्र', 'वरुण', दिव्य, सुपर्ण, गुरुत्मान्, यम, मातरिश्वा, अग्नि आदि संज्ञा-नाम-सम्बोधन को अपनाती है। (ऋग्वेद १.१६४.४६) इस प्रकार यह 'तत्' शब्द यहाँ सर्वगत सच्चिदानन्द स्वरूप प्रकाशरूप परब्रह्म परमात्मा के लिये उपयोग हुआ है। यह अविनाशी सूर्यरूप ज्योतिर्मय अव्यय, अप्रमेय, सर्वरूप और सर्वक्षम आत्मा के लिये प्रयुक्त हुआ है।

अथ यह 'तत्' पद (शब्द) 'सच्चिदानन्दघन परब्रह्म परमात्मा' का बोध प्रदान करता है। श्रीमद्भगवद्गीता में आया योगेश्वर वासुदेव श्रीकृष्ण का उपदेश है कि-

ॐ तत्सदिति निर्देशो ब्रह्मणस्त्रिविधः स्मृतः।
ब्राह्मणास्तेन वेदाश्च यज्ञाश्च विहिताः पुरा ॥
तस्मादोमित्युदाहृत्य यज्ञदानतपः क्रियाः।
प्रवर्तन्ते विधानोक्ताः सततं ब्रह्मवादिनाम् ॥ (गीता १७.२३ व २४)

अर्थात् – "ॐ, तत्, सत् - ऐसा यह तीन प्रकार का सच्चिदानन्दघन परब्रह्म का नाम कहा गया है। उसी नामसे सृष्टि के आदिकाल में ब्राह्मण और वेद आदि ग्रन्थ तथा यज्ञादि कर्म रचे गये। इसलिये वेद-मंत्रोंका उच्चारण करनेवाले श्रेष्ठ पुरुषों की शास्त्रविधि आधारित यज्ञ, दान और तपरूप समस्त क्रियाएँ सदैव 'ॐ' इस परमात्मा के नाम को उच्चारण करके ही आरम्भ होती हैं।"

इस प्रकार यह 'तत्' शब्द इस वैदिक ऋचा-मन्त्र का प्रथम पद (शब्द) होने से उपासना हेतु यह सर्वनियन्ता, आदिदेव, हिरण्यगर्भ, अमृतपुरुष, सबके सहायक और मित्रस्वरूप परमात्मा के सर्वव्यापी धारण-पोषणकर्ता स्वरूप को प्रकट करनेवाला है। देववाणी संस्कृत भाषा के शब्दकोश अनुसार 'तत' शब्द फैलाया हुआ, विस्तारित आदि अर्थ सूचित करता है। अतः यह 'तत्' त्रिकालातीत विराट् पुरुष के सर्वनियन्ता स्वरूप से सम्बन्ध रखने वाला है। इस 'तत्' शब्द (पद) की व्याख्या करते हुए श्रीमद्भगवद्गीता में उपदेश किया गया है कि-

तदित्यनभिसन्धाय फलं यज्ञतपःक्रिया।
दानक्रियाश्च विविधाः क्रियन्ते मोक्षकाङ्क्षिभिः ॥ (गीता १७.२५)

अर्थात् - "तत् नाम से कहे जाने वाले परमात्मा का ही यह सब है – इस भाव से फल को न चाहकर नाना प्रकार की यज्ञ, तप रूप क्रियाएँ 'मोक्ष' (आत्म-कल्याण) की इच्छा वाले पुरुषों द्वारा की जाती हैं ॥"

अथ यहाँ इस उपासना मन्त्र में आया यह 'तत्' शब्द (पद) विराट्, ज्योतिर्मय, सर्वत्र व्याप्त, प्रकाशरूप, सच्चिदानन्दघन, मित्र स्वरूप धारण-पोषणकर्ता परमात्मा का सूचक हो गया है तथा क्रियापद रूप में यह 'तत्' शब्द 'वह' अर्थ को प्रकट करता हुआ अव्यय पद रूप में उस निर्मल, निराकर, निर्दोष, प्रकाशरूप परमेश्वर का सूचक जाना जाता है।

सवितु; = यह 'सवितुः' शब्द 'सविता' रूप में द्युलोक स्थित आदित्य का वाचक है। इस 'सविता' शब्द में 'सु' धातु समाहित है। प्रसव, ऐश्वर्य, प्रेरणा ये तीन अर्थ इस 'सु' धातु के जाने गये हैं तथा (१) उत्पन्न करना, (२) प्रभुत्व करना और (३) प्रेरणा करना, ये तीन भाव 'सविता' में माने गये हैं। प्रेरणा के दो रूप जाने गये हैं- एक भीतर से प्रेरित करना; जिसे गीतोक्त कथन- "मुझसे ही स्मृति, ज्ञान और संशय निवारण (अपोहन) होता है- **'मत्तः स्मृतिर्ज्ञानमपोहनं च'** (गीता १५.१५) आधार पर जाना जा सकता है; तथा द्वितीय उदाहरण रूप में प्रेरित करना जिसे श्रुति द्वारा- **'प्रतिबोधविदितं मतममृतत्वं हि विन्दते।'** (केन.उप. २.४) अर्थात्- "प्रतिबोध (संकेत या उदाहरण) से उत्पन्न ज्ञान ही वास्तविक ज्ञान है; निश्चय ही इसके द्वारा यह मनुष्य अपने अमृतस्वरूप आत्मा को प्राप्त करता है।" कहा जाकर प्रकट किया गया है। निरुक्तकार का कथन है- **'सविता सर्वस्य प्रसविता।'** अर्थात्- "सभी प्राणियों को जन्म (लोगों को प्रेरणा) देने वाला सविता कहलाता है।" यह प्रेरणा देने वाला पुरुषरूप ही पुरोहित आदि कहा गया है। वेदवाणी में उस परमेश्वर का यह पुरोहित रूप ही सबसे पहले स्तवन किया गया है- **'अग्निमीळे पुरोहितं ... ...।'** (ऋग्वेद १.१.१) अतः सब मनुष्यों (प्राणियों) को उत्पन्न करने, प्रभुत्व प्रदान करने और धर्म की प्रेरणा करनेवाला परमेश्वर ही 'सविता' रूप में जाना गया है।

महाभारत महाकाव्य के आदिपर्व में महर्षि लोमहर्षण के पुत्र उग्रश्रवा सौति द्वारा आदित्य के 'द्वादश नाम' निम्नानुसार बतलाये गये हैं-

दिवःपुत्रो बृहद्भानुश्चक्षुरात्मा विभावसुः।
सविता स ऋचीकोऽर्को भानुराशावहो रविः ॥

(म.भा.,आदिपर्व १.४२)

अर्थात्– "दिवःपुत्र, बृहत्, भानु, चक्षु, आत्मा, विभावसु, सविता, ऋचीक, अर्क, भानु, आशावह तथा रवि (ये सभी द्वादश नाम सूर्य के कहे गये हैं)।"

इन सबके अतिरिक्त हमें- धाता, मित्र, अर्यमा, शक्र, वरुण, अंश, भग, विवस्वान्, पूषा, सविता, त्वष्टा और विष्णु ये 'द्वादश नाम' भी द्युलोक स्थित आदित्य के होना जानने को मिलते हैं। सूर्य को मणिकुण्डलों से विभूषित और सहस्रबाहो कहा गया है तथा सूर्य के अष्टोत्तरशतनाम और सहस्रनामस्तोत्र भी जानने को मिलते हैं। सूर्य की नित्य पञ्चपाद यात्रा के क्रम में सूर्य की किरणों को सूर्य के उदय समय, सूर्य के ऊपर चढते समय, मध्याह्न काल में शीर्ष अवस्था में तपते समय, सूर्य के ढलते समय और संध्याकाल अस्ताचल में जाते समय तथा अविरल यात्रा की उत्तरायण और दक्षिणायन अवस्था में भिन्न-भिन्न प्रभाव वाला जाना जाता है। अतः सूर्य के ये सभी नाम चर और अचर तथा सजीव और निर्जीव प्राणीमात्र के जीवन से सम्बन्ध रखने वाले, विशेषण रूप होकर पृथक्-पृथक् भाव प्रभाव और कर्तास्वरूप को प्रकट करते हैं।

इन सब में तेजोमय रक्तिम् अवस्था में चमकने और उदय होने वाले सूर्य का एक नाम 'सविता' कहा गया है। सविता देव को प्रसव का देवता (सबको जन्म देने वाला) जाना गया है- **'सर्वस्य प्रसविता।'** जिस प्रकार मकड़ी अपने अन्दर से तन्तुजाल बनाती और ग्रहण करती है- **'यथोर्णनाभिः सृजते गृह्णते च।'** (मुण्ड.उप. १.१.७) उसी प्रकार सविता देव सबको अपने अन्दर से जन्म देता और ग्रहण करता है। अथ जो विश्वव्यापी रूप में सब चर-अचर प्राणियों को जन्म देता है, वह तेजोमय देव ही यहाँ 'सविता' कहा गया है।

ऋग्वेद में श्रुतिकथन आया है कि सविता देव सब मनुष्यों के लिये दृष्टिबोध हेतु प्रकाश के प्रदाता हैं- **'सवितारं नृचक्षसम्'**। (ऋग्वेद १.२२.७) तथा प्रकट किया गया है कि- "जगत् निर्माता सविता देव अपने वृष्टि-दान आदि नियन्त्रण साधनों से पृथिवी को सुस्थिर करता है- रमणीय करता है। सविता प्रभु बिना अवलम्बन के अन्तरिक्ष में द्युलोक को दृढ़ रूप से स्थापित

करता है। घोड़े के समान गात्र कम्पित करने वाले मेघ को जो निराधार आकाश में स्थित-बद्ध है, उससे सविता जल दोहन करता है, वृष्टि करता है।"

स॒वि॒ता य॒न्त्रैः पृ॑थि॒वीम॑रम्णादस्कम्भ॒ने स॑वि॒ता द्याम॑दृंहत्।
अश्व॑मिवाधुक्षद् धुनि॑म॒न्तरि॑क्षम॒तूर्ते॑ ब॒द्धं स॑वि॒ता स॑मु॒द्रम् ॥

(ऋग्वेद १०.१४९.१)

तथा यजुर्वेद की प्रथम वेदऋचा (मन्त्र) में यह 'सविता' शब्द सबको उत्पन्न करने वाले उस परमदेव के लिये आया है तथा कामना की गयी है कि वह सविता देव हमें श्रेष्ठतम कर्म के लिये प्रेरित करे- **'देवो वः सविता प्रार्पयतु श्रेष्ठतमाय कर्मण।'** (यजुर्वेद १.१) तथा प्रथम अध्याय के अंतिम ऋचा-मन्त्र में पुनः यह श्रुतिकथन आया है कि- **'सवितुस्त्वा प्रसव उत्पुनाम्यच्छिद्रेण पवित्रेण सूर्यस्य रश्मिभिः।'**(यजुर्वेद १.३१) अर्थात्- "हे सवितादेव! तू अपनी रश्मियों से प्रसव उपरान्त उत्पन्न हुए सब शरीरों को छिद्ररहित (अर्थात् निर्विकार) अवस्था से, पवित्रता से, सूर्य की रश्मियों की भाँति युक्त करता है।" अतः तैत्तिरीय उपनिषद् में आये श्रुति कथनानुसार जो आत्मा सूर्य में स्थित है और जो इस पुरुषरूप में स्थित होकर सूर्य की भाँति अनासक्त अवस्था में कर्म को अपनाने वाला हो गया है। (तैत्ति.उप. २.८.५ व ३.१०.४) उस आत्मा के लिये यह सविता पद (शब्द) यहाँ अपनाया जाना प्रकट होता है।

तैत्तिरीय उपनिषद् शीक्षावल्ली (पंचम अनुवाक) में आये विवरण अनुसार 'स्वः' व्याहृति को 'आदित्य' कहा गया है तथा 'महः' व्याहृति को भी आदित्य कहा गया है। (तैत्तिरीय.उप. १.५.२) अतः यह 'आदित्य' नाम-सम्बोधन इस पुरुषदेह में स्थित सूर्यरूप, ब्रह्मस्वरूप आत्मा और द्युलोक स्थित ज्योतिर्मय परब्रह्मस्वरूप परमात्मा को प्रकट करता है, जिसे स्मृतिग्रन्थ श्रीमद्भगवद्गीता में हजारों सूर्य की भाँति चमकीला-**'दिवि सूर्यसहस्रस्य'**। (गीता ११.१२) कथन किया गया है तथा ये 'द्वादश नाम' आदित्यरूप उत्तरायण और दक्षिणायन अवस्था आधारित परमपुरुष परमात्मा के दो भिन्न

साकार विविध कर्तापुरुषरूप को प्रकट करनेवाले प्रकट होते हैं। अथ इन द्वादश नाम में आदित्य (सूर्य) का जो उदय होनेवाला अर्थात् जो जन्म-कर्म को प्रकट करनेवाला अभिव्यक्त स्वरूप है, उसे 'सविता' जाना गया है।

यह 'सविता' शब्द 'सवितृ' शब्द से बना है। देववाणी संस्कृत भाषा के शब्दकोश अनुसार 'सवितृ' शब्द जनक, उत्पादक, फल देनेवाला, शिव, इन्द्र, मदार का पेड, अर्क वृक्ष आदि अर्थ सूचित करता है। श्रुति द्वारा सूर्य को सम्पूर्ण जड़-जङ्गम (चर-अचर) जगतरूप प्राणीसमुदाय का आत्मा कहा गया है- '**सूर्यं आ॒त्मा जगंतस्त॒स्थुषंश्च।**' (ऋग्वेद १.११५.१, यजुर्वेद ७.४२) सूर्य सदैव अचल, स्थिर और एकरूप बना रहता है। किन्तु पृथिवी द्वारा अपने अक्ष पर २३.५ अंश झुकी हुई अवस्था में अपनी धुरी पर अनवरत चक्कर लगाने और इसके साथ-साथ सूर्य की अण्डाकार परिक्रमा करते रहने के कारण ही सूर्य को-

१. पुनः-पुनः उदय और अस्त होने एवं समय का परिवर्तन अपनाने;
२. पञ्चपाद अवस्था (उदय होना, ऊपर चढना, शीर्ष अवस्था में तपना, ढलना और अस्त हो जाना) को अपनाकर अपनी यात्रा पूर्ण करने;
३. उत्तरायण और दक्षिणायन अवस्था को अपनाने;
४. ऋतुचक्रआधारित ताप की प्रखर और मन्द अवस्था को धारण करने;
५. प्रवृत्ति मार्ग और निवृत्ति मार्ग को अपनानेतथा
६. इस धरा पर जीवन का कारण जाना जाता है।

सृष्टिक्रम में पृथिवी की अपने अक्ष पर २३.५ अंश झुकी हुई इस टेड़ी अवस्था को ही प्राचीन आर्षग्रन्थों में ***"सृष्टियज्ञ का बाँस टेड़ा गाड़ा गया"*** कथन किया जाना प्रकट होता है और उस परमेश्वर के इस सृष्टियज्ञ में ऋतुचक्र आधारित वसन्त ऋतु को घृत, ग्रीष्म ऋतु को ईंधन और शरद ऋतु को हविष्य होना प्रकट किया गया है- '**व॒स॒न्तो अं॑स्यासीदा॒ज्यं ग्री॒ष्म इ॒ध्मः श॒रद्ध॒विः।**' (ऋग्वेद १०.९०.६) इस सतत् क्रममें उदय और अस्त होते हुए सूर्य को 'सविता' कहा जाकर ताम्रवर्ण का जाना गया है- '**सूर्य उदेति सविता ताम्रस्ताम्र एवास्तमेति च।**' इस ताम्रवर्ण को देखकर ही उदय और अस्त होते हुए सूर्य को 'अग्नि का गोला' या 'अंगाररूप' जाना और कथन

किया गया है। तथा पौराणिक कथाओं में आये 'अङ्गिरा ऋषि' इस अंगाररूप को प्रकट करने वाले प्रकट होते हैं। अनवरत रूप से चलने वाले इस सृष्टियज्ञ को अपनाकर श्रुतिकथन है कि सबसे पहले उत्पन्न हुए इस देहधारी पुरुषरूप को कुशा द्वारा पवित्र किया किया जाकर इसे यज्ञकर्म का दायित्व सौंपा गया है-**'तेनं यज्ञं बर्हिषि प्रौक्षन् पुरुषं जातमंग्रतः।'** (ऋग्वेद १०.९०.७) इस पुरुषरूप को अपने नश्वर देहधारी पुरुष रूप में पशुवत् यज्ञकर्म के विस्तार हेतु यज्ञ के स्तम्भ से बाँधा गया है- **'अबंध्नन्पुरुषं पशुम्।'** (ऋग्वेद १०.९०.१५) अर्थात् सृष्टियज्ञ का सम्पूर्ण दायित्व इस नश्वर क्षरपुरुषरूप (= देहधारी पुरुष और स्त्रीरूप) को सोंपा गया है। यह सूर्य अंगार रूप में उदय होता है और प्रवृत्ति मार्ग को अपनाकर अपनी शीर्ष अवस्था को प्राप्त कर परमकान्ति को धारण करके तेजोमय होकर छाया रहित अवस्था में तपता है और सकल जीव-जगत् का कल्याण करता हुआ पर्जन्य (= सबके लिये उत्पत्ति और आशापूर्ति) का कारण हो जाता है तथा निवृत्ति मार्ग को अपनाकर यह पुनः ताम्रवर्ण को धारण करता हुआ लौट जाता है। पश्चिम दिशामें अस्त होता हुआ यह ताम्रवर्णी सूर्य ही पूर्व दिशा में पुनः लौटने वाला जाना जाता है। अतः यह जो ताम्रवर्णी रूप में उदय और अस्त होने तथा पंचपाद अवस्था को अपनाकर अपनी यात्रा को पूर्ण करनेवाला सूर्य है, यही 'सविता' रूप में जाना गया है। उदय होता और ऊपर चढ़ता हुआ सूर्य हृदय के सब रोगों को दूर करता है- **'हृद्रोगं ममं सूर्य हरिमाणं च नाशय।'** (ऋग्वेद १.५०.११) अतः सूर्य को आरोग्य और जीवन का प्रातः दर्शनीय देवता जाना गया है।

यहाँ यह स्मरणीय है कि वेदवाणी में श्रुति द्वारा हिरण्यगर्भ पुरुष के चक्षु से सूर्य का उत्पन्न होना कथन किया गया है- **'चक्षोः सूर्यो अजायत।'** (ऋग्वेद १०.९०.१३) तथा एतरेय श्रुति द्वारा भी पुरुष के चक्षु से आदित्य की उत्पति होना कथन की गयी है- **'चक्षुष आदित्यः।'**(ऐत.उप. १.१.४) 'चक्षु' रूप में सूर्य को परम तेजोमय और सर्वदृष्टा जाना गया है। आदित्य को इस पुरुषरूप के चक्षु में प्रतिष्ठित होना कथन किया गया है। (बृह.उप. ३.९.२०) तथा प्रकट किया गया है कि "जो अङ्गुष्ठमात्र पुरुष है वह देहस्थ अवस्था

में सूर्य के समान तेजोमय प्रकाशरूप अवस्था को धारण करनेवाला तथा संकल्प और अहंकार से युक्त है"- **'अङ्गुष्ठमात्रो रवितुल्यरूपः संकल्पहंकारसमन्वितो यः।'**(श्वेता.उप. ५.८) तथा हिरण्यगर्भ प्रकाशपुरुष की त्रिपादूर्ध्व और एकपाद अधोलोक अवस्था को अपनाकर सूर्यसिद्धान्त में कथन किया गया है कि-

त्रिपादममृतं गुह्यं पादोऽयं प्रकटोऽभवत्।
सोऽहंकारं जगत्सृष्ट्यै ब्रह्माणमसृजत् प्रभुः॥ (सूर्यसिद्धान्त १२.२०)

अर्थात् – "इन सूर्यरूप (प्रकाश पुरुष) के तीनपाद अमृत हैं, इसलिये वे अगम्य हैं, एक पाद से ही प्रकट (दृश्य) हैं। उसी सूर्य (प्रकाशपुरुष) ने अहंकारस्वरूप ब्रह्मा को जगत की सृष्टि के लिये उत्पन्न किया।"

अतः यही कारण है कि अविनाशी ब्रह्म का यह प्रकट पुरुषरूप इस मनुष्य लोकमें 'अहंकार का पुतला' कहा गया है। यह देहधारी पुरुष 'अहंकार' को अपनाकर अपना सब कर्म करता है तथा संकल्प और अहंकार से युक्त यह देहस्थ पुरुष 'क्रतुमय' अर्थात् कर्मनिश्चय को अपनाने वाला जाना जाता है। श्रुति द्वारा देहस्थ अक्षरपुरुष को असंग कहा गया है- **'असंगो ह्यं पुरुष इति'।** (बृह.उप. ४.३.१५व १६) किसी 'वृक्ष' रूप या काष्ठ में समाहित अग्नि की भाँति 'असङ्ग' होना प्रकट किया गया है तथा सांख्यदर्शन में भी देहस्थ हिरण्यगर्भ पुरुष को असङ्ग पुरुष - **'असंगोऽयं पुरुष इति।'** (सांख्यदर्शन १.१५) कहा जाकर इस प्रकट पुरुषरूप द्वारा धारण किये गये संकल्प और अहंकार को ही इस कर्मलोक में 'कर्म का कर्ता' होना कथन किया गया है–**'अहंकारः कर्ता न पुरुषः।'** (सांख्यदर्शन ६.५४)

यह अहंकार तत्त्व ही लोक में 'विषैले नाग' रूप में जाना गया है जिसे आदिदेव भगवान शिव द्वारा अपने गले में तथा अन्य अङ्गों पर आभूषण रूप में धारण किया गया है तथा अहंकार की तुष्टि हेतु नाग को दूध पिलाने अर्थात् अहंकार की तुष्टि हेतु कर्म की धवल, निश्छल अवस्था को अपनाने की परम्परा को अपनाया गया है।

अथ इस प्रकार का यह जो प्राणीमात्र का जनक, उत्पादक, फल देनेवाला,आरोग्य प्रदान करने वाला, शिव (कल्याण) स्वरूप और इन्द्र रूप में सबका शासन-प्रशासन करनेवाला आदित्य का सवितारूप है; जो पञ्चपाद अवस्था (= ताम्रवर्ण रूप में उदय होना, प्रवृत्ति मार्ग को अपनाना, शीर्ष अवस्था में परमकान्ति को धारणकर छायारहित अवस्था में तपना,निवृत्ति मार्ग को अपनाना तथा पुनः ताम्रवर्ण को धारण करते हुए लौटना या अस्त हो जाना) में यात्रा करनेवाला सूर्यरूप है, इस सृष्टि-यज्ञकर्ता सविता रूपको ही अविनाशी ब्रह्म के आदित्य रूप में मनीषी विद्वान् तत्त्वज्ञ ऋषियों द्वारा मनुज रूप में उपासना करने योग्य जाना गया है।

ब्राह्मणग्रन्थों में आये विवरण अनुसार आदित्य का यह सविता रूप ही सबका उत्पादक, स्वयं तेजस्वी और सब दीप्यमान को प्रकाशित करता है- **"सविता प्रसविता दीप्तो दीपयन् दीप्यमानः।'** (तैत्ति.ब्रा. ३.१०.१.२) और सबके द्वारा देवत्व को प्राप्त करने का आधार कहा गया है- **'सविता वै देवानां प्रसविता।'** (शत.ब्रा. १.१.२.१७) अर्थात् – "सविता देवताओं को उत्पन्न करने वाला अर्थात् देवत्व प्रदान करनेवाला है।" कठोपनिषद् में आया श्रुतिकथन है कि- "उस (सूर्यरूप आत्मा) के प्रकाशित होने पर यह सब कुछ प्रकाशित होता है"- **'तमेव भान्तमनुभाति सर्वं'।** (कठ.उप. २.२.१५) यह सविता रूप ही स्वयंप्रकाश अवस्था में सबको प्रकाशित करनेवाला है। उस परमेश्वर के इस सविता रूपको प्रकट करते हुए यजुर्वेद में आया श्रुतिकथन है कि-

युक्तायं सविता देवान् स्वर्यतो धिया दिवम् ।
बृहज्ज्योतिः करिष्यतः सविता प्रसुवाति तान् ॥ (यजुर्वेद ११.३)

अर्थात्- "(**सविता**) सविता देव (**तान्**) उन (**देवान्**) देवों को (**प्रसुवाति**) उत्पन्न करता है, कि जो (**बृहत् ज्योतिः**) जो बड़ा तेज फैलाते हैं, और (**धिया**) अपने विवेकमय (प्रज्ञामय) कर्तव्य कर्म से (**दिवं स्वः यतः**) द्युलोक में (अखिल जगत् में) प्रकाश को फैलाते हैं। उन देवों को (**सविता**) सबका उत्पादक ईश्वर (**युक्ताय करिष्यतः**) अपने-अपने कर्मोंमें नियुक्त करता है।" तथा ऋग्वेद में आया श्रुतिकथन है कि-

युञ्जते मनं उत युंञ्जते धियो विप्रा विप्रंस्य बृहतो विंपश्चितंः।
वि होत्रां दधे वयुनादिवेक इन्मही देवस्यं सवितुः परिंष्टुति ॥

(ऋग्वेद ५.८१.१)

अर्थात् –"महान् बुद्धिमान् और ज्ञानी सविता में ज्ञानी जन अपना मन लगाते हैं और बुद्धियों को लगाते हैं। वह प्रत्येक मार्ग और कर्म को जानने वाला है। इसलिये वह अकेला ही यशों को धारण करता है। सविता देव की स्तुति बहुत बड़ी है।" तथा प्रकट किया गया है कि-

उतेशिंषे प्रसवस्य त्वमेक इदुत पूषा भंवसि देव यामंभिः।
उतेदं विश्वं भुवंनं वि रांजसि श्यावाश्वंस्ते सवितः स्तोमंमानशे ॥

(ऋग्वेद ५.८१.५)

अर्थात् –"हे सविता देव ! तू अकेला ही उस सभी उत्पन्न हुए जगत् का स्वामी और उसका शासक है। तू अपने प्रयत्नों से ही इस जगत् का पोषक है। और तू इस सारे संसार का राजा है। तेजस्वी घोड़ों वाला वीर तुझे स्तोत्र प्रदान करता है।" अतः स्पष्ट है कि आत्मोपासना का यह 'गायत्री मन्त्र' आदित्यदेव के इस सविता रूप की उपासना करने अर्थात् इस सविता रूपको अंगीकार करने से सम्बन्ध रखता है।

वरेण्यम् = यह 'वरेण्यम्' शब्द "वरण करने योग्य" अर्थ को सूचित करता है। अतः 'गायत्री मन्त्र' के प्रथम चरण का यह तृतीय शब्द 'वरेण्यम्' मन की भावभूमि पर देहस्थ सूर्यरूप आत्मा के इस ताम्रवर्णी अंगाररूप का, सविता कहे गये सूर्यरूप आत्मा के इस प्रखर, प्रज्वलित, अग्निमय प्रसविता स्वरूप का, सूर्यरूप आत्मा के इस परमकान्तिमय जनक, उत्पादक, फल देने वाले कल्याणकारी शिवस्वरूप का और इन्द्र रूप में सबका शासन-प्रशासन करने और प्रवृत्ति तथा निवृत्ति आधारित पंचपाद यात्रा मार्ग को अपनाने का मनःसंकल्प जीवनमें धारण कर लेना प्रकट करता है। यह इस बोधमय अवस्था को नित्य-आचरण में अपना लेना प्रकट करता है।

श्वेताश्वतर उपनिषद् में सूर्यरूप आत्मा के इस सविता रूप को अपना कर श्रुतिकथन आया है कि-

यदातमस्तन्न दिवा न रात्रिर्न सन्न चासञ्छिव एव केवलः।
तदक्षरं तत्सवितुर्वरेण्यं प्रज्ञा च तसमात् प्रसृता पुराणी ॥

(श्वेता.उप. ४.१८)

अर्थात्- "जिस समय [ब्रह्मस्वरूप आत्मा को जानकर] अज्ञानमय अंधकार का सर्वथा अभाव हो जाता है। उस समय न दिन है न रात है और न सत् है न असत् ही है। तब केवल एकमात्र कल्याणमय शिव ही है। वह अविनाशी-अक्षरपुरुष है। वह सूर्याभिमानी देवता का अर्थात् इस पुरुषदेह में स्थित जीवात्मा (ब्रह्मस्वरूप आत्मा) का भी उपास्य है तथा उससे ही पुरातन प्रज्ञा अर्थात् गुरु-शिष्य परम्परा आधारित श्रुतज्ञान-उपासना-शिक्षा पद्दति आदि का प्रसार हुआ है।" श्रुति जो ब्रह्मस्वरूप आत्मा यहाँ इस पुरुषदेह में स्थित है और जो वहाँ द्युलोक स्थित सूर्य में है; वह एक ही होना कथन करती है- **'स यश्चायं पुरुषे यश्चासावादित्ये स एकः।'** (तैत्ति.उप. ३.१०.४) द्युलोक स्थित आदित्य में जो इस प्रकार का पुरुष है; वह इस प्रकार का स्वयं का प्रकटरूप होना प्रकट करती है- **'योऽसावादित्येपुरुषः सोऽसावहम्।'** (यजुर्वेद ४०.१७) अतः 'गायत्री मन्त्र' के इस प्रथम चरण का अर्थ होता है-

"मैं क्षरपुरुष रूप में देहस्थ सूर्यरूप आत्मा के उस सवितारूप का वरण करता हूँ- जो उदय और अस्त होते समय प्रज्वलित अग्नि के समान अंगाररूप (ताम्रवर्ण) होकर प्रवृत्ति और निवृत्ति मार्ग को धारण करनेवाला और परमकान्ति को अपनाकर लोककल्याण करनेवाला तथा जनक, उत्पादक, कर्म का फल देने वाला और इन्द्र के समान सबका शासन-प्रशासन करने वाला है।"

तात्पर्य यह कि मैं ज्योतिर्मय सूर्य के समान अपनी परमकान्तिमय पंचपाद जीवन-यात्रा का वरण करता हूँ। पौराणिक कथाओं में आये 'अंगिरा ऋषि' इस वरणकर्ता स्वरूप का प्रतिनिधित्व करने वाले प्रकट होते हैं तथा लोक-जीवन में इस देहधारी पुरुषरूप के लिये सूर्यप्रकाश, सूर्यनारायण, सूरजमल आदि नाम-सम्बोधन अपनाना इसी बात की स्मृति को प्रकट करता है।

गायत्री मन्त्र के द्वितीय चरण का जीवन-सन्देश

ब्रह्म उपासना के इस 'गायत्री मन्त्र' का **द्वितीय चरण**- **'भर्गो देवस्य धीमहि'** रूप में स्मरण/ उच्चारण किया जाता है। मनीषी विद्वान् पुरुषों द्वारा गायत्री मन्त्र के इस द्वितीय चरण को प्रथम चरण से सम्बद्ध जाना गया है। यह द्वितीय चरण कुल तीन शब्द- भर्गः, देवस्य और धीमहि पद के उच्चारण को अपनाता है तथा ये तीनों ही पद निम्न भाव-बोध को प्रकट करते हैं-

भर्गो देवस्य = यह 'भर्गो' शब्द **'भर्गः'** शब्द का क्रियात्मकरूप है तथा देव सर्वरूप हृदयस्थ 'पुरुष तत्त्व' को कहा गया है। यह संज्ञा पद है। देववाणी संस्कृत भाषा के शब्दकोश अनुसार 'भर्गः' भगवान शिव का नाम है तथा सृष्टि-यज्ञकर्ता ब्रह्मा का नाम है। इसके अतिरिक्त यह 'भर्ग' शब्द 'ईश्वरीय तेज' या 'ब्रह्म तेज' अर्थ में भी प्रयुक्त हुआ है। भगवान शिव को सृष्टि का संहार करनेवाला प्रलय का देवता जाना गया है। उन्हें 'रुद्र' कहा गया है तथा रौद्ररूप को धारणकर 'ताण्डव नृत्य' करने अर्थात् समूची सृष्टि का संहार करनेवाला देवता वर्णन किया गया है। भगवान शिव को आदिदेव और इस जीवात्मा का कल्याण करनेवाला देवता जाना गया है। भगवान शिव देवगण तथा असुरगण दोनों के आराध्यदेव हैं। वे देव और असुर दोनों के द्वारा पूजे और स्तवन किये जाते हैं। स्पष्ट है कि देव तथा असुर दोनों ही इस ईश्वरीय तेज 'भर्ग' के आकाँक्षी होते हैं।

सृष्टि-यज्ञकर्ता चतुर्मुख ब्रह्मा का नाम 'भर्ग' है। ब्रह्मा को प्रजापति कहा गया है। ब्रह्मा को चतुर्मुख और अहर्निश सृष्टि-यज्ञ-कर्म करनेवाला देवता जाना गया है। पुरुषसूक्त में आये विवरण अनुसार अन्न के सेवन द्वारा वृद्धि को प्राप्त करनेवाला यह जो चर और अचर, चार भाग में विभाजित – स्वेदज, उद्भिज्ज, आण्डज और जरायुज आधारित सम्पूर्ण प्राणी समुदाय है- **'यदन्नेंनातिरोहंति'** (ऋग्वेद १०.९०.२) यही ब्रह्म (ब्रह्मा) का चतुर्मुख यज्ञकर्ता स्वरूप होना जानने में आता है। श्रीमद्भगवद्गीता में आया उपदेश है कि सृष्टियज्ञ आरम्भ करने के साथ-साथ ही प्रजापति द्वारा इस प्रजारूप का

सृजन किया गया है- **'सहयज्ञाः प्रजाः सृष्ट्वा'**। (गीता ३.१०) अतः इन चारों ही प्रकार के प्राणी रूप में सर्वत्र व्याप्त जो सृजनकर्ता तेज है; वह ब्रह्मतेज ही 'भर्ग' जाना गया है। इस प्रकार यह 'भर्ग' शब्द 'संहारकर्ता तेज' और 'सृजनकर्ता तेज' दोनों ही अर्थ से सम्बन्ध रखने वाला है। यह 'किसी 'एक सिक्के के दो पहलू' की भाँति इन दोनों ही शक्तियों को धारण करनेवाले 'तेजोमय पुरुष' को प्रकट करता है। अतः यह गायत्री मन्त्र' रुद्र उपासना' और 'ब्रह्म उपासना' दोनों से सम्बन्ध रखता है। इसके अतिरिक्त यहाँ यह स्मरण करना समीचीन है कि 'विवाह संस्कार' अवसर पर हमारे द्वारा 'वर' को विष्णुरूप तथा 'वधु' को देवीलक्ष्मी रूपा जाना जाता है और दोनों के प्रति हरिद्रा का लेप अपनाया जाता है। अतः स्पष्ट है कि ब्रह्म उपासना का यह गायत्री मन्त्र देहधारी स्त्री-पुरुष रूप में त्रयपुरुष (क्षर, अक्षर और उत्तम पुरुष) और त्रयशक्ति की उपासना से अपना अतिगूढ़ सम्बन्ध रखता है।

अथ उस परमेश्वर का चमकते हुए सूर्यरूप में जो संहारक, उत्पादक और सबका पालन-पोषण करने वाला जो ब्रह्मतेज है, यह ब्रह्मतेज ही 'भर्ग' कहा गया है। इस तेजोमय अवस्था को प्राचीन ऋषियों द्वारा 'कर्मकाण्ड से जोड़ी गयी 'कुशा घास' के गुण-धर्म आधार पर सहज ही सुगमतापूर्वक जाना जा सकता है। श्रुतिसाहित्य में ब्रह्मा को ही 'ब्रह्म' तथा शिव को 'रुद्र' एवं विष्णु को त्रिविक्रम कहा जाना प्रकट होता है। अथ 'ईश उपासना' के इस 'गायत्री मन्त्र' में आया यह 'भर्ग' शब्द यहाँ इन तीनों ही प्रकार के तेज; प्रथम- 'संहारकर्ता कुशाग्र तेज', द्वितीय- 'सृजनकर्ता तपोमय तेज' और तृतीय- पालन-पोषणकर्ता 'सारस्वत तेज' अर्थ में प्रयुक्त हुआ है तथा **'देवस्य'** शब्द परस्पर सम्बन्ध सूचक होकर यह 'भर्ग' देवता के इस संहारक और सृजनकर्ता तथा पालन-पोषणकर्ता सारस्वत तेज को अपने इस मनुष्य-जीवन में अपनाने या धारण करने के संकल्प से सम्बन्ध रखता है। स्मृतिग्रन्थ श्रीमद्भगवद्गीता में अच्युतानन्द वासुदेव श्रीकृष्ण का कथन है कि- "तेजस्वी पुरुषों का तेज मैं स्वयं हूँ"- **'तेजस्तेजस्वीनामहम्।'** (गीता ७.१०) तथा छान्दोग्य उपनिषद् में श्रुतिकथन आया है कि "मैं बहुत हो जाऊँ – अनेक प्रकार से उत्पन्न हो जाऊँ।" यह इच्छा करके उस परमेश्वर ने सर्वप्रथम 'तेज'

का सृजन किया और तदुपरान्त 'तेज' द्वारा इस सृष्टि का सृजन किया गया है। (छा.उप. ६.२.३)

अतः उस परमेश्वर का चमकते हुए आदित्य रूप में यह जो विश्वव्यापी संहारकर्ता, सृजनकर्ता और सबका पालन-पोषणकर्ता अनश्वर (अव्यय) तेज है, उससे ये दोनों पद अपना सम्बन्ध रखते हैं। उस परमेश्वर के इस तेजोमय स्वरूप को अपनाकर यज्ञसंहिता यजुर्वेद में श्रुतिकथन आया है कि-

'ॐ तेजोऽसि शुक्रमंस्यमृतंमसि ।
धाम नामांसि प्रियं देवानामनांधृष्टं देवयजंनमसि॥' (यजुर्वेद १.३१)

अर्थात्– 'हे सविता देव ! आप तेजोमय हैं; आप शुक्र स्वरूप अर्थात् निर्विकार धवलरूप और अमृतस्वरूप हैं। आप ही परमधाम हैं और नामरूप (नामधारी पुरुषरूप) हैं। आप देवताओं के प्रिय और उनका (हवि ग्रहण करनेवाले) यज्ञ हैं।"

तथा सवितादेव से कामना की गयी है कि-

रुचं नो धेहि ब्राह्मणेषु रुचं राजंसु नस्कृधि ।
रुचं विश्येंषु शूद्रेषु मयिं धेहि रुचा रुचंम् ॥ (यजुर्वेद १८.४८)

अर्थात् – "हे परमेश्वर ! हमारे ब्राह्मणों में तेज को स्थापन (प्रतिष्ठित) करो, छत्र रूप में हमारी रक्षा करने वालेराजाओं अर्थात् क्षत्रियों में तेजोमय कान्ति को स्थापन (प्रतिष्ठित) करो। हमारे वैश्यों में तेजस्विता को स्थापन (प्रतिष्ठित) करो। हमारे शूद्रों में और मुझमें तेजस्विता को स्थापन (प्रतिष्ठित) करो।"

'ॐ तेजोंऽसि तेजो मयिं धेहिं वीर्यमसि वीर्यं मयिं धेहि बलंमसि बलं मयिं धेह्यो जोऽस्योजो मयिं धेहि मन्युरंसि मन्युं मयिं धेहि सहोंऽसि सहो मयिं धेहि ।' (यजुर्वेद १९.९)

अर्थात् –"हे परमात्मन् ! आप तेज हो, उस ब्रह्मतेज को मुझमें प्रतिष्ठापित करो। आप पराक्रम करने वाले हो, उस पराक्रम को मेरे में प्रतिष्ठापित करो। आप बलवान् हो, उस बल को मेरे में प्रतिष्ठापित करो।

आप ओज हो, उस ओज को मेरे में प्रतिष्ठापित करो। आप मन्युरूप अर्थात् दुष्टों पर उनके दमनार्थ क्रोध करते हो, उस मन्युरूप क्रोध को मेरे में प्रतिष्ठापित करो। आप शत्रु के आक्रमण का प्रतिकार करने वाले हो, उस प्रतिकार शक्ति को मेरे में प्रतिष्ठापित करो।"

इसके अतिरिक्त यह 'भर्ग' शब्द चमक, दीप्ति, ज्योति, तेज, प्रतिभा, उज्ज्वलता, विकाररहित अनामय अवस्था आदि को भी प्रकट करता है तथा पञ्चमहाभूत- आकाश, वायु, अग्नि, जल और पृथिवी तत्त्व को तेजोमय जाना गया है। यहाँ यह उल्लेख करना समीचीन और प्रासंगिक है कि यह 'भर्ग' शब्द अपने 'तेजोमय' अर्थ में 'भर्जन' शब्द की स्मृति प्रदान करनेवाला हो गया है। यह 'भर्जन' शब्द भड़भूँजे को अर्थात् 'बीज' रूप अन्न का भंजन करनेवाले पुरुषरूप को सूचित करता है तथा भूँजने की क्रिया को 'भर्जनम्' अर्थात् जन्मप्रक्रिया का निरोध करना जाना गया है। जिस प्रकार अग्नि का तेज बीज का भर्जन अर्थात् बीज की अंकुरण क्षमता को नष्ट कर देता है; उसी प्रकार उस परमात्मा का तेज समस्त पापों का भर्जन करनेवाला है। यह समस्त दुष्ट भावों को प्रज्वलित अग्नि में डाले गये तिनके की भाँति तत्काल जलाकर नष्ट कर देता है। अतः भक्ति-मार्ग में अपनाया गया 'भजन' शब्द इस 'भर्जनम्' क्रियापद का ही अपभ्रंश होना देखने-जानने और कहने में आता है।

धीमहि – यह 'धीमहि' शब्द 'ध्यान करते हैं' अर्थ को सूचित करने वाला जाना गया है। किन्तु जब हम पूर्व पद 'भर्ग' द्वारा संसूचित भगवान शिव के सृष्टिसंहारकर्ता तेज और सृष्टिसृजनकर्ता देव ब्रह्मा के प्राणीमात्र के उद्भवकर्ता (सृजनकर्ता) तेज से सम्बद्धता अपनाकर इस 'धीमहि' पद पर विचार करते हैं, तो यह 'धीमहि' शब्द मुखसुख को अपनाकर दो भिन्न 'संज्ञा' शब्द 'धी' और 'महि' के संयोग से बना समास शब्द जानने में आता है। 'धी' शब्द धारणकर्ता व्यवहारकुशल बुद्धि, प्रज्ञा, मन आदि अर्थ सूचित करता है। तथा 'महि' (मही) शब्द पृथिवी का सूचक है। अतः पूर्व पद के साथ सम्बद्धता को धारण करता हुआ यह 'धीमहि' शब्द इस धरा पर मानव-जीवन की धारणकर्ता बुद्धि (प्रज्ञा) को प्राप्त करने से सम्बन्ध रखता है।

इस प्रकार 'गायत्री मन्त्र' का यह द्वितीय चरण इस पृथिवी पर प्राणीमात्र के संहारक देव शिव और सृजनकर्ता या उत्पन्नकर्ता देव ब्रह्मा के कार्य से सम्बन्धित बुद्धि या प्रज्ञा का ध्यान करने अर्थात् आदिदेव भगवान शिव के संहारकर्ता कार्य और सृष्टिकर्ता ब्रह्मा के सृजनकर्ता कार्य से सम्बन्धित तेजोमय बुद्धि या प्रज्ञा का ध्यान करने अर्थात् उसे अपने नित्य-जीवन में अपनाने के अर्थ को सूचित करता है। इस अवसर पर यहाँ यह स्मरण करना समीचीन है कि श्रीमद्भगवद्गीता में देहस्थ आत्मा को अजन्मा और अविनाशी कहा गया है; न जन्म लेने वाला, न मरने वाला और न मारने वाला कहा गया है। जनार्दन श्रीकृष्ण का उपदेश है कि –

य एनं वेत्ति हन्तारं यश्चैनं मन्यते हतम्।
उभौ तौ न विजानीतो नायं हन्ति न हन्यते ॥
न जायते म्रियते वा कदाचिन्नायं भूत्वा भविता वा न भूयः।
अजो नित्यः शाश्वतोऽयं पुराणो न हन्यते हन्यमाने शरीरे ॥

(गीता २.१९-२०)

अर्थात् - "जो कोई पुरुष इस आत्मा को मारने वाला जानता है और इसको मरा हुआ मानता है; वे दोनों ही नहीं जानते कि यह आत्मा न तो मारता है और न मारा ही जाता है। यह आत्मा न जन्मता है और न मरता ही है और न किसी भी काल में यह उत्पन्न होकर फिर होनेवाला ही है। यह आत्मा अजन्मा, नित्यस्वरूप, शाश्वत और पुरातन है। देहरूप के मारे जाने (हत्या की जाने) पर भी यह आत्मा नहीं मारा जाता है।"

इस प्रकार सवितादेव के संहारकर्ता कर्म की पापरहित अवस्था और उद्भवकर्ता तेज से परिपूर्ण, लोककल्याणकारी, धर्ममय, क्रान्त मनुष्य-जीवन और जन्म-प्रक्रिया के निरोध की भावभूमि पर गायत्री मन्त्र के इस द्वितीय चरण का अर्थ होता है कि- "मैं अपने ब्रह्मरूप में संहारकर्ता देव शिव और सृजनकर्ता देव ब्रह्मा की कर्मकर्ता तेजोमय बुद्धि को सविता देव के तेज रूप में यथावसर अपनाने का संकल्प धारण करता हूँ। मैं सविता देव के तेज को अपने जीवन में अंगीकार करता हूँ।"

गायत्री मन्त्र के तृतीय चरण का जीवन-सन्देश

ईश उपासना के इस 'गायत्री मन्त्र' के **तृतीय चरण** में कुल चार पद आये हैं- **'धियो यो नः प्रचोदयात्।'** ये चारों ही पद (शब्द) 'चतुष्पाद्' रूप में यह 'सम्यक्'जीवन-संदेश प्रदान करते हैं कि-

धियो = यह 'धियः' शब्द प्रज्ञा अर्थात् बुद्धि की धैर्यमय, विवेकयुक्त बहुवचन अवस्था को सूचित करता है; जिसे धारण करके यह पुरुष व्यवहार कुशल कहा जाता है; अथवा यह बालबुद्धि का परित्याग करता हुआ 'परिपक्व बुद्धि' जाना जाता है। यह मानवशरीर पंच महाभूतों से बना हुआ है तथा इस नश्वर पुरुषदेह में ही वह 'अङ्गुष्ठमात्र पुरुष' अक्षरपुरुष रूप में निवास करता है। श्रुति द्वारा देहस्थ अक्षरपुरुष को अन्नरसमय होना कथन किया गया है- **'स वा एष पुरुषोऽन्नरसमयः।'** (तैत्ति.उप. २.१.१) इस नश्वर शरीर और देहस्थ आत्मा (जीवात्मा) को अपने उभयरूप में 'यह या वह' अथवा 'वह और यह' आधार पर अन्न को ग्रहण (भक्षण या सेवन) करके और जल को वस्त्ररूप में अपनाकर जीवित रहने वाला प्रकट किया गया है। (छा.उप. ५.२.२व ६.७.१) इस कारण यह मनुष्य इस पुरुषदेह और दशेन्द्रियों की सहायता से अपनी जीवन-यात्रा को पूर्ण करने और भोगरत या भोगासक्त अवस्था को धारण करनेवाला हो गया है। और इस भोगरत या भोगासक्त अवस्था में कामनाओं की पूर्ति हेतु यह बुद्धि के नाना रूप को धारण करने और अपनाने वाला हो गया है। तथा नाना बुद्धि को अपनाकर यह भोगकर्ता बना हुआ है, जिसे श्रीमद्भगवद्गीता में रथी अर्जुन के प्रति जनार्दन श्रीकृष्ण द्वारा-

व्यवसायात्मिका बुद्धिरेकेह कुरुनन्दन।
बहुशाखा ह्यनन्ताश्च बुद्धयोऽव्यवसायिनाम् ॥ (गीता २.४१)

अर्थात्- "हे कुरुनन्दन ! इस लोक में व्यवसायात्मिका अर्थात् निश्चयात्मिका बुद्धि एक ही होती है और अव्यवसायात्मिका अर्थात् अनिश्चय वाली भोगकर्ता बुद्धि बहुत भेदों वाली और अनन्त होती है।"

तथा "सब प्रकार के यज्ञकर्म और तपःकर्म का भोक्तापुरुष वह एक परमात्मा ही है"- **'भोक्तारं यज्ञतपसां सर्वलोकमहेश्वरम्।'**(गीता ५.२९) कहा जाकर उपदेश किया गया है।

अतः यहाँ प्रयुक्त हुआ यह 'धियोः' शब्द बहुत भेदों वाली अनन्त बुद्धि को व्यवसायात्मिका अर्थात् फल प्रदायिनी एकात्मिका बुद्धि रूप में प्राप्त करने या धारण करने से सम्बन्ध रखने वाला होना जानने में आता वा प्रकट होता है।

यो = यह 'यः' शब्द 'जो' अर्थ सूचित करता है तथा यह सवितादेव से सम्बन्ध रखने वाला जानने में आता है।

नः = यह 'नः' शब्द बहुवचन अवस्था में यहाँ 'हमारी' या 'हम सबकी' अर्थ सूचित करता है। यह अव्यय पद है। स्मरणीय है कि इस पुरुषदेह में क्षरपुरुष और अक्षरपुरुष तथा अन्य सब देवगण निवास करते हैं। ऐतरेय उपनिषद् में श्रुति कथन आया है कि "इस मनुष्य शरीर को 'सुकृत' जानकर सब देवता इसमें प्रवेश करके स्थित हो गये हैं। अग्निदेवता वाक् बनकर मुख में, वायु देवता प्राण बनकर नासिका के छिद्रों में, आदित्य देवता चक्षुओं में, दिशाओं के देवता कर्ण में, ओषधि और वनस्पतियों के देवता रोम बनकर त्वचा में, चन्द्रमा मन बनकर हृदय में, मृत्यु देवता अपानवायु बनकर नाभि में तथा जल का अभिमानी देवता वीर्य बनकर जननेन्द्रिय में प्रवेश करके स्थित हो गये हैं।" (ऐत.उप. १.२.४) तथा वह सृजनकर्ता देव स्वयं इस मानवदेह को विदीर्ण करके अर्थात् जिस प्रकार कोई ठोस वस्तु जल की सतह को विदीर्ण करती हुई जल में प्रवेश करके स्थित हो जाती है; उसी प्रकार इस मानवदेह में प्रवेश करके वह सच्चिदानन्दघन परमात्मा स्थित हो गया है। (ऐत.उप. १.३.१२)

इस प्रकार यह 'नः' पद यहाँ इस पुरुषदेह में स्थित क्षरपुरुष और अक्षरपुरुष तथा भोगकर्ता इन्द्रियों के मूल में स्थित सब देवगण की समेकित अवस्था से सम्बन्ध रखने वाला पाया जाता और प्रकट होता है।

अथ यह 'नः' पद (शब्द) मन, बुद्धि और अहंकार तथा देहस्थ इन्द्रियों की भोक्तावृत्तिकी परस्पर सामञ्जस्यपूर्ण, द्वन्द्वरहित, एकात्म अवस्था को प्राप्त करने या धारण करने से सम्बन्ध रखता है, जिसे गीतोक्त कथन -

त्रैगुण्यविषया वेदा निस्त्रैगुण्यो भवार्जुन ।
निर्द्वन्द्वो नित्यसत्त्वस्थो निर्योगक्षेम आत्मवान् ।। (गीता २.४५)

अर्थात् – "हे अर्जुन ! सम्पूर्ण वेद-ज्ञान त्रिगुणों (सत, रज और तम) की कार्यरूप विषय सामग्री से युक्त हैं। अतः तुम सत, रज और तम इन तीनों ही गुण से रहित हो जाओ । द्वन्द्व से रहित (अर्थात् संकल्प-विकल्प, मान-अपमान, हर्ष-शोक, सुख-दुःख, काम-क्रोध, पाप-पुण्य, भय-अभय आदि परस्पर विरोधीभाव से रहित), नित्य-सतस्वरूप आत्मा में स्थित, योगक्षेम की चिन्ता न करने वाले (और) आत्मबल से युक्त, आत्मपरायण हो जाओ।" अनुसार जाना जा सकता है।

प्रचोदयात् = यह 'प्रचोदयात्' शब्द एक क्रिया पद है। इस प्रचोदयात् शब्द (पद) का अर्थ 'प्रेरित करे' या 'प्रेरणा प्रदान करें' लिया जाता है। किन्तु यह इस क्रियापद का सम्यक्युक्तियुक्त संदेश ग्रहण करना या अपनाना होता नहीं। कारण कि देहधारी पुरुष रूप में यह इस नश्वर देह-रूप से जुड़कर स्वयं के द्वारा देहस्थ अनश्वर आत्मा से पृथक् स्वयं को ही कर्ता और भोक्ता पुरुष मान लेना प्रकट करता है। यह देहधारी पुरुष-पक्षी रूप में पृथक्कर्ता और भोक्ता भाव-बोध को अपना लेना प्रकट करता है।

अतः यह युक्तियुक्त और समीचीन होता नहीं। यह तो रात्रीकाल की बोधावस्था से सम्बन्ध रखता है। स्मरणीय है कि इस सकल जगतरूप को अपनाकर वह सद्स्वरूप परमात्मा 'सद्' और 'असद्' दोनों ही हो गया है- **'सत्यं चानृतं च सत्यमभवत्।'** यह रात्रिकाल के 'स्वप्न की विवशता' अर्थात असत्य को ही सत्य मानने और दिवसकाल की कर्मचेष्टारत मनोमय अवस्था को अपनाने वाला हो गया है। और वह आश्रय देने और न देने वाला, विज्ञान और अविज्ञान, कथनीय और अकथनीय हो गया है। (तैत्ति.उप. २.६.१) जिसे अपनाकर गीतोक्त कथन है कि- "तत्त्वदर्शी पुरुषों द्वारा इस जगत् में 'सद्'

और 'असद्' दोनों का सह-अस्तित्व देखा गया है।" (गीता २.१६) तथा कठोपनिषद् में श्रुति द्वारा इस नश्वर पुरुषरूप की संरचना और कर्ता एवं भोक्ता स्वरूप को प्रकट करते हुए सुगम बोधगम्यता को अपनाकर "इस पार्थिव मानव शरीर को 'रथ' संज्ञा प्रदान की गयी है तथा देहस्थ आत्मा को रथी, बुद्धि को सारथी और मन को लगाम होना कहा गया है"-

आत्मानँ रथिनं विद्धि शरीरँ रथमेव तु।
बुद्धिं तु सारथिं विद्धि मनः प्रग्रहमेव च ॥ (कठ.उप. १.३.३)

तथा यह आत्म-रहस्य प्रकट किया गया है कि "मनीषी विद्वान् पुरुष इन्द्रियों को अश्व और विषयों को उनके विचरण करने का मार्ग होना बतलाते हैं तथा शरीर, इन्द्रियाँ और मन से युक्त आत्मा ही भोक्ता पुरुष है - इस प्रकार कहते हैं"–

इन्द्रियाणि हयानाहुर्विषयाँ स्तेषु गोचरान्।
आत्मेन्द्रियमनोयुक्तं भोक्तेत्याहुर्मनीषिणः ॥ (कठ.उप. १.३.४)

इस प्रकार श्रुति द्वारा पार्थिव मानव-शरीर को 'रथ' तथा 'मन' को लगाम रूप में जैविक सत्ता से रहित होना प्रकट किया गया है तथा रथी आत्मा, बुद्धिरूप सारथी एवं इस देहरूप से सम्बद्ध दशेन्द्रियों को अश्वरूप में जैविकसत्ता से युक्त होना कथन किया जाकर विषयों को अश्वरूप इन्द्रियों के विचरण का मार्ग कहा गया है। जैविकसत्ता से युक्त यह त्रय पुरुषरूप ही 'उत्तमपुरुष' आत्मा, देहस्थ 'अक्षरपुरुष' जीवात्मा और नश्वर देहरूप आधारित नाम, रूप और कर्म को अपनाने वाले 'क्षरपुरुष' रूपमें जाने गये हैं। अतः जो स्वयं 'जैविक सत्ता' से रहित जड़-निर्जीव रथ रूप (= साधन रूप) है; या जो रथ में जुते हुए अश्वों के नियमन हेतु 'धातु निर्मित' लगाम रूपी 'साधन' है, वह शरीर और मन तो नियोजित अवस्था में उपयोग ही किया जा सकता है। उस निर्जीव को प्रेरित किया जा सकता नहीं और वह स्वयं भी प्रेरित हो सकता नहीं तथा सारथी तो पृथक् देहधारी पुरुष रूप में रथी द्वारा कहे अनुसार 'रथ' को अश्वों की सहायता से गंतव्य की ओर हाँकता

है। यह सारथीरूप तो सदैव ही रथी आत्मा की अधीनता को अपनाने वाला होता है, जिसे श्रीमद्भगद्गीता में आये रथी अर्जुन के कथन –

'सेनयोरुभयोर्मध्ये रथं मे स्थापय मेऽच्युत ॥' (गीता १.२१)

अर्थात् –"हे अच्युत ! मेरे रथ को दोनों ही सेनाओं के मध्य स्थापित (खड़ा) कीजिये।" आधार पर सुगमतापूर्वक जाना जा सकता है।

अतः यही कारण है कि महर्षि पतञ्जलि द्वारा योगदर्शन ग्रन्थ में ईश्वर का पृथक् अस्तित्व स्वीकार किया नहीं गया है। (योगदर्शन १.२४) तथा श्रुतिकथन- **'योऽसावसौ पुरुष सोऽहमस्मि'** (ईशा. १६);**'अहं ब्रह्मास्मि'** (बृह.उप. १.४.१०); **'त्वं प्रत्यक्षं ब्रह्मासि'**। (तैत्ति.उप. १.१.१) आदि इसी बात का आख्यान करते हैं। चूंकि यह 'बुद्धि तत्त्व' प्रज्ञानस्वरूप परमात्मा का प्रकट अशरीररूप है- **'बुद्धिर्बुद्धिमतामस्मि।'** (गीता ७.१०) जिसे अष्टधा प्रकृति का अंग कहा गया है। (गीता ७.४) तथा देहस्थ सभी इन्द्रियाँ अश्वरूप में पृथक् जैविक सत्ता से युक्त होकर भी पशुरूप होने से नियोजन की सामग्री बनीं हुई हैं। इन्हें विषयभोग हेतु तो प्रेरित किया जा सकता है; किन्तु गन्तव्य को प्राप्त करने के लिये तो इन्हें समग्र रूपसे नियोजित करना आवश्यक होता है। अतः यही कारण है कि महाकवि कालिदास द्वारा दशेन्द्रियों से युक्त इस मानवशरीर को धर्म का अनुपालन करने हेतु साधनरूप होना कथन किया गया है- **'शरीरः धर्मस्य खलु साधनम्।'** (कुमारसम्भवम्) तथा श्रुतिकथन है कि यह रथी आत्मा बुद्धिरूप सारथी की उपेक्षा करके, स्वयं ही शरीर, इन्दियाँ और मन से युक्त अवस्था में 'मनोमय भोक्तापुरुष' बना हुआ है तथा इस मनोमय भोक्तावस्था को अपनाकर गीतोक्त कथन है कि "यह आत्मा तो आप ही अपना मित्र और आप ही अपना शत्रु बना हुआ है; अतः अपने आत्मा का आप ही उद्धार करना चाहिये, इसे अवसाद में डालना नहीं चाहिये"-

उद्धरेदात्मनात्मानं नात्मानमवसादयेत्।
अनात्मनस्तु शत्रुत्वे वर्तेतात्मैव शत्रुवत् ॥ (गीता ६.६)

महाभारत युद्ध में हमें रथी अर्जुन के सारथी श्रीकृष्ण का मित्ररूप तथा महारथी कर्ण के सारथी शल्य का शत्रुरूप देखने-जानने को मिलता है, जो उस 'अजेय योद्धा' को युद्धभूमि में हतोत्साहित करता रहा है। (महाभारत, कर्णपर्व) कुरुक्षेत्र की रणभूमि में सारथी श्रीकृष्ण रथी अर्जुन को युद्ध क्षेत्र में –**'युद्धस्व भारत'** (गीता २.१८); **'युद्धाय कृतनिश्चयः'** (गीता २.३७); **'युद्धाय युज्यस्व'** (गीता २.३८) तथा **'निराशीर्निर्ममो भूत्वा युध्यस्व विगतज्वरः।'** (गीता ३.३०) अर्थात् – "हे भारत ! तू युद्ध कर"; "तू युद्ध के लिये निश्चय कर"; "तू युद्ध के लिये उद्धत् हो जा" तथा "तू आशारहित, ममतारहित और सन्ताप रहित होकर युद्ध कर", आदि वचनों द्वारा युद्ध में नियोजित करने वाले रहे हैं तथा सारथी शल्य रथी कर्ण को-

ईषादन्तं महानागं प्रभिन्नकरटामुखम्।
शशको ह्वयसे युद्धे कर्ण पार्थं धनञ्जयम् ॥

(महाभारत, कर्णपर्व ३९.२०)

अर्थात् – "हे कर्ण ! जिस प्रकार कोई खरगोश ईषादण्ड के समान दाँतों वाले महान मदस्रावी गजराज को अपने साथ युद्ध के लिये बुलाता हो, उसी प्रकार तुम भी कुन्तीपुत्र धनंजय का रणक्षेत्र में आह्वान करते हो।"

यथाखुः स्याद् विडालश्च श्वा व्याघ्रश्च बलाबले।
यथा शृगालः सिंहश्च यथा च शशकुञ्जरौ ॥

(महाभारत कर्णपर्व ३९.३४)

अर्थात् – "जिस प्रकार चूहा और बिलाव, कुत्ता और बाघ, गीदड़ और सिंह तथा खरगोश और हाथी अपनी निर्बलता और प्रबलता के लिये प्रसिद्ध हैं, उसी प्रकार तुम निर्बल हो और अर्जुन सबल है।"

आदि अनेक वचनों द्वारा महारथी होना जानकर भी कर्ण को हतोत्साहित और युद्ध से विमुख करता रहा है। अतः 'प्रचोदयात्' शब्द का अर्थ 'प्रेरित करे' या 'प्रेरणा प्रदान करे' अपनाना युक्तियुक्त एवं सम्यक् होता नहीं। यह एकात्म अवस्था को प्रकट करनेवाली प्रज्ञानमय व्यवसायात्मिका, लाभकारी बुद्धि को नित्य-जीवन में अपनाना होता नहीं।

बृहदारण्यक उपनिषद् में श्रुतिकथन आया है कि- "उस इस ब्रह्म को इस समय भी जो इस प्रकार जानता है कि 'मैं ब्रह्म हूँ, वह यह सर्व हो जाता है। उसके पराभव में देवता भी समर्थ नहीं होते; क्योंकि वह उनका आत्मा ही हो जाता है। और जो अन्य देवता की 'वह अन्य है और मैं अन्य हूँ' इस प्रकार उपासना करता है, वह नहीं जानता। जैसे पशु होता है वैसे ही वह देवताओं का पशु है"- **'अन्योऽसावन्योऽहमस्मिति न स वेद यथा पशुरेवँस देवानाम्।'** (बृह.उप. १.४.१०) अतः देहस्थ परमात्मा द्वारा 'एक से बहुत अवस्था' को प्राप्त देहधारी पुरुष रूप में स्वयं को पृथक् मानना तो पशुरूप को अपना लेना है। इस पृथकता के भोक्ता भाव को ही 'मानुष' (पशुरूप) कहा गया है, मनुष्य नहीं। अतः इस मनोमय भोगासक्त पशुरूप जीवन का परित्याग करते हुए प्रज्ञानमय देहधारी मनुष्य बन जाना और देवत्व को प्राप्त कर लेना ही मनुष्य-जीवन का लक्ष्य कहा गया है- **'मनुंर्भव जनया दैव्यं जनंम्।'** (ऋग्वेद १०.५३.६) छान्दोग्य उपनिषद् में श्रुति द्वारा इस पुरुषरूप को अविनाशीब्रह्मस्वरूप आत्मा का प्रकटरूप (मुखौटा) होना कथन किया गया है- **'स आत्मा तत्त्वमसि श्वेतकेतो।'** (छा.उप. ६.८-१६) अर्थात् – "हे श्वेतकेतो ! वह आत्मा (अविनाशी ब्रह्म) तुम स्वयं हो।" इस देहधारी पुरुष को अविनाशी ब्रह्म का प्रत्यक्ष प्रकट रूप कहा गया है- **'त्वं प्रत्यक्षं ब्रह्मासि।'** (तैत्ति.उप. १.१.१) इस पुरुषरूप द्वारा ब्रह्म होकर ब्रह्म को प्राप्त कर लेना कथन किया गया है- **'ब्रह्मैव सन् ब्रह्माप्येति।'** (बृहा.उप. ४.४.६) तथा "यह सब कुछ ब्रह्म का प्रकट रूप होना, ब्रह्ममें उत्पन्न होना, ब्रह्म में चेष्टा करना और ब्रह्म में लय अवस्था प्राप्त करना कथन किया गया है तथा चित्त (अन्तःकरण) की शान्त अवस्था को अपनाकर ब्रह्म की उपासना करने का निर्देश किया गया है"- **'सर्वं खल्विदं ब्रह्म तज्जलानिति शान्त उपासीत।'** (छा.उप. ३.१४.१) तथा इस पुरुषरूप का सृजन 'लोकपाल' रूप में करना कथन किया गया है। (ऐत.उप. १.१.३) अतः यह 'प्रचोदयात्' पद सर्वरूप ब्रह्म को अंगीकार करने या स्वयं की नियोजित अवस्थाको अपनाने का अर्थ धारण करता है, जिसका वरण प्रथम चरण में आयी पदावली (शब्दावली) अनुसार किया गया है।

यहाँ यह स्मरणीय है कि कठोपनिषद् में श्रुति द्वारा इस मनुष्यलोक में नश्वर देह-रूपधारी क्षरपुरुष और देहस्थ अक्षरपुरुष का उभयरूप अस्तित्व छाया और ताप (धूप) की भाँति होना – **'छायातपौ'** एवं **'छायातपोरिव'** (कठ.उप. १.३.१ व २.३.५) कथन किया गया है तथा श्रीमद्भगवद्गीता में क्षरपुरुष और अक्षरपुरुष आधारित इन दो भिन्न उभयरूप का अस्तित्व यहाँ इस कर्मलोक या इस एक पाद अधोलोक या इस मर्त्यलोक में होना- **'द्वाविमौ पुरुषौ लोके'** (गीता १५.१६) कथन किया जाकर सबका धारण-पोषण करने वाला ईश्वर उत्तम पुरुष परमात्मा को अन्य ही होना प्रकट किया गया है-**'उत्तमः पुरुषस्त्वन्यः।'** (गीता १५. १६) इस हृदयस्थ अङ्गुष्ठमात्र पुरुष को भूत और भविष्य का नियमन करनेवाला कहा गया है- **'ईशानो भूतभव्यस्य'**। (कठ.उप. २.१.१२) अतः 'छाया' और 'ताप' (धूप) आधारित इस उभयरूप को तो नियोजित ही किया जा सकता है, किसी भी प्रकार प्रेरित किया जा सकता नहीं। अतः स्मरणीय है कि आत्मोपासना का मार्ग प्रकट करते हुए मुण्डक उपनिषद् में श्रुति द्वारा इस मानवदेह में अक्षर पुरुष के स्थित रहते गमनागमन करने वाले वायु रूपी प्राण और देहस्थ जीवात्मा दोनों को धनुष और बाण की उपमा दी गयी है; दोनों को निर्जीवतत्त्व-अवयव होना कथन किया जाकर सर्वगत ब्रह्म को ही 'शर सन्धान' का लक्ष्य होना प्रकट किया गया है – **'प्रणवो धनुः शरो ह्यात्मा ब्रह्म तल्लक्ष्यमुच्यते।'** (मुण्ड.उप. २.२.४) अथ स्पष्ट है कि सर्वावस्था में यह 'प्रचोदयात्' पद (शब्द) "वह परमेश्वर हमें क्षरपुरुष और अक्षरपुरुष आधारित उभयरूप अवस्था में नियोजित करे" अर्थ धारण करता और प्रकट करता है।

इस नियोजित अवस्था को श्रीमद्भगवद्गीता में आये निम्न उपदेश द्वय – (१) **'यो न हृष्यति न द्वेष्टि न शोचति न काँक्षति।'** (गीता १२.१७) अर्थात् – 'जो न कभी हर्षित होता है, न द्वेष करता है, न शोक करता है और न कामना करता है।" तथा (२) **'न द्वेष्टि सम्प्रवृत्तानि न निवृत्तानि काँक्षति।'** (गीता १४.२२) अर्थात्- "जो न तो प्रवृत्त होने पर उनसे द्वेष करता है और न निवृत्त होने पर उनकी आकाँक्षा करता है।" तथा कुरुक्षेत्र की रणभूमि में उपस्थित रथी अर्जुन के कथन कि- "हे अच्युत ! आपकी कृपा से मेरा मोह

नष्ट हो गया और मैंने स्मृति प्राप्त कर ली है; अतः मैं आपकी आज्ञा का पालन करूँगा।"-

नष्टो मोहः स्मृतिर्लब्ध्वा त्वत्प्रसादान्मयाच्युत।
स्थितोऽस्मि गतसन्देहः करिष्ये वचनं तव ॥ (गीता १८.७३)

की सहायता से सुगमतापूर्वक जाना जा सकता है। इसके अतिरिक्त प्राचीन पौराणिक कथाओं में आया श्रीकृष्ण का गायों को चराने वाला और गायों की सुरक्षा करने वाला **"गोपालक स्वरूप"** इस 'प्रचोदयात्' पद को तत्त्वतः जानने और आत्मसात् करने में हमारी सहायता करता है ।

यहाँ यह भी उल्लेखनीय है कि- देववाणी संस्कृत भाषा के शब्दकोश अनुसार- (अ) **'प्रचोदः'** शब्द- हाँकना, बलपूर्वक चलाना, आगे बढ़ने के लिये उकसाना, भड़काना, प्रेरित करना, अर्थ सूचित करता है। (आ) **'प्रचोदनम्'** शब्द हाँक कर आगे बढ़ाना, बलपूर्वक चलाना, उकसाना, भड़काना, जमा देना, आदेश देना, निर्देश देना, नियम, विधि, समादेश तथा (इ) **'प्रचोदित'** शब्द बलपूर्वक बड़ाया हुआ, उकसाया हुआ, भड़काया हुआ, निर्देशित, आदिष्ट, नियत किया हुआ, भेजा गया, प्रेषित, निर्णीत, निर्धारित आदि अर्थ सूचित करते हैं। अतः यह **प्रचोदयात्** शब्द स्वप्रज्ञा की नियोजित अवस्था से सम्बन्ध रखने वाला प्रकट होता है और यह प्रत्येक अवसर पर प्रज्ञा, विवेक, धैर्य, संयम आदि को अपनाने या कार्य सम्पादन के प्रत्येक अवसर पर उस हृदयस्थ से प्रज्ञा, विवेक, धैर्य, संयम आदि धारण करने और प्रत्येक अवसर पर विचारपूर्वक स्वकर्म का निष्पादन करने की अपेक्षा करता है। चूंकि यह सम्पूर्ण जगत् एक से अनेक अवस्था में उस परमेश्वर का प्रकटरूप है- **'पुरुष 'ऐवेदं विश्वम्'**। (मुण्ड. उप. २.१.१०) सम्पूर्ण चर-अचर जीवसमुदाय में वह एक परमात्मा ही हृदयस्थ अवस्था को धारण करके भूत तथा भविष्य का नियमन करनेवाला है- **'ईशानो भूतभव्यस्य'**। (कठ.उप. २.१.१२) वह त्रिपादूर्ध्व अवस्था में स्थित होकर एक पाद अधोलोक रूप में इस जगत रूप को अपनाने और धारण करने वाला है। इस सकल जगतरूप को अपनाकर वह सद्स्वरूप परमात्मा सद् और असद् दोनों ही हो गया है। वह 'सद्' की सत्ता को धारण करनेवाला है। इस

हेतु वह सत्य का भी सत्य हो गया है- **'सत्यस्य सत्यमिति।'** (बृह.उप. २.१.२०) सर्वरूप में वह इस जगत् को क्रीड़ाकर्म रूप में अपनाने वाला बना हुआ है- **'पुरुषः स क्रीडति यथेच्छति'।** (महाभारत, शान्तिपर्व ३५१.२२) तथा इस पुरुषदेह में स्थित इन्द्रियाँ तो प्राणपुरुष के रहने पर ही कार्यक्षम होती हैं। (छा.उप. ५.१.१-१५) अतः 'एक से अनेक अवस्था' में यह देहधारी पुरुष जो स्वयं को ही कर्ता और भोक्तापुरुष मानने वाला हो गया है। इस पृथकता के भाव का परित्याग करते हुए गायत्री मन्त्र के इस तृतीय चरण में "उस विराट् पुरुष का एकीकृत अंग बन जाने हेतु" कामना की गयी है कि- "वह परमेश्वर मुझे (हमें) मेरे इस सद् संकल्प में नियोजित करे और जन्मप्रक्रिया से मुझे मुक्त करे।"

इस 'प्रचोदयात्' शब्द के निहितार्थ को आधुनिक विधिशास्त्र के सुपरिचित सिद्धान्त-'***vicarious liability***'अर्थात् –***"स्वामी के दायित्व का सिद्धान्त"*** द्वारा सुगमता पूर्वक जाना जा सकता है। विधिशास्त्र का यह सिद्धान्त- "किसी सेवक द्वारा दुर्भावना से रहित (bonafidely) अवस्था में स्वामी के लिये किये गये कार्य के प्रति सेवक को दायी होना जानता नहीं। यह सेवक द्वारा किये गये कार्य के प्रति स्वामी को ही दायित्वाधीन ठहराता है।"

चूंकि श्रुति द्वारा पंच महाभूतों से निर्मित इस नश्वर मानवदेह को जैविक सत्ता से रहित 'रथ' रूप होना कथन किया गया है, (कठ.उप. १.३.३) तथा जैविकसत्ता से सम्पन्न सभी दशेन्द्रियाँ प्राणपुरुष (प्राणतत्त्व) की अधीनता को अपनाती हैं। वे अपनी स्वतन्त्र कार्यसत्ता को धारण करती नहीं। (छा.उप. ५.१.१-१४) तथा तैत्तिरीयोपनिषद् में श्रुति द्वारा- "इस देहधारी पुरुषरूप का यह सिर ही देहस्थ 'अन्नरसमय पुरुष' के पक्षीरूप का सिर, दाहिना अंग ही उत्तरपंख, बाँया अंग ही दक्षिण पंख तथा यह शरीर ही पुरुषपक्षी का मध्यभाग और पैर को ही प्रतिष्ठा कहा जाकर यह इस पुरुषरूप का यह पूर्ण पवित्र परिचय (श्लोक) होना कथन किया गया है"-

'स वा एष पुरुषोऽन्नरसमयः। तस्येदमेव शिरः। अयं दक्षिण पक्षः। अयमुत्तर पक्षः। अयमात्मा। इदं पुच्छं प्रतिष्ठा। तदप्येष श्लोको भवति। (तैत्ति.उप. २.१.१)

अतः यह क्षरपुरुष तो देहस्थ इन्द्रियों की भोगासक्त अवस्था को धारण करता हुआ भी अपना समस्त कर्म अशरीर आत्मा से सम्बद्ध अवस्था में हृदयस्थ अङ्गुष्ठमात्र हिरण्यगर्भ मनोमय पुरुष की इच्छानुसार सम्पन्न करता है तथा देहस्थ अक्षरपुरुष ही चेतन पुरुषरूप अवस्था को धारण करता है। अतः यह 'प्रचोदयात्' शब्द स्वकर्म की बन्धनरहित अवस्था को प्राप्त करने हेतु देहधारी पुरुषरूप में 'नियोजित अवस्था' को अपनाने से सम्बन्ध रखता है। यह स्मृतिग्रन्थ श्रीमद्भगवद्गीता में आये विश्वेश्वर, जनार्दन श्रीकृष्ण के निम्न गीतोक्त कथन-

सर्वधर्मान्परित्यज्य मामेकं शरणं व्रज।
अहं त्वा सर्वपापेभ्यो मोक्षयिष्यामि मा शुचः ॥ (गीता १८.६६)

अर्थात्- "सम्पूर्ण धर्मों को अर्थात् करने योग्य सम्पूर्ण कर्तव्य कर्मों का परित्याग करके तू मुझ (=सूर्य-सवितारूप, स्वयंप्रकाश-ज्योतिर्मय) परमेश्वर की शरण में चला आ। मैं तुम्हें सब पापों से मुक्त कर दूँगा, तू शोक मत कर ।" से सम्बन्ध रखने वाला देखने-जानने में आता और प्रकट होता है।

अथ समेकित अवस्था में क्षरपुरुष और अक्षरपुरुष की भिन्नता को अपनाकर स्वयं के देहधारी पुरुषरूप में 'ईश उपासना' का यह 'गायत्री मन्त्र' उस परमेश्वर के एकाक्षर नाम 'ॐ' के स्मरण और तीनों ही व्याहृति के उच्चारण से मिलने वाले जीवन-संदेश को चित्त की भावभूमि पर धारण करने के साथ-साथ ही यह आत्म-संदेश प्रकट करता है कि-

"मैं देहस्थ सूर्यरूप आत्मा के उस सविता रूप तेज का वरण करता हूँ - जो उदय और अस्त होते समय प्रज्वलित अग्नि के समान अंगाररूप (ताम्रवर्ण) होकर प्रवृत्ति और निवृत्ति मार्ग को धारण करनेवाला और परमकान्ति को अपनाकर लोककल्याण करने वाला तथा जनक, उत्पादक, कर्म का फल देने वाला और इन्द्र के समान सबका शासन-प्रशासन करने

वाला और मित्र स्वरूप है। मैं अपने इस देहधारी नश्वर पुरुषरूप में संहारकर्ता देव शिव, सृजनकर्ता देव ब्रह्मा और सबका पालन-पोषण करने वाले देव त्रिविक्रम विष्णु की कर्मकर्ता तेजोमय बुद्धि को सवितादेव के तेज रूप में यथावसर अपनाने का संकल्प धारण करता हूँ। वह हृदयस्थ परमेश्वर मुझे, मेरे इस संकल्प में नियोजित करे और हमें भोगासक्त चेतना आधारित जन्मप्रक्रिया से मुक्त करे।"

प्रकट पुरुषरूप और नित्य उपासना का यह गायत्री मन्त्र

इस प्रकट पुरुषरूप मानवदेह को श्रुति द्वारा सुकृत कहा गया है- '**सुकृतं बतेति**'। (ऐत. उप. १.२.३) मानववाक् को अग्निरूप होना प्रकट किया गया है- '**वाचोग्निः**'। (ऐत.उप. १.१.४) मानववाक् को वशिष्ठ कहा गया है- **'वाग्वाव वशिष्ठः'** (छान्दो.उप. ५.१.२) वाक् को ही अत्रि कहा गया है- **'वागेवात्रिः'** (बृह.उप. २.२.४) इस 'मानव वाक्' को ही उस परमात्मा का वाक् कहा गया है– **'वागेवास्य वाक्'** (बृह.उप. १.१.१) तथा कठोपनिषद् में श्रुतिकथन आया है कि-

ऋतं पिबन्तौ सुकृतस्य लोकेगुहां प्रविष्टौ परमे परार्धे।
छायातपौ ब्रह्मविदो वदन्ति प्राणोपञ्चाग्नयो ये च त्रिणाचिकेताः ॥

(कठ.उप. १.३.१)

अर्थात् -"पञ्चाग्नि तथा नचिकेताग्नि के तीन रूपों को जानने (= धारण करने या अपनाने) वाले ब्रह्मविद् पुरुष कथन करते हैं कि वह परमात्मा सबसे पर अवस्था में ऋत का अनुपालन करता हुआ सुकृत के लोक में अर्थात् श्रेष्ठता से युक्त इस मनुष्यदेह में हृदयगुहा में प्रविष्ट होकर छाया और ताप (धूप) की भाँति उभयरूप अवस्था को अपनाकर स्थित हो गया है।" (विमर्श - इस श्रुतिमन्त्र के विस्तृत विवेचन हेतु कृति- **'अग्निविद्या'** पठनीय।)

तथा कथन किया गया है कि इस आत्मलोक में अर्थात् इस हृदयस्थ अवस्था में वह परमात्मा दर्पण की भाँति कार्य करनेवाला है- **'यथाऽऽदर्शे तथाऽऽत्मनि'** (कठ.उप. २.३.५) इसके साथ-साथ ही यह स्पष्ट किया गया है कि इस पुरुषदेह में स्थित होकर वह परमात्मा 'क्षरपुरुष' और 'अक्षरपुरुष' आधारित अपने उभय रूप में स्थित हो गया है तथा छाया और ताप (धूप) की भाँति दर्पणरूप असङ्गावस्था में कर्म का सम्पादित करनेवाला बना हुआ है। सब प्राणियों (मनुष्यों) के देहरूप में स्थित अविनाशी आत्मा

(अङ्गुष्ठमात्र पुरुष) का दर्पण की भाँति असंग अवस्था में समस्त कर्म सम्पादित करनेवाला यह गुण ही इस मनुष्य लोक में 'कर्म और उसका फल सिद्धान्त' का आधार बना हुआ है। तथा इस अधोलोक में "अच्छे कर्म का अच्छा और बुरे कर्म का बुरा फल प्राप्त करना" जाना गया है और प्रारब्ध रूप में अवश्यमेव भोग करना माना गया है।

अथ जिस प्रकार दर्पण सदैव असंग अवस्था को अपनाता है वही अवस्था देहस्थ आत्मा (कूटस्थ अक्षरपुरुष) की होती है जिसे श्रुतिसाहित्य और सांख्यदर्शन में "यह पुरुष असङ्ग है"- **'असङ्गो ह्यं पुरुष इति'** (बृह.उप. ४.३.१५-१६, सांख्यदर्शन १.१५) कहा जाकर प्रकट किया गया है। तथा इस दर्पणरूप अवस्था को अपनाकर श्रीमद्भगवद्गीता में सखा, सारथी गुरुत्मान् वासुदेव श्रीकृष्ण का कथन है कि-

प्रकृतेः क्रियमाणानि गुणैः कर्माणि सर्वशः।
अहङ्कारविमूढात्मा कर्ताहमिति मन्यते ॥ (गीता ३.२७)

अर्थात् – "(इस एक पाद अधोलोक में) सम्पूर्ण कर्म प्रकृति द्वारा त्रिगुणों की सहायता से किये जाते हैं; किन्तु अहंकार द्वारा मोहित (मूढ़ता को प्राप्त) हुआ पुरुष (देहधारी मनुष्य) इस प्रकार मानता है कि कर्म का करनेवाला (कर्तापुरुष) मैं स्वयं हूँ।"

तथा अनवरत चलने वाले कालचक्र के संचरण को अपनाकर स्पष्ट किया गया है कि-

धूमेनाव्रियते वह्निर्यथादर्शो मलेन च।
यथोल्बेनावृतो गर्भस्तथा तेनेदमावृतम् ॥
आवृतं ज्ञानमेतेन ज्ञानिनो नित्यवैरिणा।
कामरूपेण कौन्तेय दुष्पूरेणानलेन च ॥ (गीता ३.३८ व ३९)

अर्थात् – "जिस प्रकार धुएँ से अग्नि आवृत रहती है और मैल से दर्पण तथा जिस प्रकार जेर (झिल्ली) से गर्भ आवृत रहता है; उसी प्रकार काम और क्रोध के द्वारा यह कर्मबोध आवृत रहता है। हे कौन्तेय ! ज्ञानियों के नित्यवैरी कामरूप अग्नि द्वारा अर्थात् अग्नि के समान कभी तृप्त न होने वाले

इस कामरूप (=विषयभोग के क्रियात्मक स्वरुप) द्वारा ज्ञान को आवृत्त (ओझल) किया हुआ है।"

अतः जिस प्रकार मैलरहित दर्पण में स्वच्छ छवि को देखा जाता है; धूमरहित अग्नि ज्योतिष्मान और तेजोमय होता है तथा जेररहित अवस्था में कोई प्राणी जीवनयात्रा अपनाता है; उसी प्रकार कामना की गयी है कि वह परमात्मा मुझे राग-द्वेष, काम-क्रोध और मद-मत्सर आदि षड् विकार से रहित अवस्था में स्वच्छ दर्पण की भाँति क्षरपुरुष और अक्षरपुरुष आधारित उभयरूप अवस्था में कर्म निष्पादन हेतु छाया और ताप (धूप) रूप में नियोजित करे और मुझे इस जन्म-प्रक्रिया से मुक्त करें।

इस अवसर पर यहाँ यह स्मरण करना योग्य है कि व्यष्टिपरक रूप में 'राग-द्वेष' को ही पौराणिक कथाओं तथा देवीभागवत पुराण में **'मधु-कैटभ'** नामक राक्षस कहा जाकर सगुणब्रह्म पुरुषोत्तम श्रीराम और देवी दुर्गा द्वारा इनका वध किया जाना वर्णन किया गया है। तथा दुर्गा सप्तशती में सब स्त्रियों को देवी दुर्गा का प्रकटरूप कहा गया है- **'स्त्रियः समस्ताः सकला जगत्सु।'** (श्रीदुर्गासप्तशती ११.६) अथ नित्य- उपासना का यह 'गायत्री मन्त्र' परब्रह्म परमात्मा के 'सृष्टि-यज्ञकर्ता पुरुषरूप' से जुड़कर स्वयं के देहधारी पुरुषरूप में (स्त्री और पुरुष रूपमें) राग-द्वेषरहित अवस्था में 'यज्ञमय जीवन' को अपनानेका संकल्प धारण करने की बात करता है। इस 'गायत्री मन्त्र' के मूल में 'सवितृ' शब्द समाया हुआ है। अतः ब्रह्म उपासना का यह वैदिकमन्त्र **'सावित्री मन्त्र'** भी कहा जाता है। इसे चतुर्मुख ब्रह्मा के सृष्टि-यज्ञकर्म का उपासना मन्त्र जाना गया है। श्रीमद्भगवद्गीता में योगेश्वर श्रीकृष्ण का उपदेश आया है कि- "प्रजापति ब्रह्मा द्वारा सृष्टि-यज्ञ आरम्भ करने के साथ-साथ ही इस सृष्टियज्ञ को निरन्तर जारी रखने हेतु प्रजारूप में मनुष्य मात्र की संरचना की गयी है। तथा इस कर्मलोक में 'यज्ञमय जीवन' को ही इस मनुष्यलोक में सुखमय जीवन का आधार बनाया गया है।

सहयज्ञाः प्रजाः सृष्ट्वा पुरोवाच प्रजापतिः।
अनेन प्रसविष्यध्वमेष वोऽस्त्विष्टकामधुक् ॥ (गीता ३.१०)

अर्थात् – "सृष्टियज्ञ आरम्भ करने के साथ-साथ ही प्रजाओं (= मनुष्यमात्र) का सृजन किया जाकर; यज्ञ आरम्भ करने से पहले प्रजापति ने कहा – इस यज्ञ के द्वारा (तुम सब लोग) वृद्धि-समृद्धि को प्राप्त होओ। यह सृष्टियज्ञ सबको इच्छित भोग प्रदान करनेवाला (और) हम दोनों को (प्रजा और प्रजापति दोनों को) परस्पर मंगलकारी हो।"

अतः राग-द्वेषरहित अवस्था में परस्पर हित-साधन करते हुए तत्परता पूर्वक स्वकर्म का निष्पादन करना ही जीवन-यात्रा का गतिमय मार्ग और इस गायत्री मंत्र का जीवन-संदेश होना प्रकट होता है।

पुष्पाञ्जली का वैदिक मन्त्र और यह गायत्री मन्त्र

श्रीमद्भगवद्गीता में परब्रह्म स्वरूप वासुदेव श्रीकृष्ण ने स्वयं को ही यज्ञ कहा है- **'अहं यज्ञः'** (गीता ९.१६) तथा श्रुति द्वारा इस देहधारी पुरुषरूप को भी यज्ञ ही होना कथन किया गया है- '**पुरुषो वाव यज्ञः**'। (छा.उप. ३.१६.१) इसके साथ-साथ ही शतपथ ब्राह्मण में 'यज्ञ' को सकल सृष्टि-जगत के धारण-पालन-पोषणकर्ता त्रिविक्रम भगवान विष्णु का प्रकटरूप होना कथन किया गया है-**'यज्ञो वै विष्णुः'**। (शतपथब्राह्मण. १.१.२.१३) अतः त्रिपादूर्ध्व और एक पाद अधोलोक आधारित इस मनुष्यलोक में **'यज्ञरूप कर्म'** निष्पादन की दो भिन्न अवस्था यहाँ इस कर्मलोक में विद्यमान होना जानी और कही गयी हैं –

प्रथम- स्वयं के देहधारी पुरुषरूप में जिस प्रकार 'पलाश का पुष्प' अधजले कोयले की भाँति अभोक्ता, असङ्ग, आत्मस्थ अवस्था में प्रज्वलित अग्नि की भाँति लालरंग के पुष्प को धारण करता है और 'पलाश वृक्ष' तथा सम्पूर्ण 'पलाश वन' को अग्निमय होना प्रकट करता है; उसी प्रकार आत्मस्थ अवस्था में जागतिक जीवन व्यतीत करते हुए और स्वयं की अभोक्ता अवस्था को धारण करते हुए 'दर्वी की भाँति' रागमय अवस्था' में स्वकर्म का निष्पादन करना; तथा

द्वितीय- जिस प्रकार 'पारिजात का पुष्प' सुनहरे रंग के रागमय सिंदुरी आधार को अपनाकर धवल रंग की पँखुडियों को धारण करता है और चहुँ ओर सुवास बिखेरता है; उसी प्रकार 'कमल पत्र की भाँति' अनासक्त अवस्था को अपनाकर जागतिक जीवन व्यतीत करते हुए स्वकर्म का निष्पादन करना। स्वकर्म की धवलता को धारण करना और चहुँ ओर स्वकर्म की सुवास बिखेरना। समुद्र मन्थन से प्राप्त हुए 'पारिजात वृक्ष' को देवराज इन्द्र द्वारा ग्रहण करना, स्वकर्म की इस धवलरूप, रागमय, असङ्ग, सुवासयुक्त अवस्था को अपनाना प्रकट करता है।

अतः देहस्थ आत्मा के अनश्वर, तेजोमय आदित्यरूप को स्मरण करते हुए स्वकर्म की इस उभय यज्ञरूप अभोक्ता/असंग अवस्था को अपना लेना ही इस मनुष्य लोक में 'ब्रह्म' प्राप्ति का सहज, समुपलब्ध, सर्वकालिक उपासना मार्ग है। इस मर्त्यलोक में अमृत पुरुष को प्राप्त करने और स्वर्गलोक का सुखमय जीवन व्यतीत करने का सहज, समुपलब्ध मार्ग होना प्रकट है। पूर्वकाल में 'ब्रह्म उपासना' हेतु अपनाया गया यह चिर-प्रचलित मार्ग है। यह 'गायत्री मन्त्र' इस चिरप्रचलित मार्ग को अपनाने हेतु सबके लिये प्रकट करता है।

कठोपनिषद् में श्रुतिकथन आया है कि वह अङ्गुष्ठमात्र पुरुष अन्तरात्मा रूप में सदैव सब मनुष्यों (स्त्री-पुरुषों) के हृदयदेश में निवास करनेवाला है- '**अङ्गुष्ठमात्रः पुरुषोऽन्तरात्मा सदा जनानां हृदये सन्निविष्टः।**' (कठ.उप. २.३.१७) तथा मृत्यु के देवता यमराज द्वारा समष्टिपरक रूप में मनुष्यमात्र से यह आह्वान किया गया है कि- '**उत्तिष्ठत जाग्रत प्राप्य वरान्निबोधत।**' (कठ.उप. १.३.१४) अर्थात् – "(हे मनुष्यों !) उठो ! जागो !! प्राप्त करो !!! वररूप (= अपने श्रेष्ठस्वामी स्वरूप) परमात्मा को (महापुरुषों से) भलीभाँति जानकर।" इस पुरुषदेह में स्थित उस परमेश्वर के इस सृष्टि-यज्ञकर्ता स्वरूप को न जानकर ही महाभारत के युद्ध मैदान में रथी अर्जुन ने अशान्तचित्त अवस्था को प्राप्त होकर सारथी, सखा, गुरुत्मान् वासुदेव श्रीकृष्ण से कहा है कि-'**यच्छ्रेयः स्यान्निश्चितं ब्रूहि तन्मे**' (गीता २.७) अर्थात्- "जो मेरे लिये कल्याणकर हो वह निश्चय करके आप मुझे कहिये।" इसके साथ-साथ ही यह जान लेना चाहा है कि- "यह पुरुष किसके द्वारा नियोजित किया (लगाया) हुए की भाँति पाप का आचरण करता है"- '**अथ केन प्रयुक्तोऽयं पापं चरति पूरुषः।**'(गीता ३.३६) चूंकि देहस्थ अवस्था में वह परमात्मा लोक-कल्याणकारी शिवस्वरूपमें दुष्टों का संहार करने और लोकों का संरक्षण करनेवाला है। इस देहधारी पुरुषरूप में वह कर्म की 'सुकृत' अवस्था को 'लोकपाल' रूपमें अपनानेवाला है। (ऐत.उप. १.१.३) तथा इस अधोलोक या इस मर्त्यलोक में "कर्म को अपनाकर वह न बढ़ता है और न घटता है"- '**न बर्धते कर्मणा नो कनियान्**' और "न वह पापकर्म

में लिप्त ही होता है"- **'न लिप्यते कर्मणा पापकेनेति'**। (बृह.उप. ४४.२३) वह किये गये कर्म की सुवास को 'पारिजात पुष्प' की भाँति धारण करनेवाला है। इस पुरुषरूप द्वारा किये गये कर्म की यह 'सुवास' ही लोक में 'कीर्ति' कही जाती है। अतः स्वकर्म के अतिरिक्त इस मनुष्यलोक में पुरुषरुप द्वारा अपनाया गया जो 'सुवास' का अन्य 'इतर्' कारण है; उसे ही **'इत्र'** कहा गया है। इस प्रकार चित्त (अन्तःकरण) की शान्त अवस्था को धारण करने, धर्ममय जीवन व्यतीत करने, सुखमय सांसारिक जीवन का प्रबंधन करने और मनुज रूप में देवत्व को प्रदान करनेवाला नित्य उपासना का यह गायत्री मन्त्र है। यह गीतोक्त कथन-

तमेव शरणं गच्छ सर्वभावेन भारत।
तत्प्रसादात्परां शान्तिं स्थानं प्राप्यसि शाश्वतम् ॥ (गीता १८.६२)

अर्थात्- "हे भारत ! तू सब प्रकार से उस परमेश्वर की ही शरण में चला जा। उस परमात्मा की कृपासे तू निश्चय ही परमशान्ति को तथा सनातन परमधाम को प्राप्त होगा।" से सम्बन्धित तथा इस निर्देश की पूर्ति करनेवाला प्रकट होता है।

अथ यह गायत्री मन्त्र अखिल जगत् के धारणकर्ता 'यज्ञपुरुष की उपासना' और 'यज्ञमय जीवन' से सम्बन्ध रखता है। यह स्वकर्म आधारित 'ब्रह्म उपासना' के मार्ग की निश्चयात्मक अवस्था को धारण करता और प्रकट करता है। और, यह इस मरणधर्मा मनुष्यलोक में ईश पूजन-अर्चन-स्तवन हेतु अपनाये गये 'पुष्पाञ्जली' के श्रुतिमन्त्र-

य॒ज्ञेनं य॒ज्ञमंयजन्त दे॒वास्तानि॒ धर्मा॑णि प्रथ॒मान्यांसन्।
ते ह॒ नाकं महि॒मानंः सचन्त॒ यत्र॒ पूर्वे सा॒ध्याः सन्तिं दे॒वाः ॥

(ऋग्वेद १०.९०.१६; यजुर्वेद ३१.१६ अथर्ववेद १९.६.१६)

पदच्छेद और शब्दार्थ:- **यज्ञेन** = यज्ञरूपी कर्म द्वारा अर्थात् फलाकाँक्षा रहित कर्म द्वारा; **यज्ञम्** = सृष्टिसृजनकर्ता यज्ञपुरुष परमदेव को; **अजयन्त** = पूजा-अर्चना किया गया; **देवाः** = देवताओं के द्वारा अर्थात् अपने सर्वात्मस्वरूप का बोध धारण करने वाले पुरुषों द्वारा; **तानि** = उन सबके

वे; **धर्माणि** = कर्तव्यकर्म रूपी स्वधर्म; **प्रथमान्यासन्** = पूर्व से ही वहाँ पर प्रमुखता से विद्यमान थे; (उस कर्म-आराधना के द्वारा) **ते ह नाकं महिमानः** = वे सब-के-सब लोग निश्चय ही स्वर्ग की सर्वसुखमय जीवनमहिमा को प्राप्त हुए; (उन सबने) **सचन्त यत्र** = जहाँ थे वहीं पर अर्थात् तत्काल ही; **पूर्वे** = पूर्वकाल में अर्थात् प्राचीनकाल में जहाँ पर; **साध्याः** = यज्ञसाधना करने वाले; **सन्ति देवाः** = देवगण निवास करते थे, वहीं पर स्थान प्राप्त किया।"

अर्थात् - "देवताओं ने अर्थात् स्व-आत्मस्वरूप (सर्वात्मस्वरूप) का बोध धारण करने वाले सब पुरुषों ने सृष्टि के सृजनकर्ता देव की अपने-अपने सृजनकर्म के द्वारा पूजा-अर्चना की गयीं। वे कर्तव्य-कर्म रूपी सारे-के-सारे स्वधर्म (नियतकर्म) वहाँ पहले से ही प्रमुखता से विद्यमान थे। स्वधर्म रूपी स्वयं के कर्तव्यकर्म का पालन करते हुए वे सब दुःखरहितसर्वसुखमयस्वर्ग की जीवनमहिमा को प्राप्त हुए। ऐसा करके उन्होनें जहाँ थे वहीं परतत्काल ही अर्थात् जिस कर्तव्यकर्मरूपी स्वधर्म का पालन कर रहे थेउस स्वकर्मको करते हुए ही उन सबने वांछित मोक्षरूपी जीवनमुक्त अवस्था को प्राप्त किया। पूर्वकाल में (प्राचीनकाल में) जहाँ पर यज्ञ-साधना करने वाले देवगण निवास करते थे, वहीं पर स्थान प्राप्त किया अर्थात् इस भू-लोक का रूपान्तरण स्वर्गलोक रूप में होकर, उन सबने वाञ्छित मोक्षरूपी जीवनमुक्त अवस्था को प्राप्त किया।"

का आधार होना जानने में आता और प्रकट होता है। स्मरणीय है कि स्मृतिग्रन्थ श्रीमद्भगवद्गीता में योगेश्वर वासुदेव श्रीकृष्ण द्वारा 'ब्रह्मलोक' को पुनरावर्ति होना उपदेश किया गया है- **'आब्रह्मभुवनाल्लोकाः पुनरावर्तिनोऽर्जुन।'** (गीता ८.१६)

अतः ब्रह्म उपासना का यह गायत्री मंत्र बोधावस्था को अपना लेने पर कालक्रमानुसार इस मनुष्यलोक में यज्ञमय जीवन का आधार बनकर इस त्रिपादूर्ध्व आधारित इस एकपाद अधोलोक के रूपान्तरण का कारण हो जाता है, जिसे वेदवाणी के आरम्भ में आये श्रुतिकथन –

'अ॒ग्निः पूर्वे॑भि॒र्ऋषि॑भि॒रीड्यो॒ नूत॑नैरु॒त । स दे॒वाँ एह व॑क्षति ।'

(ऋग्वेद १.१.२)

अर्थात्- "प्राचीन ऋषियों द्वारा स्तवन किया गया वह (हृदयस्थ) अग्निपुरुष परमात्मा, नवीन ऋषियों द्वारा भी स्तवन किया जाने योग्य है। वह देवताओं को (= देवत्व को) यहाँ इस अधोलोक में नीचे उतार लाता है।" आधार पर सुगमतापूर्वक जाना जा सकता है। [विस्तृत विवेचन हेतु कृति – **वेदवाणी का प्रथम उपदेश 'अग्निमीळे'** पठनीय।]

उपनयन और यज्ञोपवित संस्कार से गायत्री मन्त्र की सम्बद्धता

ईश उपासना का यह 'गायत्री मन्त्र' शिक्षाप्राप्ति के 'उपनयन संस्कार' से सम्बन्ध रखने वाला है। 'उपनयन संस्कार' को ही 'यज्ञोपवीत संस्कार' रूप में भी जाना और अपनाया गया है तथा अपने संयुक्त रूप में इस संस्कार को 'व्रतबन्ध' तथा 'ब्रह्मसूत्र' धारण करना भी कहा गया है। 'उपनयन' शब्द दृष्टिबोध हेतु एक अतिरिक्त क्षमता को प्राप्त कर लेना प्रकट करता है। यह शिक्षा प्राप्ति के अनुक्रम में देववाणी संस्कृत भाषा के प्राचीन ग्रन्थ- वेद, वेदाङ्ग, उपनिषद् आदि के 'छन्द' रूप में समाहित 'परा विद्या आधारित आर्षज्ञान' को प्राप्त करने का एक अतिरिक्त आधार प्राप्त करना प्रकट करता है और यह स्वयं को अविनाशी ब्रह्म का यज्ञकर्ता प्रकट पुरुषरूप होना जानकर 'तीसरे नेत्र' को प्राप्त करना और कर्म निष्पादन की 'लोकपाल' अवस्था को नित्य-जीवन में अपना लेना सूचित करता है। यह 'ब्रह्म विद्या' ('परा विद्या') को प्रकट करने हेतु सब ऋषियों द्वारा अपनाए गये 'कुल छः' संख्यावाची कूटशब्द - 'एकः', 'एका', 'एकम्', 'दश' और 'सहस्र' शब्द के 'अपरा विद्या' आधारित शाब्दिक गणनात्मक बोधार्थ द्वारा नश्वर-विभक्त को और 'परा विद्या' आधारित प्रतिबोध द्वारा अनश्वर-अविभक्त को अपनी उभयरूप अवस्था में जान लेने और इस बोध एवं प्रतिबोध को नित्य-जीवन में अपनाने से अपना सम्बन्ध रखता है। आदिदेव भगवान शिव और शक्तिस्वरूपा देवी पार्वती-दुर्गा को उभयरूप में त्रिनेत्रयुक्त जाना गया है। तथा 'यज्ञोपवीत' शब्द पुरुषरूप में यज्ञकर्म को सम्पन्न करने हेतु धारण किये गये इस मनुष्यदेह के 'वस्त्ररूप' होने का स्मृति-बोध प्राप्त करने और नित्य-जीवन में अपनाने (गीता २.२२) से सम्बन्ध रखता है। यह सृष्टिचक्र के अहोरात्र में दिवसकाल की जाग्रत और रात्रिकाल की बोधावस्था का भेद होता है।

बृहदारण्यक उपनिषद् में श्रुतिकथन आया है कि "आचार्य ने वटुक के 'उपनयन' संस्कार समय जिस सावित्री का उपदेश किया था, वह यही है। वह जिस-जिस वटुक को इस गायत्री का उपदेश करता है, यह उसके-उसके प्राणों की रक्षा करती है"- **'स यस्मा अन्वाह तस्य त्राणाँ स्त्रायते ॥'** (बृह.उप. ५.१४.४)

इस प्रकार नित्य-उपासना का यह 'गायत्री मन्त्र' इस पुरुषरूप के 'उपनयन संस्कार' और 'यज्ञोपवीत संस्कार' का वैदिक मन्त्र है। यह यज्ञकर्म आधारित यज्ञमय जीवन का दीक्षामन्त्र है। यह ब्रह्मभाव को प्राप्त कर द्विजत्व में स्थित होने या द्विजत्व प्राप्त करने का पुरातन-प्रचलित मंत्र है।

यह इस एक पाद अधोलोक (मर्त्यलोक) में अभयावस्था प्रदान करनेवाला वैदिक मन्त्र है। यहाँ यह स्मरण करना प्रासंगिक है कि 'उपनयन संस्कार' के साथ शिखाबंधन को भी अपनाया गया है। श्रीमद्भगवद्गीता में आया जनार्दन श्रीकृष्ण का उपदेश है कि "सकल चर-अचर भुतसमुदाय में समाहित 'परब्रह्म परमात्मा' सदैव यज्ञ में प्रतिष्ठित बने रहते हैं- **'सर्वगतं ब्रह्म नित्यं यज्ञे प्रतिष्ठितम्।'** (गीता ३.१५)

अतः यह शिखाबंधन जागतिक जीवन में बोधप्राप्ति के अतिरिक्त आधार को सदैव नित्य-आचरण में अपनाने और धारण किये गये 'यज्ञमय जीवन के संकल्प' की शीर्ष अवस्था की अहर्निश शीर्ष अवस्था में स्मृति प्रदान करने वाला होता है।

श्रीमद्भगवद्गीता में विश्वेश्वर वासुदेव श्रीकृष्ण का कथन है कि- "जिस प्रकार कोई मनुष्य पुराने वस्त्रों को त्यागकर दूसरे नवीन वस्त्रों को ग्रहण (धारण) करता है, उसी प्रकार देहस्थ अविनाशी आत्मा अपने पुराने शरीरों को त्यागकर दूसरे नवीन शरीरों को प्राप्त (धारण) करता है"-

वासांसि जीर्णानि यथा विहायनवानि गृह्णाति नरोऽपराणि।
तथा शरीराणि विहाय जीर्णा-न्यन्यानि संयाति नवानि देही ॥

(गीता २.२२)

तथा कठोपनिषद् में श्रुति द्वारा कथन किया गया है कि- इस मानव शरीर को 'रथ' रूप में जीवन-यात्रा का साधन तथा देहस्थ आत्मा को इस रथ में सवार होकर जीवन-यात्रा करने वाला पुरुष जानना चाहिये- है- "**आत्मानँ रथिनं विद्धि शरीरँ रथमेव तु।**" (कठ.उप. १.३.३) तथा अविनाशी, अप्रमेय, स्वयं प्रकाश आत्माको प्राप्त करने का मार्ग प्रकट करते हुए कथन किया गया है कि -

अङ्गुष्ठमात्रः पुरुषोऽन्तरात्मासदा जनानां हृदयेसंन्निविष्टः।
तं स्वाच्छरीरात्प्रवृहेन्मुञ्जादिवेषीकां धैर्येण तं विद्याच्छुक्रममृतं
विद्याच्छुक्रममृतमिति ॥ (कठ.उप. २.३.१७)

अर्थात् - "अङ्गुष्ठमात्र परिमाण वाला परमपुरुष परमात्मा (षोडश कला पुरुष) अन्तरात्मा रूप में सदैव (सब) मनुष्यों (स्त्री-पुरुषों) के हृदयदेश में भलीभाँति प्रवेश किया हुआ (सम्प्रविष्ट-स्थित) है। उसको स्वयं के जीवात्मा से (और) शरीर (देहरूप) से पृथक् करके मुञ्ज से निकाली गयी सींक की भाँति धैर्यपूर्वक जानें (देखें, अनुभव करें)। उसको परम विशुद्ध (शुक्रस्वरूप) और अमृतस्वरूप जानें। उसी को परम विशुद्ध (शुक्रस्वरूप) और अमृतस्वरूप जानें; इति।"

अतः किसी वटुक का 'उपनयन' या 'यज्ञोपवित' संस्कार करते समय 'मुञ्ज घास' का बना यज्ञोपवित अपनाना, इस देहधारी पुरुष रूप में नश्वर देह के रथरूप और देहस्थ आत्मा के रथीरूप की स्मृति को मानसपटल पर धारणकर सृष्टि-यज्ञकर्ता परब्रह्म परमेश्वर को प्राप्त करने हेतु इस श्रुति-निर्देश को लोक-जीवन में अपनाना प्रकट होता है।

अथ यह 'गायत्री मन्त्र' इस मर्त्यलोक में उपासक पुरुषरूप को अपने ब्रह्मरूप में स्थित करने, अभय और आरोग्य प्रदान करने, रोगों को दूर करने, प्रेतबाधा आदि दूर करने और मृत्यु से पार ले जाने वाला है। अतः इस 'भू'लोक में मनुष्य मात्र के 'यज्ञमय जीवन' की स्मृति को लक्ष्य में रखकर ही प्राचीन ब्रह्मज्ञ ऋषियों द्वारा इस 'गायत्री मन्त्र' को बालक की शिक्षा प्राप्ति से जोड़ा जाना और नित्य सन्ध्योपासना हेतु अपनाया जाना प्रकट होता है। और,

यह भी कि जिस प्रकार कोई 'सदानीरा नदी' किन्हीं दो छोर (किनारों) को अपनाकर सदैव प्रवाहशील बनी रहती है और किनारों का छूट जाना या नदी का सिकुड़ना और प्रवाह रहित अवस्था में मृत्युमार्ग पर अग्रसर होना जाना जाता है, वही अवस्था भारतीय वैदिक संस्कृति के सनातन प्रवाह से जुड़कर 'उपनयन संस्कार' और 'यज्ञोपवीत संस्कार' के उभयरूप की होना जानने में आती है। [इस बिन्दु पर विस्तृत विवेचन हेतु कृति '**श्रुति संदेश**' (पृष्ठ १४९ से १५३ तक) पठनीय।]

द्विज कौन ? द्विजत्व का आधार है यह गायत्री मंत्र

सूक्ति-वचन 'चरैवेति – चरैवेति' आधारित सनातन धर्म-यात्रा के मार्ग में यह 'द्विज' शब्द और इससे जुड़ी हुई मनुजरूप की अवधारणा अत्यन्त महत्वपूर्ण हो गयी है। यह '**ज्ञान के आलोक**' और '**अज्ञान के अंधकार**' को अपनाकर अनवरत चलने वाले सृष्टिचक्र में इस धरा पर अहोरात्र आधारित दिवसकाल और रात्रिकाल के उभयरूप मनुष्य-जीवन तथा पुनर्जन्म और उसके निरोध से सम्बन्ध रखती है। यह सृष्टिचक्र के अहोरात्र में दिवसकाल और रात्रिकाल के उभयरूप मनुष्य-जीवन से अपना सम्बन्ध रखती है और 'नियति के विधान' में यह 'सृष्टिचक्र के संधारण' का कार्य करती है।

यह सर्वविदित है कि 'द्विज' शब्द का शाब्दिक अर्थ- "दो बार जन्म को प्राप्त करने वाला प्राणी" होता है। इस धरा पर सब अण्डज प्राणी दो बार जन्म को प्राप्त करते हैं- प्रथम अण्ड या अण्डे के रूप में तथा द्वितीय अण्डे से उत्पन्न हुए देह-रूपधारी चेतन प्राणी रूप में। इस प्रकार अण्डे से उत्पन्न होने वाले सब प्राणी वस्तुतः दो बार जन्म लेने वाले होते हैं। सब अण्डज प्राणी अपने देह-रूप आधार पर जल, थल या नभ में विचरण करते हैं; और चिंटी, सर्प, मगर, मछली, मच्छर, खटमल आदि तथा द्विपद पक्षी रूप में कौआ, हँस तथा गिद्ध आदि कहे जाते हैं। ये सब अण्डज प्राणी वस्तुतः 'द्विज' कहे जाने की पात्रता धारण करते हैं, किन्तु कोई उन्हें 'द्विज' कहता नहीं। उनके प्रति कोई 'द्विज' संज्ञा-सम्बोधन को अपनाता नहीं। इस धरा पर सब मनुष्य 'जरायुज' प्राणी रूप में माता के गर्भ से केवल एक बार जन्म को प्राप्त करते हैं तथा घुटनों और पैरों के बल चलना सिखकर 'द्विपद' प्राणी रूप में अपनी सम्पूर्ण जीवनयात्रा को पूर्ण करते हैं। अण्डे से उत्पन्न प्राणी की भाँति कोई मनुष्य दो बार जन्म को प्राप्त करता नहीं तथा अण्डज प्राणी की भाँति कोई मनुष्य जन्मना 'द्विज' अवस्था को धारण करता नहीं। अतः इस मानव देहधारी 'जरायुज' पुरुषरूप के प्रति अपनाया गया यह 'द्विज'

संज्ञा-सम्बोधन प्रतीकार्थ को धारण करता है। यह इस नश्वर मनुष्यदेह में निवास करते हुए अमृतपुरुष परमात्मा को प्राप्त करने का मार्ग प्रकट करता है; जिसे उपनिषद् द्वाणी में भगवती श्रुति द्वारा- **'प्रतिबोधविदितं मतममृतत्वं हि विन्दते।'** (केन.उप. २.४) अर्थात्- "संकेत या प्रतीक के माध्यम से प्राप्त ज्ञान ही वास्तविक ज्ञान है, इसके द्वारा यह मनुष्य अमृतस्वरूप परमात्मा को प्राप्त करता है।" कहा जाकर प्रकट किया गया है। तथा अविनाशी निर्विकार ब्रह्मस्वरूप में बिना चक्षु के देख लेना और बिना कर्ण के सुन लेना- **'पश्यत्यचक्षुः स शृणोत्यकर्णः ।'** (श्वेता.उप. ३.१९) कथन किया गया है।

अतः यहाँ यह विचारणीय है कि कठोपनिषद् में श्रुति द्वारा सब मनुष्यों (स्त्री-पुरुषों) के इस नश्वर देहरूप में स्थित अनश्वर प्रकाशरूप परमात्मा को अपने देहधारी पुरुषरूप में अजन्मा, अवक्र और चेतनस्वरूप होना कथन किया गया है-**'अजस्यावक्रचेतसः।'** (कठ.उप. २.२.१) अङ्गुष्ठमात्र पुरुष को अन्तरात्मा रूप में सदैव सब मनुष्यों (स्त्री-पुरुष) के शरीर में भलीभाँति प्रविष्ट अवस्था में, हृदयदेश में निवास करना प्रकट किया है- **'अङ्गुष्ठमात्रः पुरुषोऽन्तरात्मा सदा जनानां हृदये सन्निविष्टः।'**(कठ.उप. २.३.१७) तथा श्वेताश्वतर उपनिषद् में यह आत्म-रहस्य उजागर किया गया है कि-

नैव स्त्री न पुमानेष न चैवायं नपुंसकः।
यद् यच्छरीरमादत्ते तेन तेन स युज्यते ॥ (श्वेता.उप. ५.१०)

अर्थात् –"यह आत्मा न तो स्त्री है, न पुरुष है और न यह नपुंसक ही है; यह जिस-जिस शरीर को ग्रहण करता है, उस-उससे सम्बद्ध हो जाता है।"

तथा देहधारी विराट्पुरुष-रूप को अपनाकर वेदवाणी में श्रुतिकथन आया है कि- "यह सब दृश्य जगत् परमपुरुष ही है; जो अबसे पहले भूतकाल में हो चुका है, जो आगे भविष्यकाल में होने वाला है और जो इस समय (वर्तमान काल में) अन्न के सेवन (भक्षण) द्वारा वृद्धि को प्राप्त हो रहा है; वह सब अमृत का अधिष्ठाता परम पुरुष ही है।"

पुरुंष एवेदं सर्वं यद्भूतं यच्च भव्यंम्।
उतामृतत्वस्येशानो यदन्नेंनातिरोहंति ॥ (ऋग्वेद १०.९०.२)

अन्न के सेवन (भक्षण) द्वारा वृद्धि को प्राप्त करनेवाला उस परमेश्वर का यह देह-रूपधारी प्रकट पुरुषरूप ही चार भिन्न जन्म प्रक्रिया आधार पर- स्वेदज, उद्भिज्ज, अण्डज और जरायुज रूप में नाना देहरूप को धारण करनेवाला जाना गया है। तथा इस प्रकट पुरुषरूप (विश्वरूप) को प्रकट करते हुए बृहदारण्यक उपनिषद् में श्रुतिकथन आया है कि-

'रूपं रूपं प्रतिरूपो बभूव तदस्य रूपं प्रतिचक्षणाय। इन्द्रो मायाभिः पुरुरूप ईयते युक्ता ह्यस्य हरयः शता दशेति। अयं वै हरयोऽयं वै दश च सहस्राणि बहूनि चानन्तानि च तदेतद्ब्रह्मा पूर्वमनपरमनन्तरमबाह्यमयमात्मा ब्रह्मसर्वानुभूरित्यनु शासनम्।' (बृह.उप. २.५.१९)

पदच्छेद और अनुवाद – (वह विश्वरूप परमात्मा) **स्वरूप** = नाना रूपों में; **प्रतिरूपो** = उनके समान रूपवाला; **बभूव** = हो रहा है; **तदस्य** = उसका यह; **रूपम्** = नानादेह-रूप को अपनाना; **प्रतिचक्षणाय** = देखने के लिये है; **इन्द्रः** = इन्द्र (अनश्वर ब्रह्मस्वरूप आत्मा); **मायाभिः** = माया से; **पुरुरूप** = शरीरधारी; **ईयते** = प्रतीत होता है; **युक्तः** = युक्त है; **ह्यस्य** = उस परमात्मा का यह; **हरयः** = इन्द्रियधारी (भोगकर्ता) पक्षीरूप; **शतः** = पूर्णता के गुण वाला; (अभिधेयार्थ- 'संख्या एक सौ') **दशेति** = साकार, बोधगम्य, सगुण, आयतनवान, सम्यक् अवस्था को धारण करने वाला (अभिधेयार्थ- संख्या दश) है। **अयम्** = यह; **वै** = निश्चय ही; (उस हरि का) **हरयः** =इन्द्रियधारी भोगकर्ता पक्षी स्वरूप; **अयम्** = यह; **वै** = निश्चय ही; **दश** = साकार-बोधगम्य, सम्यक्, स्वरूप को; (अभिधेयार्थ- संख्या दश) **च** = और; **सहस्राणि** = अनेक, असंख्य, बहुत, सर्वरूप; (अभिधेयार्थ संख्या हजारों) **बहूनि** = बहुत सारे; **च** = और; **अनन्तानि** = अनन्त रूपों को; **च** = और; **तत्** = वह; **एतद्** = यह; **ब्रह्म** = ब्रह्म; **अपूर्वम्** = अपूर्वता को (जो पहले नहीं था, उस अवस्था को) **अनपरम्** = जो दूसरा नहीं है उस अभेद अवस्था को; **अनन्तरम्** = अनन्तर अर्थात् अन्तराल रहित सनातन अवस्था

को; **अबाह्यम्** = अबाह्यता को अर्थात् बाहर दिखाई न देने वाली (अन्दर समायी हुई) अवस्था को; (धारण करनेवाला है।) **अयम्** = यह; **आत्मा** = आत्मा; **ब्रह्म** = ब्रह्म है; **सर्वानुभूः** = सबके द्वारा अनुभव किया जाने वाला या सब-कुछ अनुभव करनेवाला है; **इति** = इस प्रकार का; (यह) **अनुशासनम्** = अनुशासन है; अर्थात् प्रकृति का अनुकरणीय चिरविधान है।'

अर्थात् –"(वह विश्वरूप परमात्मा) नाना रूपोंमें उन रूपों के समान रूपवाला हो रहा है। उसका यह नानादेह-रूप को अपनाना मात्र देखने के लिये है। इन्द्र (अनश्वर ब्रह्मस्वरूप आत्मा) माया से युक्त शरीरधारी प्रतीत होता है। उस परमात्मा का यह इन्द्रियधारी (भोगकर्ता) पक्षीरूप पूर्णता के गुण वाला (अभिधेयार्थ- 'संख्या एक सौ') साकार, बोधगम्य अवस्था को धारण करनेवाला (अभिधेयार्थ- संख्या दश) है। यह निश्चय ही (उस हरि का) इन्द्रियधारी भोगकर्ता स्वरूप है। यह निश्चय ही साकार-बोधगम्य स्वरूप को (अभिधेयार्थ- संख्या दश) और अनेक, असंख्य (अभिधेयार्थ- संख्या हजारों) बहुत सारे और अनन्त रूपों को (धारण करनेवाला है) और वह यह ब्रह्म अपूर्वता को (= जो पहले नहीं था, उस अवस्था को);जो दूसरा नहीं है उस अभेद अवस्था को,अनन्तर अर्थात् अन्तराल रहित सनातन शारवत अवस्था को (और) अबाह्यता को अर्थात् बाहर दिखाई न देने वाली (अन्दर समायी हुई) अवस्था को (धारण करने वाला) है। यह आत्मा ब्रह्म है। यह सबके द्वारा अनुभव किया जाने वाला या सब-कुछ अनुभव करने वाला या सर्वरूप में होने वाला है। इस प्रकार का (यह)अनुशासन है अर्थात् इस मनुष्यलोक में अनुकरणीय प्रकृति का चिरविधान है।"

इस प्रकार वह परमात्मा अपूर्व, अनपर, अनन्तर और अबाह्य अवस्था में सब प्राणियों (मनुष्यों) के देहरूप में अनुभवगम्य अवस्था में स्थित हो गया है। किन्तु इन चारों ही प्रकार के देह-रूपधारी- उद्भिज्ज, स्वेदज, अण्डज और जरायुज प्राणियों में वह परमात्मा तो केवल इस देहधारी जरायुज पुरुषरूप प्राणी (मनुष्य) द्वारा ही देखने और प्राप्त किया जाने योग्य बना हुआ है, किसी अन्य प्राणीवर्ग द्वारा नहीं।

इस सम्बन्ध में **रथी अर्जुन** के प्रति जनार्दन विश्वरूप श्रीकृष्ण का कथन है कि- "जिस मुझ परमात्मा को तुम्हारे अतिरिक्त किसी दूसरे देहधारी प्राणी ने पहले नहीं देखा (वह तुमने देखा है)"-**'यन्मे त्वदन्येन न दृष्टपूर्वम्।'** (गीता ११.४७) अतः इस मनुष्य जन्म को अपनाकर कठोपनिषद् में आत्मपिपासु कुमार नचिकेता के प्रति मृत्युदेव दारा कथन किया गया है कि - "इस मनुष्यदेह में रहते-रहते सर्वरूप परब्रह्म परमात्मा को न जान पाना ही कल्पपर्यन्त नाना सर्ग और नाना योनि में पुनः जन्म को प्राप्त करने का कारण होता है"-

इह चेदशकद् बोद्धुं प्राक् शरीरस्य विस्रसः।
ततः सर्गेषु लोकेषु शरीरत्वाय कल्पते ॥ (कठ.उप. २.३.४)

अर्थात्- "यदि इस मनुष्य शरीर का पतन होने से पहले-पहले इस मनुष्य शरीर में ही परमात्मा को साक्षात् कर सका (तब तो ठीक है); नहीं तो फिर अनेक सर्ग और नाना लोक में शरीर धारण करने को विवश होता है।"

तथा तैत्तिरीय श्रुति द्वारा यह स्पष्ट किया गया है कि- "उस परमेश्वर को प्राप्त करने के प्रयास में वाणी तो मन के साथ "बिना प्राप्त किये" ही वापस लौट आती है"- **'यतो वाचो निवर्तन्ते अप्राप्य मनसा सह।'** (तैत्ति.उप. २.४.१ व २.९.१) अतः गीतोक्त कथन –**'स्वयमेवात्मनात्मानं वेत्थ त्वं पुरुषोत्तम।'** (गीता १०.१५) अर्थात् – "हे पुरुषोत्तम ! आप स्वयं ही अपने से अपने को जानते हैं।" के अनुक्रम में सब प्राणियों (मनुष्यों) के देहरूप में स्थित, सबके अन्तर्यामी परमात्मा का यह एकात्मस्वरूप तो दशेन्द्रियों के स्वामी "मन के द्वारा ही जानने और प्राप्त किया जाने योग्य है- **'मनसैवेदमाप्तव्यं'**। (कठ.उप. २.१.११) तथा कथन किया गया है कि-

मनसैवानुद्रष्टव्यं नेह नानास्ति किंचन।
मृत्योः स मृत्युं गच्छति य इह नानैव पश्यति ॥ (बृह.उप. ४.४.१९)

अर्थात् - "वह सर्वरूप परमेश्वर मन के द्वारा देखा जाने योग्य है। यहाँ इस मनुष्यलोक (एकपाद अधोलोक या इस मर्त्यलोक) में नाना (= उस परमात्मा से भिन्न) कुछ भी नहीं है। जो कोई पुरुष इस लोक में नाना के

समान (अलग-अलग) देखता है अर्थात् स्वयं के मनुष्य रूप में परस्पर एकात्मबोध को अपनाता नहीं; वह मनुष्य मृत्यु से मृत्यु को प्राप्त होता अर्थात् वह पुनर्जन्म को प्राप्त करता है।"

इस एकात्म-बोध को धारण करने और जीवन में अपनाने के कारण ही देवताओं को 'मनःचक्षु' कहा गया है, जिसे धारण करके वे अमरता को प्राप्त हो गये। अतः सब प्राणियों (मनुष्यों) में उस एक हिरण्यगर्भ, मनोमय त्रिपादूर्ध्व पुरुष को मनःचक्षु द्वारा कर्तापुरुष रूप में उपस्थित देखना ही परब्रह्म परमात्मा को प्राप्त कर लेना है, जिसे श्रुति द्वारा- **'एकधैवानुद्रष्टव्यं'** (बृह.उप. ४.४.२०) अर्थात् –"एक ही प्रकार से (ब्रह्मरूप में) देखने योग्य कहा गया है।" और सब प्राणियों (मनुष्यों) में उस एक परमात्मा को उपस्थित न देखकर ही यह मनुष्य इस एक पाद अधोलोक में (मरणधर्मा मनुष्यलोक में) पुनः जन्म प्राप्त करने हेतु विवश होता है, जिसे वेदवाणी में श्रुति द्वारा- **'पादोऽस्येहाभवत्पुनः'** (ऋग्वेद १०.९०.४) अर्थात्- "एक पाद विश्वरूप का पुनः होना" कहा जाकर प्रकट किया गया है। अतः स्वयं के इस देहधारी जरायुज पुरुषरूप में इस मनुष्यदेह में रहते हुए उस परमात्मा को सर्वरूप में अर्थात् चारों ही वर्णरूप में उपस्थित देखना ही दूसरे जन्म का निरोध करते हुए इस एक मनुष्यजन्म में सत्यस्वरूप, ज्ञानस्वरूप, अनन्तरूप परमात्मा को प्राप्त कर लेना है; अमृतपुरुष को प्राप्त कर लेना है। वह परमात्मा तो इस मनुष्यदेह में निवास करते हुए ही प्राप्त किया जा सकता है; स्वेदज, उद्भिज्ज, अण्डज और जरायुज आधारित किसी अन्य देहरूप में निवास करते हुए उस परमात्मा को कदापि प्राप्त किया जा सकता नहीं; अतः केनोपनिषद् में श्रुतिकथन आया है कि-

इह चेदवेदीदथ सत्यमस्ति न चेदिहावेदीन्महती विनष्टिः।
भूतेषु भूतेषु विचित्य धीराः प्रेत्यास्माल्लोकादमृता भवन्ति ॥

(केन.उप. २.५)

अर्थात् – "यदि इस मनुष्य शरीर में रहते हुए देहस्थ परब्रह्म परमात्मा को जान लिया तो बहुत कुशल है अर्थात् पुनर्जन्म या दूसरे जन्म से मुक्ति

प्राप्त कर लेना है और यदि इस मनुष्य शरीर के रहते-रहते हृदयस्थ परब्रह्म परमात्मा को नहीं जान सका तो महान् विनाश है। बुद्धिमान् मनुष्य सब प्राणियों (मनुष्यों) में परब्रह्म परमात्मा को उपस्थित देखकर, इस लोक से प्रयाण करके अमर हो जाते हैं अर्थात् वे मरकर पुनः दूसरे जन्म को प्राप्त करते नहीं, वे इस मर्त्यलोक में पुनः लौटकर आते नहीं।"

इस प्रकार यह 'द्विज' शब्द इस मनुष्यदेह में निवास करते हुए जरायुज प्राणी रूप में जन्मना प्राप्त पशुवृत्ति का परित्याग कर स्वयं के देहधारी पुरुषरूप में परस्पर स्नेह और एकात्मभाव को अपनाकर मनुष्य बन जाने और देवत्व को धारण (प्राप्त) करने से सम्बन्ध रखता है, जिसे वेदवाणी में श्रुति द्वारा- '**मनुंर्भव जनया दैव्यं जनंम्।**'(ऋग्वेद १०.५३.६) अर्थात्- "देहधारी पुरुषरूप में मनुष्य बनों और देवत्व को जन्म प्रदान करो अर्थात् देवत्व को धारण करो।" कहा जाकर प्रकट किया गया है। यहाँ यह स्मरणीय है कि कठोपनिषद् में श्रुति द्वारा अनश्वर आत्मा को 'अशरीर अवस्था' में सब नश्वर शरीर (देह-रूप) में प्रवेशकर अविचल भाव से स्थित हो जाना कथन किया गया है- **"अशरीरं शरीरेष्वनवस्थेष्वस्थितम्।** (कठ.उप. १.२.२२) तथा तैत्तिरीय श्रुति द्वारा देहस्थ अमृतपुरुष (अनश्वर आत्मा) को पक्षी रूप होना कथन किया जाकर यह पुरुषदेह ही उस अनश्वर पुरुषपक्षी की देह होना कथन किया गया है। देहस्थ अशरीर अनश्वर आत्मा और प्रकट देहधारी पुरुषरूप को अपने उभयरूप में 'वह और यह' अथवा 'यह या वह' (either or) आधार पर इस पुरुषरूप को अन्नरसमय होना कथन किया गया है-

> **'स वा एष पुरुषोऽन्नरसमयः। 'तस्येदमेव शिरः। अयं दक्षिण पक्षः। अयमुत्तर पक्षः। अयमात्मा। इदं पुच्छं प्रतिष्ठा। तदप्येष श्लोको भवति।'** (तैत्ति.उप. २.१.१)

अर्थात्- "उसका यह प्रत्यक्ष दिखाई देनेवाला ही सिर है। यह दक्षिण अङ्ग ही इस पुरुष पक्षी का दाहिना पँख है। यह उत्तर अङ्ग ही बाँया पँख है। यह (मध्यभाग-धड़) आत्मा है। यह (दोनों ही पैर) पूँछ एवं प्रतिष्ठा (स्थिति-

आधार) है। उस आत्मा के विषय में यह कहा जाने वाला श्लोक (पूर्ण पवित्र कथन) होता है।"

इसके साथ-साथ देहस्थ आत्मा को प्राणमय होना कथन किया गया है- **'आत्मा प्राणमयः'** तथा यह आत्म-रहस्य प्रकट किया गया है कि "इस प्राणमय आत्मा से यह पुरुषरूप पूर्ण है। वह अथवा यह अर्थात् वह अन्नरसमय पुरुष और यह प्राणमय आत्मा दोनों पुरुषाकार ही हैं। उस पुरुषाकार अन्नरसमय पुरुष में यह पुरुषाकार प्राणमय पुरुष अनुगत है। उसका प्राण ही सिर है। व्यान प्राण दक्षिण पँख है। अपान प्राण उत्तर पक्ष (पँख) है। यह आकाश ही आत्मा है। पृथिवी पुच्छ प्रतिष्ठा (स्थिति-आधार) है। उसके विषय में भी यह कहा जाने वाला श्लोक (पूर्ण पवित्र कथन) होता है।"-

तेनैष पूर्णः। स वा एष पुरुषविध एव। तस्य पुरुषविधतामन्वयं पुरुषविधः। तस्य प्राणएव शिरः। व्यानो दक्षिण पक्षः। अपान उत्तरः पक्षः। आकाश आत्मा। पृथिवी पुच्छं प्रतिष्ठा। तदप्येष श्लोको भवति।' (तैत्ति.उप. २.२.१)

इस प्रकार यह देहधारी पुरुष- अन्नरसमय पुरुष और प्राणमय पुरुषरूप में अविनाशी आत्मा का प्रकट पुरुषरूप बना हुआ है। स्मृति ग्रन्थ श्रीमद्भगवद्गीता में आया विश्वमूर्ति, योगेश्वर श्रीकृष्ण का यह निम्न कथन कि-

नैव किञ्चित्करोमीति युक्तो मन्येत तत्त्ववित्।
पश्यञ्श्रृण्वन्स्पृशञ्जिघ्रन्नश्नन्गच्छन्स्वपञ्श्वसन् ॥
प्रलपन्विसृजन्गृहण्न्नुन्मिषन्निमिषन्नपि।
इन्द्रियाणीन्द्रियार्थेषु वर्तन्त इति धारयन् ॥ (गीता ५.८-९)

अर्थात्- "तत्त्व को जानने वाला सांख्ययोगी (= संख्यागत ज्ञान आधारित ब्रह्मविद्या या पराविद्या को जानने वाला योगीपुरुष) तो देखता हुआ, सुनता हुआ, स्पर्श करता हुआ, सूँघता हुआ, भोजन करता हुआ, गमन करता हुआ, सोता हुआ, श्वास लेता हुआ, बोलता हुआ, त्यागता हुआ, ग्रहण करता हुआ तथा आँखों को खोलता और बन्द करता हुआ भी सब इन्द्रियाँ

अपने-अपने अर्थों में बरत रही हैं – इस प्रकार समझकर निःसन्देह ऐसा माने कि मैं कुछ भी नहीं करता हूँ।" इसी एक बात को प्रकट करता है।

अतः इस अवसर पर यहाँ यह विचार किया जाना समीचीन है कि इस धरा पर 'जरायुज' रूप में उत्पन्न होने वाले सब प्राणी चतुष्पद् अवस्था को धारण करते हैं तथा पशु रूप में जाने जाते हैं। तथा मात्र यह पुरुषरूप प्राणी ही जरायुज प्राणी रूप में जन्म को प्राप्त कर द्विपद पक्षीरूप अवस्था को धारण करता है और देहस्थ आत्मा को पक्षीरूप में जाना जाता है। यहाँ यह भी विचारणीय है कि जरायुज रूप में उत्पन्न होने वाले अन्य सब प्राणी अपने शिशुरूप में जन्म लेने के पश्चात् कुछ देर बाद ही अपनी माता का अनुगमन करने और इस धरा पर विचरण करने वाले हो जाते हैं; किन्तु जरायुज रूप में उत्पन्न (जन्म को प्राप्त) हुआ यह द्विपद मनुष्य अपने शिशु रूप में जन्म लेने के पश्चात् तत्काल या कुछ देर बाद अन्य जरायुज प्राणी की भाँति अपनी माता का अनुगमन करता नहीं, अपितु जिस प्रकार कोई मादा पक्षी अपने अण्डे को सहती है और उस अण्डे से पक्षीरूप शिशु को प्राप्त करती है और उसे उड़ने या आकाश में विचरण करने योग्य बनाती है; उसी प्रकार जन्म उपरान्त शिशु बालक का लालन-पालन माता द्वारा किया जाना आवश्यक होता है। घुटनों के बल चलना सीखने के बाद ही कोई बालक द्विपद प्राणी रूप में चलना आरम्भ करता और अपनी माता एवं पिता तथा अन्य गुरुजन द्वारा प्रदान की गयी शिक्षा का अनुपालन करता हुआ नाना अवयव को जानता,ग्राम विथिकाओं में भ्रमण करता और जगतरूप को अपनाकर अपनी जीवनयात्रा पूर्ण करता है। अतः माता को शिशु-बालक की प्रथम आचार्य कहा गया है तथा वेदवाणी में बालक की शिक्षा का दायित्व पिता को सोंपा गया है तथा तैत्तिरीय उपनिषद् शीक्षा-वल्ली में आया आचार्य का श्रुतिकथन है कि-

यथाऽऽपः प्रवता यन्ति यथा मासा अहर्जरम्।
एवं मां ब्रह्मचारिणो धातरायन्तु सर्वतः स्वाहा ॥ (तैत्ति.उप. १.४.३)

अर्थात् – "जिस प्रकार जल बहता है और बहकर समुद्र में चला जाता है। जिस प्रकार महिने दिनों (की गणना) का अन्त करने वाले संवत्सर रूप

काल में चले जाते हैं। 'हे विधाता !' इसी प्रकार मेरे पास अन्तेवासी ब्रह्मचारी शिष्य सब ओर से मेरे पास आयें- स्वाहा।"

अथ चारों ही वर्ण में जरायुज प्राणी रूप में जन्म लेने के कारण जन्मना प्राप्त हुई पशुवृत्ति का परित्याग कर देहधारी पुरुषरूप में यज्ञमय जीवन व्यतीत करना और अपने आत्मा के सनातन अश्वत्थ वृक्षरूप को अपनाकर एक पक्षी की भाँति द्विपद प्राणी रूप में जीवनयापन करना और स्वयं के ब्रह्मरूप में स्व-कर्म की यज्ञरूप अवस्था को अपना लेना अर्थात् जिस प्रकार कोई पक्षी –

१ सहजीवन को अपनाकर आहार की खोज में अकेला या समूह में विचरण करता है;

२ जहाँ आहार हेतु अन्न या फल आदि मिल जाते, वहाँ ठहर जाता है;

३ उपलब्ध आहार या फल आदि के प्रति कोई आसक्ति अपनाता नहीं तथा ताड़ना करने पर तत्काल उड़कर अन्यत्र चला जाता है;

४ नित्य-जीवन में किसी प्रकार की कोई संग्रहवृत्ति अपनाता नहीं;

५ सांयकाल में किसी वृक्ष का आश्रय लेकर समूह रूप में रात्रिनिवास करता है। तथा

६ रात्रिकाल में अन्न तथा जल का सेवन करता नहीं ।

उसी प्रकार आसक्ति और संग्रहवृति का परित्याग करते हुए अपने वृक्षरूप आत्मा का आश्रय लेकर इस पक्षी जीवन को प्रतिबोध आधार पर अपने नित्य-जीवन में अपना लेना ही हिरण्यगर्भ अमृतपुरुष को प्राप्त करने का, गरुढ़ पक्षी पर सवार विष्णु की भाँति पुरुष-पक्षीरूप को प्राप्त करने का मार्ग होता है। यह इस पुरुषरूप का दूसरा जन्म प्राप्त करना होता है।

अथ स्पष्ट है कि यह 'द्विज' संज्ञा-सम्बोधन जरायुज मनुष्य रूप में पशुजीवन का परित्याग कर 'द्विपद' अण्डज पक्षी की भाँति जीवनयापन करने से अपना सम्बन्ध रखता है तथा गायत्री मंत्र आधारित मनःसंकल्प को अपने नित्य-जीवन में अपनाकर यह मनुष्य अपने ब्रह्मस्वरूप आत्मा को प्राप्त करता है। यह इस एक मनुष्य जन्म में अमृतपुरुष परमात्मा को प्राप्त

करता है और वह ऋषि वामदेव की भाँति अपने तीसरे जन्म का निरोध करता है। (ऐतरेय.उप. २.१.५) तथा इस ब्रह्मभाव को न अपनाकर ही यह मनुष्य पुनः तीसरे जन्म को प्राप्त करनेवाला हो जाता है। अतः पौराणिक कथाओं में भगवान शिव को **पशुपतिनाथ** कहना इस पशुवृत्ति का स्वामी होने से सम्बन्ध रखता है तथा श्रुति द्वारा 'पुरुष' को रुद्र कहना, संहारक रूप में इस पशुवृत्ति का संहारक होना प्रकट करता है तथा वेदवाणी में आये प्रार्थना के वचन कि "वह रुद्र हमें न मारे"- **'मा नो वधीः';** एवं "वह रुद्र मुझे न मारे"- **'मा हिंसीः'** आदि इस पशुवृत्ति का परित्याग करने और इस गायत्री मंत्र के उच्चारण अनुसार धारण किये गये मनःसंकल्प को अपनाने और उसको पूर्ण करने से सम्बन्ध रखने वाले जान पड़ते और प्रकट होते हैं।

इस पुरुषरूप की जन्मप्रक्रिया का वर्णन विस्तार से करते हुए ऐतरेय उपनिषद् के द्वितीय अध्याय, प्रथम खण्ड में श्रुति कथन आया है कि-

"यह पुरुष सबसे पहले इस पुरुषशरीर में ही गर्भरूप में रहता है। यह जो प्रसिद्ध रेतस् (वीर्य) है, वह पुरुष के सम्पूर्ण अङ्गों से उत्पन्न हुआ तेज (सार) है। पुरुष इस आत्मभूत तेज को अपने (शरीर) में ही धारण-पोषण करता है। फिर जिस समय वह उसे स्त्री शरीर में सींचता है, तब वह इसे (अपने गर्भरूप में) उत्पन्न करता है। यह इस पुरुष का पहला जन्म है ॥१॥

वह गर्भ स्त्री के आत्मभाव को प्राप्त हो जाता है। जिस प्रकार अपना कोई अंग होता है; उसी प्रकार हो जाता है। इसी कारण से वह स्त्री को पीड़ा नहीं देता। वह स्त्री (माता) यहाँ (अपने शरीर में) आये हुए इस (अपने पति के) आत्मारुप (स्वरूपभूत) का पोषण करती है ॥२॥

वह उसका (गर्भस्थ पुरुष का) पालन-पोषण करनेवाली स्त्री पालन-पोषण करने योग्य होती है। उस (पति के) गर्भ को वह प्रसव के पहले तक धारण करती है। फिर जन्म लेने के बाद वह (उसका पिता) पहले ही उस कुमार को (जातकर्म, उपनयन आदि संस्कारों द्वारा) अभ्युदयशील बनाता तथा उसकी उन्नति करता है। वह जो जन्म के अनन्तर कुमार का संस्कार करता है; वह मानो इन लोकों को (मनुष्यों को) बढ़ाने (वृद्धि करने) से वह

अपनी ही उन्नति (वृद्धि) करता है। क्योंकि इसी प्रकार ये सब लोक (मनुष्य) विस्तार को प्राप्त हुए हैं। यही इस पुरुष का दूसरा जन्म है ॥३॥

वह (पुत्र रूप में उत्पन्न हुआ) यह आत्मा ही इस पिता द्वारा पुण्यकर्मों के लिये उस (पिता) का प्रतिनिधि बना दिया जाता है। उसके अनन्तर इस (पुत्र-पुरुष) का यह अन्य (पितृरूप) आत्मा कृतकृत्य होकर अपनी आयु पूरी होने पर, मरकर यहाँ से कूच कर जाता है। वह यहाँ से जाकर ही पुनः उत्पन्न हो जाता है। वह इसका तीसरा जन्म है ॥४॥"

यही बात ऋषि (वामदेव) ने भी कही है – "अहो ! मैंने गर्भ में रहते हुए ही इन देवताओं के विश्वरूप सभी जन्मों को जान लिया है । यह तत्त्वज्ञान होने से पूर्व मुझे सैकड़ों लोहे के समान सुदृढ़ शरीरों ने अवरुद्ध किया हुआ था । अब मैं श्येन पक्षी के समान वेग से उन सभी को छेदन करके उनसे बाहर निकल आया हूँ"– ऋषि वामदेव ने गर्भ में शयन करते समय ही इस प्रकार यह बात कही थी ॥५॥

इस प्रकार जन्म-मृत्यु के रहस्य को जानने वाला वह वामदेव ऋषि इस शरीर का नाश होने पर संसार के भवबन्धन से ऊपर उठ गया और ऊर्ध्वगति को प्राप्त होकर वह उस स्वर्गलोक में समस्त कामनाओं को प्राप्त करके अर्थात् कामना रहित होकर वह अमृतस्वरूप (अर्थात् वह अमृतपुरुष को प्राप्तकर जन्म-मृत्यु के बन्धन से मुक्त) हो गया । ॥६॥ (ऐत.उप. २.१.१-६)

अथ श्रुति कथनानुसार इस एकपाद अधोलोक या इस मर्त्यलोक पृथिवीलोक- **'पृथिवी मरः'** (ऐत.उप. १.१.२) में पुरुषरूप का प्रथम जन्म पिता के वीर्य में स्थित 'अण्डाणु' या 'शुक्राणु' रूप में होता है। चूंकि इस पुरुषदेह में वीर्य का कोई संग्रहित कोश होता नहीं। यह तो स्त्रीसंसर्ग प्रक्रिया में इस पुरुषरूप के अंग-प्रत्यंग से उत्पन्न होता है, जिसे भगवती श्रुति द्वारा यहाँ इस पुरुषरूप का **'प्रथम जन्म'** कथन किया गया है तथा माता के गर्भ से प्राप्त जन्म को इस पुरुषरूप द्वारा अपना **'दूसरा जन्म'** प्राप्त करना प्रकट किया गया है । इस प्रकार यहाँ इस मर्त्यलोक या त्रिपादिर्ध्व और एकपाद अधोलोक आधारित इस पृथिवीलोक में सब मनुष्य माता के गर्भ से

अपना दूसरा जन्म प्राप्त करते हैं और **जन्मना द्विज अवस्था** को धारण करते हैं।

यज्ञसंहिता यजुर्वेद तथा ईशावास्य उपनिषद् में श्रुति देहस्थ आत्मा को 'पूषा' और 'एकर्षि' होना कथन करती है- **'पूषन्नेकर्षे'** (ईशा.१६) तथा ऐतरेय उपनिषद् में श्रुति इस मानवदेह को सृष्टि-सृजनकर्ता देव की सबसे श्रेष्ठ रचना **'सुकृत'** कथन करती है और इस 'सुकृत मानवदेह' में इन्द्रियों के मूल में सब देवताओं का स्थित हो जाना प्रकट करती है- **'पुरुषो वाव सुकृतम्। ता अब्रवीद्यथायतनं प्रविशतेति ।'** (ऐत.उप. १.२.३) तथा उस सृष्टि-सृजनकर्ता देव द्वारा स्वयं इस मानवदेह में सम्प्रविष्ट अवस्था अपनाकर निवास करना कथन करती है- **'स एतमेव सीमानं विदार्येतया द्वारा प्रापद्यत ।'** (ऐत.उप. १.३.१२) तथा 'उस पूर्णपुरुष को सदैव सब मनुष्यों के अन्तरात्मा रूप में हृदयदेश में सम्प्रविष्ट अवस्था अपनाकर निवास करना कथन करती है- **'सदा जनानां हृदये सन्निविष्टः'**। (कठ.उप. २.३.१७ व श्वेता.उप. ५.८) उस परमात्मा को सर्वदेवमय होना कथन करती है- **सर्वे अस्मिन् देवा एकवृतो भवन्ति ॥'** (अथर्ववेद १३.५.१६-२१) तथा 'वह परमात्मा अपूर्व, अनपर, अनन्तर और अबाह्य अवस्था में सब प्राणियों (मनुष्यों) के देहरूप में अनुभवगम्य अवस्था में स्थित हो गया है ।' (बृह.उप. २.५.१९) अतः इस मनुष्यदेह में निवास करते हुए इस आत्म-रहस्य को जान लेना अर्थात् इस पार्थिव पञ्चभूतात्मक मानवशरीर में अशरीर आत्मा का स्थित होना (कठ.उप. १.२३) और इस निर्जीव, 'रथ' रूपी मानवशरीर में इन्द्रियों के मूल में स्थित देवताओं की भोगकर्ता अवस्था जिसे श्रुति द्वारा अश्वरूप कहा जाकर विषयों को उनके विचरण का मार्ग गया है- **'इन्द्रियाणि हयानाहुर्विषयास्तेषु गोचरान् ।'** (कठ.उप. १.३.३) और इस भोगासक्त अवस्था को स्मृतिग्रन्थ श्रीमद्भगवद्गीता में "इन्द्रियों को प्रमथन स्वभाव वाली और बलपूर्वक 'मन' का अपहरण कर लेना– **'इन्द्रियाणि प्रमाथीनि हरन्ति प्रसभं मनः।** (गीता २.६०) कथन किया (उपदेश किया) गया है। अतः देहस्थ इन्द्रियों की इस भोगासक्त अवस्था को ही देवताओं द्वारा विश्वरूप में जन्म प्राप्त करना कथन किया गया है । (ऐत.उप. २.१.५)

तथा देहस्थ **'उत्तम पुरुष'** आत्मा को तो श्रुति द्वारा **'अशरीर'** अवस्था में स्थित होना (कठ.उप. १.२.२२) एवं **'प्राण'** को 'अक्षर पुरुष' की 'प्रथम कला' होना कथन किया गया है- **'स प्राणमसृजत'** । (प्रश्न.उप. ६.४) अथ इस आत्म-सहस्य को जान लेना ही ऋषि वामदेव की भाँति बोधावस्था को अपनाकर इस पुरुष शरीर का नाश होने पर, इस देहधारी पुरुष द्वारा संसार के भवबन्धन से ऊपर उठकर, ऊर्ध्वगति को प्राप्त होकर - उस स्वर्गलोक में समस्त कामनाओं को प्राप्त करके (आप्तकाम अवस्था को प्राप्त होकर) - अमृतस्वरूप हो जाना और मृत्यु उपरान्त जन्म-कर्म के बन्धन से मुक्त होकर उस परमदेव को प्राप्तकर उसमें ही लय अवस्था को प्राप्त कर लेना है।

मुण्डकोपनिषद् में श्रुतिकथन आया है कि इस मानवदेह में निवास करते हुए यह मनुष्य अपने "देहस्थ ब्रह्मस्वरूप आत्मा को जानकर, ब्रह्मस्वरूप आत्मा को प्राप्त करता है- **'तत्परमं ब्रह्म वेद ब्रह्मैव भवति ।'** (मुण्ड.उप. ३.२.९) तथा अपने ब्रह्मस्वरूप आत्मा को प्राप्तकर यह देहधारी पुरुष "यह से वह हो जाता है"- **'एतत्ततो भवति'** (तैत्ति.उप. १.६.२) ***"जानत तुमहि तुम्हइ होइ जाई ।"*** (श्रीरामचरितमानस)। चूंकि वह पूर्णपुरुष अबाह्य अवस्था में सदैव ही इस पुरुषदेह में निवास करता है और वह परमात्मा- सूक्ष्मदर्शी-तत्त्वज्ञ पुरुषों द्वारा अति तीक्ष्ण बुद्धि से सूक्ष्मता को अपनाकर देखा जाता (= प्राप्त किया जाता) है- **'दृश्यते त्वग्रयया बुद्धया सूक्ष्मया सूक्ष्मदर्शिभिः ॥'** (कठ.उप. १.३.१२) अतः बृहदारणयक उपनिषद् में महर्षि याज्ञवल्क्य द्वारा यह आत्म-रहस्य प्रकट किया गया है कि- "हे गार्गी ! जो कोई पुरुष इस अक्षर को जानकर इस पृथिवी लोक से मरकर जाता है, वह पुरुष ब्राह्मण है"-

'य एतदक्षरं गार्गि विदित्वास्माल्लोकात्प्रैति स ब्राह्मणः।'

(बृह.उप. ३.८.१०)

इस प्रकार श्रुति किसी देहधारी जीवित पुरुष प्राणी को **'ब्राह्मण'** कहती नहीं। श्रुति तो "सर्वव्यापी "प्राण तत्त्व" को पिता, माता, भाई, बहन, आचार्य और ब्राह्मण कहती है" – **'प्राणो ह पिता प्राणो माता प्राणो भ्राता**

प्राणः स्वसा प्राण आचार्यः प्राणो ब्राह्मणः ।' (छा.उप. ७.१५.१) तथा सबको ही ब्रह्म का प्रकटरूप होना कथन करती है और ब्रह्मवेत्ता, ब्रह्मस्वरूप को प्राप्त मृतपुरुष के प्रति 'ब्राह्मण' सम्बोधन को अपनाती है । अतः महर्षि वेदव्यास का महाभारत महापुराण में आया पौराणिक कथन है कि-

सर्वे वर्णा ब्राह्मणा ब्रह्मजाश्च सर्वे नित्यं व्याहरन्ते च ब्रह्म ।
तत्त्वं शास्त्रं ब्रह्मबुद्धिया ब्रवीमि सर्वं विश्वं चैतत् समस्तम् ॥

(महा.भा. शान्तिपर्व ३१८.८९)

अर्थात् - "ब्रह्म से उत्पन्न होने के कारण सभी वर्ण ब्राह्मण हैं। सभी वर्ण सदैव ब्रह्म (= कर्तापुरुष) का ही आचरण करते हैं । मैं ब्रह्मबुद्धि से धर्मशास्त्र का यथार्थ सिद्धान्त बता रहा हूँ कि – यह सम्पूर्ण जगत और यह सारा-का-सारा दृश्यप्रपञ्च ब्रह्म ही है।" अतः किसी भी वर्ण को ब्रह्म से भिन्न जानना नहीं चाहिये ।"

अथ श्रुति इस एकपाद अधोलोक में सब जीवित पुरुषों के प्रति 'ब्रह्म' पद को अपनाती है - **'तत्त्वमसि';** (छा.उप. ६.८-१६) अर्थात् – "वह ब्रह्म तू ही है।" **'त्वं प्रत्यक्षं ब्रह्मासि ।'** (तैत्ति.उप. १.१.१) अर्थात्- "तू ब्रह्म का प्रत्यक्ष प्रकटरूप है।" तथा 'अन्न', 'प्राण', 'मन', 'विज्ञान' (अनुभवजनित ज्ञान) और 'आनन्द' को अविनाशी, निर्विकार ब्रह्म का 'पञ्चधा प्रकटरूप' होना प्रकट करती है। (तैत्ति.उप. ३.२-६) और इस पञ्चधा स्वरूप को अपनाकर श्रुति कथन करती है कि- **'सर्वं खल्विदं ब्रह्म तज्जलानिति शान्त उपासीत ।'** (छा.उप. ३.१४.१) अर्थात्- "यह सम्पूर्ण जगत् निश्चय ही (अविनाशी, निर्विकार) ब्रह्म का प्रकटरूप है । यह सब उसी ('पञ्चधा') ब्रह्म से उत्पन्न होने वाला, उसी में लीन होने वाला और उसी में चेष्टा करने वाला है- इस प्रकार शान्तचित्त होकर उपासना करें ।" स्मरणीय है कि श्रीमद्भगद्गीता में सब प्राणियों की उत्पत्ति अन्न से होना कथन की गयी है- **'अन्नाद्भवन्ति भूतानि'** । (गीता ३.१५) अतः शान्तचित्त अवस्था आधारित "ब्रह्म उपासना का यह गायत्री मन्त्र" अपनाकर यह पुरुष इस मानवदेह में निवास करते हुए उस परमदेव की महिमा को जानकर, स्व-चेतना की पञ्चकोश अवस्था

(अन्नमयकोश, प्राणमयकोश, मनोमयकोश, विज्ञानमयकोश तथा आनन्दमयकोश) में जीवनयापन करता हुआ परस्पर एकात्मता और समता का भाव अपनाकर योगावस्था को धारण करता है- **'समत्वं योग उच्यते'** (गीता २.४८) तथा स्वकर्म की दक्षता या कौशलता- **'योगः कर्मसु कौशलम्।'** (गीता २.५०) को अपनाकर इस योगावस्था को सम्पुष्ट करता है और स्वकर्म द्वारा उस परमेश्वर की अर्चना करके वीतशोक अवस्था को प्राप्त करता है - **'महिमानमिति वीतशोकः'** (मुण्डक. उप.३.१.२ व श्वेता.उप. ४.७) और यह जन्म-कर्म के समपूर्ण बन्धन से सर्वथा के लिये मुक्त हो जाता है- **'ज्ञात्वा देवं मुच्यते सर्वपाशैः ।'** (श्वेता.उप. २.१५ व ५.१३) मुण्डकोपनिषद् और श्वेताश्वतर उपनिषद् में आये श्रुतिमन्त्र – **'द्वा सुपर्णा सयुजा सखाया .... साध्या सन्ति देवाः ॥'** (मुण्ड.उप. ३.१.१-२ व श्वेता.उप, ४.६-७) इसी बात का आख्यान करते हैं । तथा "वह ऐसा विशुद्ध अन्तःकरण वाला आत्मविद् पुरुष जिस-जिस लोक को मन से चिन्तन करता है तथा जिन-जिन कामनाओं की कामना करता है; वह उन-उन लोकों को जीत लेता है और उन इच्छित कामनाओं (भोगों) को प्राप्त कर लेता है"- **यं यं लोकं मनसा संविभाति विशुद्धसत्त्वः कामयते यांश्च कामान् । तं तं लोकं जयते तांश्च कामान्....॥** (मुण्ड.उप. ३.१.१०) और इस एकपाद अधोलोक या इस मर्त्यलोक - **'पृथिवी मरः'** (ऐत.उप. १.१.२) में अमृतत्व (अमरता-ईच्छामृत्यु) का भोग करता है और न जानकर ही वह यहाँ दुःखों का पान करता अर्थात् इस अधोलोक-मर्त्यलोक में पुनः-पुनः जन्म-मृत्यु को प्राप्त करता है"- **'य एतद्विदुग्रमृतास्ते भवन्त्यथेतरे दुःखमेवापियन्ति ।'** (श्वेता.उप. ३.१०)

अथ सुस्पष्ट है कि इस धरा पर सब मनुष्य चारों ही वर्ण में अपने देहधारी पुरुषरूप में माता के गर्भ से 'दूसरा जन्म' प्राप्त करते हैं और 'नित्य-उपासना के इस गायत्री मंत्र' आधारित मनःसंकल्प को बोधमय अवस्था में अपनाकर, इस एकपाद अधोलोक में अपने देहधारी पुरुषरूप में आत्मस्थ प्रभु को जानकर जन्म-कर्म के बन्धन से रहित निर्विकार ब्रह्मस्वरूप को प्राप्त करते हैं और इस लोक से प्रयाण करके 'अनामय' पद को जाते (प्राप्त

करते) हैं- **'गच्छन्त्यनामयम्'** (गीता २.५१) और इस एक मनुष्यजन्म में हिरण्यगर्भ अमृत पुरुष को प्राप्त कर लेते हैं।

स्मरणीय है कि छान्दोग्य उपनिषद् में श्रुति - जरायुज, अण्डज और उद्भिज्ज प्राणी-वर्ग को 'देवता' कहती है। (छा.उप. ६.३.१-४) तथा इस सुकृत मानव देहधारी जरायुज पुरुषरूप को अपनाकर तैत्तिरीय उपनिषद् में श्रुति 'मानुषी समाज्ञा' (= अनुकरणीय जीवन-व्यवस्था) और 'देवी समाज्ञा' का वर्णन करती है कि-

'य एवं वेद । क्षेम इति वाचि । योगक्षेम इति प्राणापानयोः । कर्मेति हस्तयोः। गतिरिति पादयोः । विमुक्तिरिति पायौ । इति मानुषीः समाज्ञाः। ....॥' (तैत्ति.उप. ३.१०.२)

अर्थात् – "जो कोई पुरुष इस प्रकार जानता है (कि- ब्रह्म का वास) क्षेम (रक्षा) को अपनाकर वाणी में; योगक्षेम को अपनाकर प्राण और अपान अर्थात् श्वास और प्रश्वास में; कर्म को अपनाकर हाथों में; गति (= वेग और मोक्ष) को अपनाकर पैरों में तथा विमुक्ति (मल-मूत्र त्याग) को अपनाकर उपस्थ में है। इस प्रकार की यह मनुष्यों से सम्बन्धित समाज्ञा है अर्थात् मनुष्यरूप जल में स्थित कमलपत्र की भाँति अपनी असङ्ग अवस्था को प्राप्त करने हेतु अनुकरणीय जीवन-व्यवस्था है।"

तथा इस बोधावस्था आधार पर देहस्थ अक्षरपुरुष की क्रिया-शक्ति और इस पुरुषरूप को अपनाकर **"दैवी समाज्ञा"** (अर्थात् देवताओं के लिये या इस पुरुषरूप में देवत्व को प्राप्त करने या धारण करने हेतु अनुकरणीय जीवन-व्यवस्था) कथन की गयी है कि -

'..... अथ दैवीः । तृप्तिरिति वृष्टौ । बलमिति विद्युति ॥२॥ यश इति पशुषु। ज्योतिरिति नक्षत्रेषु। प्रजातिरमृतमानन्द इत्युपस्थे। सर्वमित्याकाशे। तत्प्रतिष्ठेत्युपासित। प्रतिष्ठावान् भवति। तन्मह इत्युपासीत । महान् भवति । तन्मन इत्युपासीत । मानवान् भवति ॥३॥' (तैत्ति.उप. ३.१०.२-३)

अर्थात् – "अब देवताओं की समाज्ञा (= अनुकरणीय जीवन-व्यवस्था) कहते हैं। वृष्टि (= प्रचुरता) में तृप्ति है और बल में विधुत के समान त्वरित क्रिया-शक्ति रहती है। ॥२॥ इसी प्रकार (वह ब्रह्म) यश- कीर्ति (रूप में) पशुओं में। इसी प्रकार (वह ब्रह्म) ज्योति अर्थात् प्रकाश रूप में नक्षत्रों में अर्थात् सूर्य, चन्द्रमा आदि ग्रह-नक्षत्र और तारों में। इसी प्रकार (वह ब्रह्म) संतान उत्पन्न करने की शक्ति रूप में अमरता को धारण करने हेतु आनन्द को अपनाकर उपस्थ में (स्थित हो गया है)। इसी प्रकार (वह ब्रह्म) सबमें समाहित-सर्वगत अवस्था अपनाकर आकाश में स्थित है। वह (ब्रह्म) प्रतिष्ठा है - इस प्रकार उपासना करे। (इससे वह पुरुष) प्रतिष्ठावान हो जाता है। वह ब्रह्म 'मह' अर्थात् सबसे महान् है; इस प्रकार उपासना करे। (इससे वह पुरुष) महान् हो जाता है। वह (ब्रह्म) मन है; इस प्रकार उपासना करे। (इससे वह देहधारी पुरुष) मानवान् सम्माननीय या माननीय हो जाता है।"

'तन्नम इत्युपासित। नम्यन्तेऽस्मै कामाः। तद् ब्रह्मेत्युपासीत। ब्रह्मवान् भवति। तद् ब्रह्मणः परिमर इत्युपासीत। पर्येणं म्रियते द्विषन्तः सपत्नाः। परि येऽप्रिया भ्रातृव्याः। स यश्चायं पुरुषे यश्चासावादित्ये स एकः। ॥४॥ (तैत्ति.उप. ३.१०.४)

अर्थात् – "(सब प्राणियों (मनुष्यों) के देहरूप में स्थित) वह ब्रह्म नमस्कार योग्य है; इस प्रकार उपासना करे। इस नमन कार्य से सब काम्य पदार्थ उस देहधारी पुरुषरूप के प्रति नम्य हो जाते हैं अर्थात् दुर्लभ रहते नहीं। वह पुरुष स्वयं ब्रह्म का प्रकटरूप है; इस प्रकार उपासना करे। इससे वह देहधारी पुरुष ब्रह्मवान् अर्थात् ब्रह्म के सब गुणों को धारण करने वाला हो जाता है। वह स्वयं देहधारी पुरुष रूप में ब्रह्म का परिमर (= शत्रुहन्ता स्वरूप) है; इस प्रकार उपासना करे। इससे उसके प्रति द्वेष करने वाले प्रतिपक्षी - शत्रु मर (मारे) जाते हैं। जो अप्रिय - अनिष्ट चाहने वाले बन्धुजन हैं, वे सब मर (मारे) जाते हैं। और, वह ब्रह्म जो यह (यहाँ) इस पुरुषरूप में है और ऐसा यह जो वह (वहाँ) आदित्य में है, वह एक ही है।"

इस प्रकार यह देहधारी पुरुष जो जरायुज प्राणी रूप में जन्म को प्राप्त करता है तथा आहार, निद्रा, भय और मैथुन आदि क्रियाओं को अपनाकर

किसी पशु की भाँति आचरण करता है और वह इस मानुषी समाज्ञा को जानकर अर्थात् इस अनुकरणीय जीवन-व्यवस्था ('मानवधर्म') को नित्य-जीवन में अपनाकर वह देहस्थ अक्षरपुरुष के कर्ता और भोक्तापुरुषरूप का बोध प्राप्त करता है, जिसे श्रीमद्भगवद् गीता में- **'भोक्तारं यज्ञतपसां सर्वलोक महेश्वरम्।'** (गीता ५.२९) कहा जाकर उपदेश किया गया है। अतः इस उभयरूप समाज्ञा (अनुकरणीय जीवन-व्यवस्था) का नित्य-जीवन में अनुपालन करके यह मनुष्य देवत्व को धारण करता है। अथ इस उभयरूप समाज्ञा को जानकर वह वेदवाणी में श्रुति द्वारा किये गये अनुशासन-**'मनुर्भव जनया दैव्यं जनम्'** (ऋग्वेद १०.५३.६) अर्थात् – "तू मनुष्य बन (= इस आत्म-रहस्य को जान) और इस **इस मरणधर्मा एकपाद अधोलोक में अर्थात् इस पृथिवी लोक** धरा पर देवत्व को जन्म प्रदान कर अर्थात् तू देवतापुरुष के गुण-धर्म को स्वयं इस जगत् में धारण करने वाला हो जा।" का अनुपालन करते हुए जन्मना प्राप्त पशुवृत्ति का परित्याग करना और किसी द्विपद पक्षी की भाँति जीवन-यात्रा को अपना लेना ही सही अर्थ में इस पुरुषरूप - देहधारी मनुष्य का 'द्विज' हो जाना या 'द्विजत्व' को प्राप्त कर लेना है।

बृहदारण्यक उपनिषद् में श्रुति अहर्निश जारी सृष्टियज्ञ को अपनाकर यह आत्म-रहस्य प्रकट करती है कि- "आरम्भ में वह ब्रह्म एक ही था। इस कारण वह कर्म की विभूतिमय अवस्था को प्राप्त नहीं कर सका। अतः इस जगत् में कर्म की विभूतिमय (श्रेष्ठ) अवस्था को प्राप्त करने हेतु उस परमेश्वर द्वारा चारों ही वर्ण का सृजन किया गया है और वह 'पुरुष' अपने ब्रह्मस्वरूप (कर्तापुरुषरूप) में स्वयं चारों ही वर्ण में शरीर धारण करने वाला हो गया है और चारों ही वर्ण में वह परमेश्वर स्वयं ही इस वर्ण-विभाग को अपनाने वाला अर्थात् ब्राह्मण रूप से ब्राह्मण, क्षत्रिय रूप से क्षत्रिय, वैश्य रूप से वैश्य और शूद्र रूप से शूद्र बना हुआ है। तथा इस आत्मलोक की उपासना द्वारा वह कामनाओं की पूर्ति करने वाला है।" (बृह.उप. १.४.११-१५) तथा देहधारी पुरुषरूप में वह पुरुष एक ही परिवार में निवास करता हुआ अपने स्वभाव से उत्पन्न गुणों के अनुसार 'कर्म के विभाग' को अपनाने वाला हो गया है।

(गीता १८.४०-४१) यह 'कर्म विभाग' ही 'वर्ण विभाग' रूप में जाना गया है; जिसे 'षड् वेदाङ्ग शास्त्र' के अन्तर्गत ज्योतिषशास्त्र की सहायता से 'जन्माङ्ग चक्र' आधार पर एक ही परिवार में उपस्थित प्रत्येक देहधारी पुरुष के लिये पृथक्-पृथक् जाना जा सकता है। अतः इस जगत् में यह यह मनुष्य "संयुक्त परिवार" की भाँति परस्पर एकत्व को अपनाकर और सब प्राणियों (मनुष्यों) में उस एक परब्रह्म परमात्मा को उपस्थित जानकर अपने अमृतस्वरूप आत्मा को प्राप्त करता है। अथ इस जगत् स्वरूप को, देहस्थ प्राणपुरुष को अपनाकर वेदवाणी का कथन है कि-

'अज्येष्ठासो अकनिष्ठास एते सं भ्रातरो वावृधुः सौभगाय ।'

(ऋग्वेद ५.६०.५)

अर्थात्- "यहाँ इस एकपाद अधोलोक में- न कोई बड़ा है और न कोई छोटा है। सब भाई के समान एकजुट रहकर सौभाग्य कि वृद्धि के लिये एक-दूसरे को बढ़ाते हैं।"

स्मरणीय है कि श्रुति शूद्र वर्ण को 'पूषा' (पालन-पोषण करने वाला) कहती है। इसकी तुलना पृथिवी से करती है- **'स शौद्रं वर्णमसृजत पूषणमियं वै पूषेय हीद सर्वं पुष्यति यदिदं किञ्च।'** (बृह.उप. १.४.१३) अर्थात् – "उसने शूद्र वर्ण की रचना की। 'पूषा' शूद्र वर्ण है। यह पृथिवी ही पूषा है; क्योंकि यह जो कुछ है, यही इसका पोषण करती है।" तथा इस 'पूषा' (पोषणकर्ता) स्वरूप को अपनाकर उदाहरण स्वरूप **राजा जानश्रुति** के प्रति 'शूद्र' सम्बोधन अपनाती है। (छान्दो.उप. ४.२.३ व ५) अतः विचारणीय है कि- 'जानश्रुति' शब्द 'उस पुरुष विशेष को सूचित करता है 'जो अपनी कीर्ति के आधार पर जाना जाता है। जिसका नाम यशमय है- **'यस्य नाम महद्यशः'** (श्वेता.उप. ४.१९) वह 'पूषा' है। इसके साथ-साथ यह भी स्मरणीय है कि- सबका पालन-पोषण करने के कारण प्रजापति रूपमें वह परमेश्वर ही 'पूषा' कहा गया है तथा 'पुरुषसूक्त' में श्रुति अङ्गाङ्गिभाव को अपनाकर शूद्र वर्ण का उद्भव 'परमपुरुष' के पैरों से होना कथन करती है- **'पदभ्यां शूद्रो अजायत ।'** (ऋग्वेद १०.९०.१२) तथा उस परमात्मा को

इस पुरुषदेह में हाथों में 'कर्म करने की शक्ति' और पैरों में 'गति का आधार' बनकर स्थित हो जाना प्रकट करती है- '**कर्मेति हस्तयोः। गतिरिति पादयोः ।**' (तैत्ति.उप. ३.१०.२) अतः मानवमात्र के इस कर्तास्वरूप को; या इस गुणकर्म विभाग को अपनाकर परस्पर एकत्व को अपना लेना सदैव अपेक्षित होता है। अतः वेदवाणी के "संज्ञान सूक्त" में आया श्रुतिमंत्र-

सं गं॑च्छध्वं॒ सं वं॑दध्वं॒ सं वो॒ मनां॑सि जानताम् ।
दे॒वा भा॒गं यथा॒ पूर्वे॑ सञ्जाना॒ना उ॒पास॑ते ॥ (ऋग्वेद १०.१९१.२)

अर्थात् – ''हे मनुष्यों ! तुम सब लोग साथ-साथ उन्नति के पथ पर अग्रसर होओ । सब एकमत होकर परस्पर वार्तालाप करो । तुम जानने वाले पुरुषों के मन अर्थात् विचार या आकाँक्षाएँ एक जैसी हों । जिस प्रकार पूर्वकाल में भद्रपुरुष अपने दायित्वों को सम्यक् प्रकार से पूरा करके उस परमेश्वर की उपासना करते रहे हैं (उसी प्रकार तुम सब लोग भी करो) ।" इसी बात का आख्यान करता है ।

अतः इस जगत् में "राजा दशरथ के चार पुत्रों की भाँति' परस्पर एकत्व को अपनाना और चारों ही वर्णरूप में उस एक परमात्मा को उपस्थित देखना और इस गुणकर्म-विभाग को अपनाकर उस परमेश्वर की उपासना करना ही इस एकपाद अधोलोक में सुखमय सांसारिक जीवन हेतु कामनाओं की पूर्ति करने का आधार हो गया है- **'यद्यत्कामयते तत्त्सृजते।'** (बृह. उप. १.४.११-१५) जिसे हमारे द्वारा पुष्पाञ्जलि के श्रुतिमन्त्र – '**यज्ञेन यज्ञमजयन्त देवाः .... साध्याः सन्ति देवाः** ॥ (ऋग्वेद १०.९०.१६) अनुसार पुरातन काल से स्मृति में धारण किया गया और पूजा-उपासना के साथ-साथ नित्य-जीवन में अपनाया गया है ।

अथ सृष्टि-चक्र के अविरल संचरणक्रम में परस्पर **'द्विज'** और **'अद्विज'** अवस्था आधारित जातिभेद को, "अज्ञान के अन्धकार" पर आधारित चेतना को लोक-जीवन में अपना लेना ही 'पूषा' द्वारा "निशाकाल की स्वप्नरत 'गतिहीन' अवस्था को अपना लेना है; जिसे सृष्टिचक्र के अहोरात्र में रात्रिकाल का लोक-जीवन जाना गया है और जिसे- **'रात्रिः स्वप्नाय**

भूतानां चेष्टायै कर्मणामहः ॥' (मनुस्मृति १.६५) कहा जाकर प्रकट किया गया है । अतः स्वयं के मनुज रूप में सबमें (= चारों ही वर्ण में संयुक्त परिवार की भाँति) उस एक परमात्मा को उपस्थित देखकर यह मनुष्य "ज्ञान के आलोक" पर आधारित दिवसकाल की बोधमय-जाग्रत अवस्था को धारण करता है; कर्मचेष्टा आधारित दिवसकाल के लोक-जीवन को अपनाता है, अपने देवता स्वरूप को प्राप्त करता है और इस कर्मलोक में अपना कर्मदायित्व पूर्णकर **'स्वधाम'** को लौट जाने या **'परमधाम'** को प्राप्त करने (= लौट जाने) की पात्रता प्राप्त करता है तथा इस एक मनुष्यजन्म में अपने आत्मा को जानकर "अमृत पुरुष" को प्राप्त करता है, जिसे श्रीमद् भगवद्गीता में वासुदेव परब्रह्म श्रीकृष्ण द्वारा-

जन्म कर्म च मे दिव्यमेवं यो वेत्ति तत्त्वतः ।
त्यक्त्वा देहं पुनर्जन्म नैति मामेति सोऽर्जुन ॥ (गीता ४.९)

अर्थात्– "हे अर्जुन ! मेरा 'स्वयं का' इस मनुष्यदेह में जन्म लेना और कर्म को अपनाना दिव्यता को धारण करते हैं; इस प्रकार जो कोई पुरुष तत्त्वतः जानता है; अर्थात् जो स्वयं के इस मनुष्यजन्म की दिव्यता- *"बड़े भाग मानुष तन पावा'* को जानता है वह इस देहरूप परित्यागकर फिर जन्म को प्राप्त नहीं होता अपितु वह मुझको ही प्राप्त करता है।"

कहा जाकर सृष्टि-विधान उजागर किया गया है तथा नाना देखकर अर्थात् इस देहधारी पुरुषरूप में 'द्विज' और 'अद्विज' आधारित परस्पर भेदावस्था को अपनाकर यह मनुष्य श्रुतिकथन- **'मृत्योः स मृत्युमाप्नोति य इह नानैव पश्यति ।'** (कठ.उप. २.१.११ व बृह.उप. ४.४.१९) अनुसार इस मर्त्यलोक में, इस एकपाद अधोलोक में पुनः जन्म ('पुनर्जन्म') को प्राप्त करता है; जिसे श्रुति द्वारा 'तीसरा जन्म' प्राप्त करना कथन किया गया है।

व्रत और उपवास तथा एकादशी का व्रत

इस अवसर पर यहाँ यह स्मरण करना समीचीन है कि धर्म-मार्ग के अनुपालन में हमारे द्वारा 'व्रत' और 'उपवास' को समानार्थक जाना जाकर जागतिक जीवन में अपनाया गया है। वर्तमान समय में प्रचलित परम्परानुसार हमारे द्वारा 'व्रत' या 'उपवास' करते समय दिवसपर्यन्त अन्न ग्रहण नहीं करना या नित्य ग्रहण किये जाने वाले अन्न की भिन्नता को अपनाकर फलाहार करना या आहार हेतु कोई दूसरा अन्न ग्रहण करना ही 'व्रत' या 'उपवास' करना मान लिया जाता है। किन्तु यह इन दोनों ही इच्छित कार्य का अभीष्ट अथवा प्राप्तव्य होता नहीं। 'व्रत' और 'उपवास' में परस्पर भेद होता है। अपने उभयरूप में ये दोनों ही परस्पर भिन्न होकर भी एक-दूसरे के पूरक होते हैं। पुरुष और प्रकृति के उभयरूप या एक ही सिक्के के दो पहलू की भाँति ये दोनों पृथक् होकर भी परस्पर गहरा सम्बन्ध रखते हैं। ये दोनों ही परस्पर अन्योन्याश्रित अवस्था धारण करते हैं।

उपनिषद्वाणी में आये श्रुतिकथन अनुसार 'उपवास' शब्द का अर्थ - "किसी लक्ष्य से लगे हुए तीर की भाँति अपने ईष्ट या परब्रह्म परमात्मा के निकट समाहितचित्त अवस्था में निवास करना होता है; जिसे श्रुति द्वारा **'शवत्तन्मयो भवेत्'** (मुण्ड.उप. २.२.४) कहा जाकर प्रकट किया गया है। अतः जिस प्रकार लक्ष्य से लगा हुआ तीर, लक्ष्य में तद्गत या तन्मय होकर निवास करता है; उसी प्रकार अपने-स्वयं के ब्रह्म रूप में अविनाशी परब्रह्म परमात्मा से जुड़कर तन्मय या तद्गत होकर निवास करना और यह सांसारिक मनुष्य-जीवन व्यतीत करना ही 'उपवास' शब्द का एकमेव अर्थ होता है। श्रीमद्भगवद्गीता में आया योगेश्वर वासुदेव श्रीकृष्ण का यह उपदेश कि-"हे पार्थ ! जो मनुष्य मुझमें अनन्य चित्त होकर सदा ही निरन्तर मुझ नरोत्तम को स्मरण करता है, उस नित्य-निरन्तर मुझमें युक्त हुए योगी के लिये में सुलभ हूँ, अर्थात् उसे सहज ही प्राप्त हो जाता हूँ।"-

अनन्यचेताः सततं यो मां स्मरति नित्यशः।
तस्याहं सुलभः पार्थ नित्ययुक्तस्य योगिनः॥ (गीता ८.१४)

इस उपवास अवस्था से सम्बन्ध रखने वाला होना जानने में आता, प्रकट होता है। अतः स्पष्ट है कि उपवास करना पूर्णतः एक मानसिक अवस्था होती है; जिसे जीवनपर्यन्त धारण करना अपेक्षित होता है। इस 'उपवास' अवस्था को परब्रह्म श्रीकृष्ण के गीतोक्त कथन-

अनन्याश्चिन्तयन्तो मां ये जनाः पर्युपासते।
तेषां नित्याभियुक्तानां योगक्षेमं वहाम्यहम् ॥ (गीता ९.२२)

अर्थात् – "जो मनुष्य अनन्यभाव से मुझ परमेश्वर की सतत् उपासना (चिन्तन-स्मरण) करते हैं; उन नित्य-निरन्तर मेरा चिन्तन करनेवाले मनुष्यों (नित्ययुक्त स्त्री-पुरुषों) का योगक्षेम मैं स्वयं वहन करता हूँ।"

की सहायता से सुगमतापूर्वक जाना और आत्मसात् किया जा सकता है। अथ यह 'उपवास कर्म' गीतोक्त कथन-

यदक्षरं वेदविदो वदन्ति विशन्ति यद्यतयो वीतरागाः।
यदिच्छन्तो ब्रह्मचर्यं चरन्ति तत्ते पदं संग्रहेण प्रवक्षये ॥ (गीता ८.११)

अर्थात् – "वेदवाणी के श्रुतिकथन को जानने वाले विद्वान् पुरुष जिस परमपद को अविनाशी कहते हैं, आसक्तिरहित यत्नशील पुरुष जिसमें प्रवेश करते हैं और जिस परमपद को चाहने वाले मनुष्य ब्रह्मचर्य व्रत का आचरण करते हैं, उस परमपद को में तेरे लिये संक्षेप में कहूँगा।"

से सम्बन्ध रखने वाला होना जानने में आता/ प्रकट होता है। अतः 'उपनिषद्' शब्द आचार्य के निकट बैठकर इस आत्म-ज्ञान को प्राप्त करने या प्रदान करने से तथा 'उपवास' शब्द इस आत्म-रहस्य को 'भाव-जगत् में अपनाने' से अपना सम्बन्ध रखता है।

इसी प्रकार 'व्रत' शब्द धारण किये गये मनःसंकल्प की सतत् स्मृति को अपनाकर उसे कार्य रूप में परिणित करना या उसे स्वकर्म द्वारा सप्रयास पूर्णता प्रदान करना और पुनः-पुनः प्रयास करते हुए 'तितिक्षामय जीवन' अपनाकर उस मनःसंकल्प को निरन्तर पूर्णता प्रदान करते रहना अर्थ धारण करता और प्रकट करता है। इस प्रकार 'व्रत' शब्द धारण किये

गये 'मनःसंकल्प पूर्ति तक' या 'जीवन सामर्थ्य के रहने तक' या 'अन्तिम श्वास तक' धारण किये गये मनःसंकल्प को स्वकर्म द्वारा पूर्णता प्रदान करना ही 'व्रत कार्य' का अर्थ होता है। उपनिषद्वाणी में आये श्रुतिकथन- **'अन्नं न निन्ध्यात्। तद् व्रतम्।'** (तैत्ति.उप. २.३.७) अर्थात्- "अन्न की निन्दा न करें; यह व्रत है।" **'अन्नं न परिचक्षीत। तद् व्रतम्।'** (तैत्ति.उप. २.३.८) अर्थात्- "अन्न की अवहेलना आलोचना नहीं करें यह व्रत है।" **'अन्नं बहु कुर्वीत। तद् व्रतम्।'** (तैत्ति.उप. २.३.९) अर्थात्- "अन्न को (कृषि कार्य द्वारा) बढ़ावें; यह व्रत है।" आदि इसी बात को प्रकट करते हैं तथा महाभारत कथा में पितामह भीष्म को दृढ़व्रती कहा जाना इस 'व्रत कार्य' को जान लेने में हमारी सहायता करता है।

इस अवसर पर 'पुण्यकर्म' और 'पापकर्म' आधारित स्वकर्म की उभयरूप अवस्था को अपनाकर यहाँ यह स्मरण करना समीचीन और प्रासंगिक है कि श्रुति यह सम्पूर्ण जगत परमपुरुष परमात्मा का प्रकटरूप होना कथन करती है- **'पुरुष एवेदं सर्वम्'**, (ऋग्वेद १०.९०.२) सकल विश्वरूप होना प्रकट करती है- **'पुरुष एवेदं विश्वम्'** (मुण्ड.उप. १.२.१०) तथा श्रीमद्भगवद्गीता में आया उपदेश है कि- "यहाँ इस जगत् में असत् की सत्ता नहीं है और सत् का अभाव भी नहीं है"- **'नासतो विद्यते भावो नाभावो विद्यते सतः।'** (गीता २.१६) तथा तैत्तिरीय उपनिषद् में श्रुति द्वारा यह सृष्टि-रहस्य प्रकट किया गया है कि- "तपःकर्म द्वारा सकल जगतरूप को अपनाकर वह सत्यस्वरूप परमात्मा अपने प्रकटरूप में यह जो कुछ भी है इसका सृजन करके, इसमें प्रवेश कर स्थित हो गया है। प्रविष्ट अवस्था में वह सत् और त्यत् अर्थात् मूर्त और अमूर्त रूप में स्वीकार्य और त्याग करने योग्य हो गया। कहे जाने और न कहे जाने योग्य हो गया। आश्रय देने वाला और आश्रय नहीं देने वाला हो गया। विज्ञान और अविज्ञान अर्थात् ज्ञान और अज्ञान अथवा विद्या और अविद्या हो गया। सत्यस्वरूप को और असत्यस्वरूप को धारण करनेवाला और यहाँ यह जो कुछ भी है वह सब सत्यस्वरूप परमात्मा हो गया। उस सत्यस्वरूप परमात्मा को ज्ञानीजन इस प्रकार देखते अर्थात् उस परमात्मा के सर्वरूप को, विराट् सकल विश्वरूप

को इस प्रकार जानते और कहते हैं। उसके विषय में भी यह श्लोक(= कहा जाने वाला पवित्र कथन) होता है।"

'इदँ सर्वमसृजत यदिदं किं च। तत्सृष्ट्वा तदेवानु प्राविशत्। तदनुप्रविश्य सच्च त्यच्चाभवत्।निरुक्तं चानिरुक्तं च। निलयनं चानिलयनं च विज्ञानं चाविज्ञानं च। सत्यं चानृतं च सत्यमभवत्। यदिदं किंच। तत्सत्यमित्याचक्षते। तदप्येष श्लोको भवति।'

(तैत्ति.उप. २.६.१)

तथा वेदवाणी में कथन किया गया है कि- प्रथम उत्पन्न इस पुरुषरूप को, इस ब्रह्म स्वरूप को कुशा द्वारा जल छींटकर पवित्र किया गया है- **'तं यज्ञं बर्हिषि प्रोक्षन्पुरुषं जातमग्रतः ।'** (ऋग्वेद १०.९०.७) तथा इन्द्रियों के मूल में स्थित देवताओं द्वारा सृष्टि-यज्ञ का सम्पूर्ण दायित्व इस पुरुषरूप को सोंपा गया है। (ऐत.उप. १.२.३-४ व ऋग्वेद १०.९०.१५)

अथ स्पष्ट है कि जगतरूप को अपनाकर, सकल विश्वरूप में वह सत्यस्वरूप परमात्मा अपने नश्वर और अनश्वर, क्षरपुरुष और अक्षरपुरुष रूप में प्रकट नश्वर देहधारी मरणधर्मा पुरुषरूप को धारणकर स्व-कर्म की सद् और असद् दोनों ही अवस्था को अपनाने वाला बना हुआ है। सांसारिक जीवन में स्वकर्म की इस उभयरूप अवस्था को सूर्य के आलोक की उत्तरायण और दक्षिणायन अवस्था तथा सूर्य के आलोक से प्रकाशित चन्द्रमा के आचरण की शुक्लपक्ष और कृष्णपक्ष आधारित उभयरूप अवस्था तथा प्रतिदिन की उदय और अस्त अवस्था (जन्म और मृत्यु) आधार पर सहज ही भलीभाँति जाना जा सकता है। श्रुति अनश्वर सूर्य के आलोक की उत्तरायण और दक्षिणायन अवस्था पर आधारित 'संवत्सर', चन्द्रमा के अविरल यात्रापथ पर आधारित शुक्लपक्ष और कृष्णपक्ष से सम्बद्ध 'मास' और प्रतिदिन की उदय और अस्त (जन्म और मृत्यु) अवस्था पर आधारित 'अहोरात्र' को प्रजापति होना कथन करती है –**'संवत्सरो वै प्रजापतिः, मासो वै प्रजापतिः, अहोरात्रो वै प्रजापतिः।** (प्रश्नोपनिषद्, प्रथम प्रश्न) तथा कामना करती है कि हम अपने प्रकट पुरुषरूप में,देहधारी अक्षर और क्षर

पुरुष रूप में सूर्य और चन्द्रमा की भाँति उभयरुप जागतिक आचरण को धारण करने वाले बने रहें- **'स्वुस्ति पन्थामनुं चरेम सूर्याचन्द्रमसांविव।'** (ऋग्वेद ५.५१.१५) अर्थात् -"हम निरन्तर सूर्य और चन्द्रमा के समान होकर कल्याण के मार्ग पर चलें।" इसके साथ-साथ ही कठोपनिषद् में श्रुति द्वारा इस एक पाद अधोलोक (मर्त्यलोक) में इस देहधारी प्रकट पुरुषरूप का, हृदयस्थ 'क्षरपुरुष' और 'अक्षरपुरुष' का उभयरूप अस्तित्व "छाया और ताप" की भाँति - **'छायातपौ'** (कठ.उप. १.३.१) होना कथन किया गया है। इस उभयरूप पुरुष द्वारा "छाया और ताप" अर्थात् "धूप और छाँह" की भाँति अपना समस्त कर्म सम्पादित करना- **'छायातपोरिव'** (कठ.उप. २.३.५) प्रकट किया गया है। अतः नित्य उपासना का गायत्री मंत्र अपनाना और दैनन्दिन जीवन में 'एकादशी का व्रत अथवा उपवास' करना स्वकर्म की इस उभयरूप अवस्था को स्वीकार करना और सूर्य और चन्द्रमा की भाँति शोक और मोह से रहित अवस्था में अपनाना होता है। बोधमय अवस्था में - एका + दश = एकादश; शब्द द्वारा संसूचित (आधारित) आर्षज्ञान- "यह सब परमा प्रकृति का प्रकट साकार स्वरूप है।" इस परम सत्य को नित्य-जीवन में अपनाना होता है। यह गीतोक्त उपदेश–

'निराशीर्निर्ममो भूत्वा युध्यस्व विगतज्वरः।' (गीता ३.३०)

अर्थात्– "तू आशारहित, ममतारहित और सन्ताप रहित होकर युद्ध कर", को स्वकर्म निष्पादन में अङ्गीकार करना होता है। प्राचीन धर्मग्रन्थों में आर्षज्ञान को प्रकट करनेवाली सूत्र शब्दावली अनुसार "एक ही है यह समस्त साकार स्वरूप" आधारित मनःसंकल्प को चित्त की भावभूमि पर धारण करना और तदनुसार शोक-मोह रहित अवस्था में स्व-आचरण को एकादशी तिथि के चन्द्रमा की भाँति प्रकाशयुक्त अथवा प्रकाशहीन अवस्था में अपना लेना होता है। यह सबमें उस एक परमात्मा को उपस्थित और कर्म-चेष्टारत देखने का मनःसंकल्प धारण करना और तदनुसार भावबोध को नित्य-जीवन में अपनाना होता है। श्रीमद्भगवद्गीता में आया तथा रथी अर्जुन (गीता २.३) एवं महाराज धृतराष्ट्र (गीता २.९) के प्रति अपनाया गया **'परंतप'** नाम-सम्बोधन कर्म की इस उभयरूप शुक्ल (प्रकाशयुक्त) एवं

कृष्ण (प्रकाश रहित) अवस्था को नित्य-आचरण में अपनाना प्रकट करता है।

अथ 'उपवास' शब्द मनःसकल्प की अविच्छिन्न स्मृति से तथा 'व्रत' शब्द मनःसंकल्प के क्रियान्वयन से अर्थात् नित्य-आचरण में मनःसंकल्प को दृढ़तापूर्वक अपनाने और स्वकर्म द्वारा उसे पूर्णता प्रदान करने से और एकादशी का व्रत स्वकर्म की उभयरूप प्रकाशयुक्त अथवा प्रकाशरहित अवस्था को नित्य-आचरण में अपनाने से सम्बन्ध रखता है। यह उपनिषद्वाणी में आये श्रुतिकथन –**'प्रतिबोधविदितं मतममृतत्वं हि विन्दते।'** (केन.उप. २.४) अर्थात्- "प्रतिबोध रूप में प्रतीक या संकेत के माध्यम से प्राप्त किया गया ज्ञान ही वास्तविक ज्ञान है; निश्चय ही इस बोध द्वारा यह मनुष्य अमृतपुरुष परमात्मा को प्राप्त करता है।" अनुसार यह इस मरणधर्मा मनुष्यलोक (मर्त्यलोक) में अमृतपुरुष को प्राप्त करने का चिर-मार्ग प्रकट करता है।

इस प्रकार व्रत और उपवास ये दोनों ही परस्पर एक-दूसरे के पूरक होते हैं। ये स्वयं के आचरण से सम्बन्ध रखते हैं। संकल्पित मंत्र का मात्र उच्चारण करने या आहार परिवर्तन को अपनाने से कदापि नहीं।

यहाँ यह स्मरणीय है कि मन में जो विचार होता है या जो संकल्प धारण किया जाता है, वह विचार अथवा संकल्प वाणी द्वारा बहिर्जगत में प्रकट होता है तथा वाणी और कर्म (आचरण) द्वारा लोक में अभिव्यक्त किया जाता है। अतः 'व्रत' और 'उपवास' का यह उभयरूप ही जागतिक जीवन में मन, वचन और कर्म की त्रिपुटी रूप में जाना और अपनाया गया है तथा मन, वचन और कर्म की एकरूपता आधारित इस त्रिपुटी को ही सत्य-आचरण रूप में जाना गया और इसे मोक्ष प्रदाता माना गया है।

गायत्री मन्त्र का पुरश्चरण व्रत

प्राचीन परम्परानुसार इस 'गायत्री मन्त्र' का 'पुरश्चरण व्रत' रूप में जप-अनुष्ठान किया जाता है। यह 'अनुष्ठान' शब्द अपने समग्र रूप में इस पुरुषरूप की चर्या से सम्बन्ध रखता है। देववाणी संस्कृत भाषा के शब्दकोश अनुसार 'अनुष्ठान' शब्द- कार्य करना, धार्मिक कृत्य करना, कार्य में परिणत करना, कार्य निष्पादन, आज्ञापालन, आरम्भ, उत्तरदायित्व, कार्य में व्यस्तता, आचरण पद्धति, कार्य पद्धति आदि अर्थ सूचित करता है। अतः 'गायत्री मन्त्र' का अनुष्ठान करना इस 'गायत्री मन्त्र' के बोधार्थ को नित्य-जीवन में अपना लेना होता है। धर्मशास्त्रों में किये गये वर्णन अनुसार शुक्ल पक्ष की चतुर्दशी को इस 'पुरश्चरण व्रत' का अनुष्ठान होता है। शुक्लपक्ष की चतुर्दशी को इस 'व्रत का अनुष्ठान' करने का सन्देश यह कि पूर्णिमा के चन्द्रमा की भाँति इस मनुष्य-जीवन को कान्तियुक्त बना लेना एकमेव लक्ष्य होता है। इस 'पुरश्चरण व्रत' में 'सूर्य पूजन' का विधान है। 'पुरश्चरण' में कुल पाँच तत्त्व होते हैं- जप, पूजा-होम, तर्पण, अभिषेक और ब्राह्मण सम्मान। (स्मृतिकौस्तुभ ७४) 'गायत्री मन्त्र' का 'पुरश्चरण व्रत' करने हेतु- 'गायत्री छन्द-मन्त्र' की कुल वर्ण (अक्षर) संख्या 'चौबीस' आधार पर मन्त्रजप की संख्या कुल 'चौबीस लाख' मन्त्रजप हेतु अपनायी जाती है तथा मन्त्रजप की संकल्पित संख्या के पूर्ण हो जाने पर देवपूजन, होम, तर्पण, अभिषेक तथा ब्राह्मण सम्मान आदि पंचकर्म विधि अनुसार निष्ठापूर्वक सम्पन्न किये जाते हैं। इस हेतु माघ मास, शुक्लपक्ष की सप्तमी तिथि को जब रविवार हो तथा सूर्य मकर राशि (उत्तरायण) में हो –'पुरश्चरण सप्तमी' रूप में जाना गया है।

परम्परागत रूप में किसी भी 'मन्त्र' का जप-अनुष्ठान करने से पूर्व 'उपासना मन्त्र' की 'अङ्गन्यास' और 'विनियोग' क्रिया करना आवश्यक माना गया है। मंत्र उपासना में 'अङ्गन्यास क्रिया' करना अपने स्वयं के शरीर के सब अङ्गों को उपासना हेतु मंत्र-अनुष्ठान की विषयवस्तु से मन की

भावभूमि पर जोड़ लेना या एकाकार अवस्था प्राप्त कर लेना है। तथा 'विनियोग क्रिया' में कुल चार बातों का -

- **प्रथम** - उपासना मन्त्र के द्रष्टा ऋषि;
- **दितीय** - उपासना मन्त्र के छन्द-गानरूप;
- **तृतीय** - उपासना मन्त्र के देवता; तथा
- **चतुर्थ** - उस मन्त्र की विषयवस्तु का संक्षिप्त स्मरण और अधिष्ठान करना आवश्यक माना गया है।

अतः जब हम इस 'विनियोग क्रिया' का अर्थ-बोध प्राप्त करने हेतु इस 'विनियोग' शब्द पर विचार करते हैं तो इस 'विनियोग' शब्द की व्युत्पत्ति 'युज्' धातु के साथ 'घञ्' प्रत्यय लगाने से निर्मित शब्द 'योग' में 'वि' और 'नि' उपसर्ग लगाने से होती है- वि + नि + युजिर् (युज) योगे + घञ् = विनियोग; तदनुसार 'विनियोग' शब्द का शाब्दिक अर्थ – विशिष्ट प्रकार से अर्थात् पूर्ण समर्पण भाव से ज्ञानेन्द्रियों व कर्मेन्द्रियों को मन्त्र आधारित किसी कर्म विशेष में समग्र रूप में प्रयुक्त करना (= अनन्य भाव से जुड़ना) ही 'विनियोग क्रिया' का गूढ़ संदेश होता है। अथ उपासना मन्त्र की इन उपरोक्त चार बातों से – स्वयं को जोड़ लेना ही 'विनियोग क्रिया' का अर्थ होता है- मन्त्र जप-अनुष्ठान और उपासना हेतु जीवन-यात्रा में अपनाने के लिये।

इस 'गायत्री मन्त्र' के जप-अनुष्ठान की प्राचीन 'पुरश्चरण परम्परा' को अपनाकर मनीषी विद्वान् पुरुषों द्वारा यह एक बात कही जाती है कि- यदि हम इस 'गायत्री मन्त्र' का जप-अनुष्ठान करते हैं; किन्तु इस वैदिक ऋचा-मन्त्र के अर्थ और इसके भाव-बोध को ग्रहण करते नहीं। 'ब्रह्म उपासना' के इस 'गायत्री मन्त्र' का आध्यात्मिक संदेश अपने नित्य-जीवन या आचरण में अपनाते नहीं। मन्त्रजप के साथ-साथ मनन और निदिध्यासन क्रिया को अपने दैनन्दिन जीवन में कर्म निष्पादन हेतु अपनाते नहीं। और, केवल गणना या संख्या को अपनाकर इस गायत्री मन्त्र का जप-अनुष्ठान करते या पुनः-पुनः इस 'गायत्री मन्त्र' का स्मरण करते हैं; तो हमारा यह सम्पूर्ण कार्य

'प्राचीन बालकथा' में वर्णन किये गये तथा बहेलिये के जाल में फँसे हुए उन तोतों (पक्षियों) की भाँति हो जाता है; जिन्हें जंगल में निवास करते हुए शिकारी के जाल से अपने प्राणों की रक्षा करने हेतु ऋषि द्वारा दिये गये उपदेश कि- "तुम्हें पकड़ने हेतु बहेलिया आयेगा। दाना डालेगा। अपना जाल बिछायेगा। किन्तु तुम उस दाने को खाना मत।" का पुनः-पुनः उच्चारण करते और अपने प्राणों की रक्षा हेतु क्रंदन करता हुआ जानते हैं।

अतः इस 'जप-अनुष्ठान' प्रक्रिया को अपनाकर जब हम इस 'पुरश्चरण' शब्द (पद) पर विचार करते हैं तो हम इसमें 'विसर्ग सन्धि' समाहित होना जानते हैं- पुरः + चरण = पुरश्चरण। 'पुर' शब्द इस पुरुषदेह के नगर, किला, दुर्ग रूपको इंगित करता है। एक से अनेक या बहुत हो जाने की अवस्था में इस मानवदेह को परमपुरुष परमात्मा द्वारा निवास हेतु अपनाने के कारण या इस मानवदेह में प्रकाशपुरुष द्वारा निवास करने कारण ही इस नश्वर मानवशरीर को' पुरुष' रूप में जाना जाता है तथा 'चरण' शब्द पुरुषरूप द्वारा धारण किये गये चरण (पैरों) आधारित गतिमान अवस्था को सूचित करता है। अथ स्पष्ट है कि यह 'पुरश्चरण व्रत' त्रिपादूर्ध्व प्रकाशपुरुष की एक पाद अधोलोक आधारित गतिमान अवस्था से सम्बन्ध रखता है, जिसे श्रुति द्वारा स्थिर और अचल अवस्था में प्रकाशमान किन्तु पुनः-पुनः होने वाला कथन किया गया है- **'त्रिपादूर्ध्व उदैत्पुरुषः पादोऽस्यहाभवत् पुनः।'**(ऋग्वेद १०.९०.४) तथा इस पुरुषरूप के अनुष्ठान हेतु कठोपनिषद् में श्रुतिकथन आया है कि-

पुरमेकादशद्वारमजस्यावक्रचेतसः।
अनुष्ठाय न शोचति विमुक्तश्च विमुच्यते ॥ (कठ.उप. २.२.१)

अर्थात् -"अजन्मा, अवक्र, चेतनस्वरूप परमात्मा (अङ्गुष्ठमात्र पुरुष) एकादश द्वार (दो आँख, दो कर्ण, दो नासारन्ध्र, मुँह, गुदा, लिंग, महारन्ध्र (कपाल) और नाभि) वाले इस मनुष्य शरीर रूपी पुर (नगर, किला, दुर्ग) में निवास करता हैं। उस पुर निवासी त्रिविक्रम पुरुष का 'अनुष्ठान' करके यह देहधारी पुरुष) शोक नहीं करता है और वह विमुक्त पुरुष जन्म-कर्म के सम्पूर्ण बन्धन से सर्वथा मुक्त हो जाता है।" तथा श्वेताश्वतर उपनिषद् में श्रुति

द्वारा इस देहधारी प्रकट पुरुषरूप को अपनाकर यह आत्म-रहस्य प्रकट किया गया है कि-

नवद्वारे पुरे देही हँसो लेलायते बहिः।
वशी सर्वस्य लोकस्य स्थावरस्य चरस्य च ॥ (श्वेता.उप. ३.१८)

अर्थात् – "नौ द्वार (दो आँख, दो कर्ण, दो नासारन्ध्र, मुँह, गुदा और लिंग) वाले पुर (नगर) में निवास करनेवाला हँस स्वरुप देही परमात्मा ही बाह्यजगत् में 'लेलायते' अर्थात् डोलता या लीलारूप में कर्मचेष्टा करता रहता है। वह सम्पूर्ण लोकों का और सब चर-अचर जीवों का वशी अर्थात् सबको अपने वश में रखनेवाला स्वामी है।"तथा वेदवाणी में आया श्रुतिकथन है कि-

त्वं स्त्री त्वं पुमांनसि त्वं कुंमार उत वां कुमारी।
त्वं जीर्णो दुण्डेनं वञ्चसि त्वं जातो भंवसि विश्वतोंमुखः ॥

(अथर्ववेद १०.८.२७)

अर्थात् – "हे परमात्मदेव ! तुम स्त्रीरूप हो, तुम पुरुषरूप हो, तुम कुमार हो और तुम ही कुमारी भी हो। वृद्ध होकर अन्त में तुम ही लाठी के सहारे स्वयं को वञ्चना देते अर्थात् लड़खड़ाकर चलते हो। (और) तुम ही उत्पन्न होकर विश्वतोमुख अर्थात् लोकसंग्रह को अपनाकर कर्म करने वाले हो जाते हो।"

इस प्रकार भगवती श्रुति द्वारा इस मानवदेह को 'एकादश द्वार' युक्त 'पुर' या 'नगर' कहा गया है तथा इस पुरुषदेह रूपी नगर में निवास करनेवाले अवक्र अजन्मा, त्रिविक्रम चेतनपुरुष परमात्मा को स्त्री और पुरुष देहरूप आधारित दो साकार-सगुण रूप में 'नव द्वार' को अपनाकर बहिर्जगत् में कर्मचेष्टा या लीलाकर्म करना प्रकट किया गया है तथा इस कर्म-चेष्टारत पुरुष का अनुष्ठान करके (= कार्यरूप में परिणत करके) शोकमुक्त हो जाना कथन किया है। श्रुतिकथन **'एकोऽहं बहुस्याम्'** अनुसार वह परमात्मा 'एक से बहुत होकर जगतरूप को अपनाने वाला हो गया है। तथा तैत्तिरीय श्रुति का कथन है कि "इस पुरुषदेह में वह परमात्मा हाथों में कर्मशक्ति तथा पैरों में गतिरूप को अपनाकर स्थित हो गया है"-

'कर्मेति हस्तयोः। गतिरिति पादयोः।' (तैत्ति.उप. ३.१०.२) और पुरुषरूप में जगत रूप को अपनाकर वह परमात्मा स्वयं की इच्छानुसार क्रीड़ा-कर्म करनेवाला कथन किया गया है-**'पुरुषः स क्रीडति यथेच्छति।'** (महाभारत, शान्तिपर्व ३५१.२२) अतः स्पष्ट है कि 'एकादश द्वार' युक्त इस पुरुषदेह में महारन्ध्र (कपाल) स्थित 'विद्दति नाम द्वार' (ऐत.उप. १.३.१२) से प्रवेश करके अर्थात् जिस प्रकार जल में प्रवेश करके कोई ठोस अवयव तल में या बीच में ही किसी आधार को अपनाकर जल के बीच में स्थित हो जाता हैऔर जल की सतह एकरूप हो जाती है;फिर वहाँ कोई 'प्रवेश द्वार' दिखाई देता नहीं; उसी प्रकार वह प्रकाशरूप परमात्मा-हिरण्यगर्भ मनोमय पुरुष रूप में - इस पुरुषदेह में महारंध्र (कपाल) से प्रवेश करके – इस मानवदेह के मध्यभाग 'हृदयदेश' में स्थित हो गया है और वह स्वयं ही भूत और भविष्य का नियमनकर्ता बना हुआ है"- **'अङ्गुष्ठमात्रः पुरुषो मध्य आत्मनि तिष्ठति। ईशानो भूतभव्यस्य'।** (कठ.उप. २.१.१२) और जिस प्रकार भवन निर्माण करते समय कोई सुविधाजनक प्रवेशमार्ग अपनाया जाता है और भवन निर्माण उपरान्त वह 'प्रवेश मार्ग' जाना जाता नहीं, पुनः उपयोग किया जाता नहीं तथा निर्मित भवन का 'प्रवेश मार्ग' भिन्न ही होता है। वही अवस्था नाभिमूल और विद्दति नाम द्वार की हो जाती है।

अतः स्मरणीय है कि- लौकिक जीवन में वास्तुशास्त्र के अधीन अपनाया गया 'गृह प्रवेश का संस्कार' प्रतिबोध रूप में इस अवस्था को प्रकट करता और वस्तुस्थिति को जानने और स्मृति में धारण करने में सहायक होता है।

अथ देहस्थ अवस्था में वह 'अङ्गुष्ठमात्र पुरुष' ही 'नव द्वार'- दो आँख, दो कर्ण, दो नासारन्ध्र, मुँह, गुदा और लिंग (प्रजनेन्द्रिय) द्वारा बहिर्जगत् में कर्मचेष्टा (लीला-कर्म) करने वाला, किये गये कर्मानुसार फल-भोग प्राप्त करनेवाला और एक पक्षी की भाँति इस पुरुषदेह से निर्गमन करनेवाला हो गया है, जिसे श्रुति ने "स्वयं प्रकट होने वाले परमात्मा ने सब इन्द्रियों के द्वार बाहर की ओर जाने वाले ही बनाये हैं"- **'पराञ्चि खानि व्यतृणत् स्वयंभूः।'** (कठ.उप. २.१.१) कहा जाकर प्रकट किया गया है; और जिसे

श्रुति द्वारा- '**आत्मेन्द्रियमनोयुक्तं भोक्तेत्याहुर्मनीषिणः।**' (कठ.उप. १.३.४) अर्थात्-"शरीर, इन्द्रियाँ और मन से युक्त आत्मा ही भोक्तापुरुष है - इस प्रकार मनीषी विद्वान् पुरुष कहते हैं।" कहा जाकर संसूचित किया गया है। तथा श्रीमद् भगवद्गीता में- '**भोक्तारं यज्ञतपसां सर्वलोकमहेश्वरम्।**' (गीता ५.२९) अर्थात्- "सब लोकों के यज्ञ और तपों का भोगने वाला महेश्वर है।" कहा जाकर उपदेश किया गया है। अतः अविनाशी ब्रह्म के इस देहस्थ कर्ता और भोक्ता पुरुषरूप को जानकर यह आत्म-भाव नित्य-जीवन में अपना लेना ही आजीवन 'ब्रह्मचर्य व्रत' को अपनाने का आधार हो जाता है। चूंकि इस पुरुषदेह में स्थित 'विद्दति' नाम का 'महारंध्र' जिसे दशम् द्वार जाना गया है यह तथा इस पुरुषदेह-रूपके सृजन का नाभिनाल आधारित सृजनद्वार सामान्य अवस्था में 'द्वार' रूप में दिखाई देते नहीं; इन्हें तो प्रज्ञावान होकर किसी सूक्ष्मदर्शी पुरुष द्वारा अतितीक्ष्ण सूक्ष्मबुद्धि अपनाकर ही देखा और जाना जा सकता है- '**दृश्यते त्वग्रया बुद्ध्या सूक्ष्मयासूक्ष्मदर्शिभिः।**' (कठ.उप. १.३.१२) अतः 'एकादश द्वार' और 'नव द्वार' आधारित इस उभयरूप अवस्था को अपनाकर ही देहस्थ अक्षरपुरुष को 'द्रष्टापुरुष' रूप में 'असंग पुरुष' और बहिर्जगत् में कर्म-चेष्टारत क्षरपुरुष को ही 'भोक्तापुरुष' रूप में कहा एवं जाना गया है। श्रीमद्भगवद्गीता में आये विवरण अनुसार इस उभयरूप अवस्था को ही कर्म का उद्भव ब्रह्म से अर्थात् क्षरपुरुष से और ब्रह्म का उद्भव अक्षर से अर्थात् क्षरपुरुष का उद्भव अक्षरपुरुष से होना- '**कर्म ब्रह्मोद्भवं विद्धि ब्रह्माक्षरसमुद्भवम्।**'(गीता ३.१५) और वह परमात्मा समस्त यज्ञ और तप का भोक्तापुरुष होना (गीता ५.२९)कथन किया गया है। इस उभयरूप अवस्था को '**द्वाविमौ पुरुषो लोके**' (गीता १५.१६) कहा जाकर उपदेश किया गया है तथा 'कुरुक्षेत्र की रणभूमि' में रथी अर्जुन ने सारथी, सखा, सद्गुरुदेव श्रीकृष्ण से प्रज्ञावान पुरुष की इस कर्म-चेष्टारत गतिमान अवस्थाको ही विस्तार से जान लेना चाहा है- '**व्रजेत किम्।**' (गीता २.५४) तथा पूछा गया है कि "किसके द्वारा उपयोग किया गया यह मनुष्य बलात् लगाये हुए की भाँति पापकर्म करता है- '**अथ केन प्रयुक्तोऽयं पापं चरति पूरुषः ॥**' (गीता ३.३५) और इस आत्म-रहस्य को जान लेने का परिणाम प्रकट करते हुए श्रुतिकथन आया है

कि- **'य एतदविदुरमृतास्ते भवन्त्यथेतेरे दुःखमेवापियन्ति।'** (श्वेता.उप. ३.१०) अर्थात् – "जो इस परब्रह्म परमात्मा को जानते हैं, वे अमर हो जाते हैं; परन्तु इस आत्म-रहस्य को न जाननेवाले दूसरे लोग दुखः का पान करते अर्थात् पुनः-पुनः जन्म को प्राप्त करते हैं।"

अथ देहस्थ 'अक्षर पुरुष' और नश्वर देहरूप आधारित 'क्षर पुरुष' की इस उभयरूप 'द्रष्टा' एवं 'भोक्तापुरुष' अवस्था को ही श्रुति द्वारा वेदवाणी और उपनिषद्वाणी में आये दो भिन्न श्रुतिमन्त्र में- "दो जुड़वाँ सुपर्ण पक्षी का एक ही वृक्ष (= नश्वर मानव शरीर) का आश्रय लेकर द्रष्टा और भोक्ता पक्षी रूप में निवास करना और परस्पर मैत्रीभाव अपनाना कथन किया गया है तथा इस आत्म-रहस्य को जानकर भोक्ता पक्षी का शोक और मोह से मुक्त हो जाना प्रकट किया गया है"-

द्वा सुंपुर्णा सुयुजा सखांया समानं वृक्षं परिं षस्वजाते।
तयोंरुन्यः पिप्पंलं स्वाुद्वत्त्यनंश्नन्नन्यो अुभि चांकशीति।।

(ऋग्वेद १.१६४.२०, अथर्ववेद ९.९.२०, मुण्ड.उप. ३.१.१ एवं श्वेता.उप. ४.६)

अर्थात् – "दो सुपर्ण पक्षी ('क्षर पुरुष' और 'अक्षर पुरुष') परस्पर अविभाज्य-अच्युत अवस्था में जुड़े हुए और परस्पर सखाभाव को धारण करनेवाले, एक ही वृक्ष (आत्मवृक्ष या संसारवृक्ष या मानवशरीर) का आश्रय लेकर निवास करते हैं। उन दोनों में जो 'अन्य पुरुष' है वह (क्षर पुरुष) इस संसाररूपी 'अश्वत्थ वृक्ष' के फलों को स्वाद ले-लेकर खाता है और दूसरा (अक्षर पुरुष) उन फलों को न खाता हुआ केवल देखता रहता है।"

तथा मुण्डक और श्वेताश्वतर उपनिषद् में यह आत्म-रहस्य प्रकट किया गया है कि-

समाने वृक्षे पुरुषो निमग्नोऽनीशया शोचति मुह्यमानः।
जुष्टं यदा पश्यत्यन्यमीशमस्य महिमानमिति वीतशोकः।।

(मुण्डकोपनिषद् ३.१.२ एवं श्वेता.उप. ४.७)

अर्थात् – "एक ही शरीर रूपी वृक्ष पर साथ-साथ रहने वाले इन दोनों ही पक्षियों में यह 'क्षरपुरुष' गहरी आसक्ति में डूबा है। मोहित होकर अर्थात् देह-रूप आधारित इस संसारवृक्ष के प्रति आसक्ति को अपनाकर यह स्वयं को ही भोक्तापुरुष मानकर शोक करता रहता है। विषयभोग में रत यह क्षरपुरुष जब सबके स्वामी पमेश्वर को अपने से भिन्न अवस्था में देख-जान लेता अर्थात् स्वानुभूति आधार पर प्रत्यक्ष कर लेता है, इसकी महिमा को भलीभांति जान लेता है, तब वह सर्वथा शोकरहित हो जाता है।"

अतः उपरोक्त इन दोनों ही श्रुतिमन्त्र को अपनाकर यहाँ यह विचारणीय है कि प्रथम श्रुतिमन्त्र- **'द्वा सुपर्णा ... ॥'** वेदवाणी और "गुरु-शिष्य परम्परा" आधारित उपनिषद्वाणी दोनों में साथ-साथ आया है; किन्तु द्वितीय श्रुतिमन्त्र- **'समाने वृक्षे पुरुषो ... ॥'** केवल उपनिषद्वाणी में ही आया है तथा वेदवाणी में नहीं। अतः इन दोनों ही श्रुतिमन्त्र के उपनिषद् संदेश को प्राप्त करने हेतु इस अवसर पर यहाँ यह स्मरण करना समीचीन और प्रासंगिक है कि तैत्तिरीयोपनिषद् में श्रुति द्वारा देहस्थ 'परब्रह्म परमात्मा' को अपने सर्वगत कर्ता-पुरुषरूप में "सत्यस्वरूप, ज्ञानस्वरूप और अनन्तरूप होना कथन किया गया है-**'सत्यं ज्ञानमनन्तं ब्रह्म।'** (तैत्ति.उप. २.१.१) तथा सम्पूर्ण चर-अचर भूत समुदाय में समाहित इस अनन्तरूप अवस्था को अपनाकर श्वेताश्वतर उपनिषद् में यह श्रुतिकथन आया है कि-

सर्वाजीवे सर्वसंस्थे बृहन्ते अस्मिन, हंसो भ्राम्यते ब्रह्मचक्रे।
पृथगात्मानं प्रेरितारं च मत्वा जुष्टस्ततस्तेनामृतत्वमेति॥

(श्वेता.उप. १..६)

अर्थात्- "यह हंसरूप जीवात्मा (मनुष्य) अपने को और सर्वनियन्ता परमात्मा को अलग-अलग मानने पर सब प्राणियों के आश्रयभूत इस विस्तृत ब्रह्मचक्र (जन्म-मृत्युचक्र) में अर्थात् एकपाद अधोलोक में घुमाया जाता है; और जब यह उस परमात्मा से अभिन्न रूपसे सेवित होता है, तब यह अमृतत्व को प्राप्त हो जाता है।"

तथा स्पष्ट किया गया है कि-

अनाद्यनन्तं कलिलस्य मध्ये विश्वस्य स्रष्टारमनेकरूपम्।
विश्वस्यैकं परिवेष्टितारं ज्ञात्वा देवं मुच्यते सर्वपाशैः ॥

(श्वेता.उप. ५.१३)

अर्थात् - "कलिल अर्थात् दुर्गम संसार के भीतर व्याप्त आदि-अन्त से रहित समस्त जगत् की रचना करने वाले अनेक रूपधारी तथा समस्त जगत् को सब ओर से घेरे हुए एकदेव (परमपुरुष परमात्मा) को जानकर यह मनुष्य समस्त बन्धनों से सर्वथा मुक्त हो जाता है।"

तथा अनवरत चलने वाले सृष्टिचक्र में **मानस जप** की बोधमय अवस्था को अपनाकर यह आत्म-रहस्य प्रकट किया गया है कि-

यदा चर्मवदाकाशं वेष्टयिष्यन्ति मानवाः।
तदा देवमविज्ञाय दुःखस्यान्तो भविष्यति ॥ (श्वेता.उप. ६.१९)

अर्थात्- "जिस समय मनुष्यगण इस बाह्य आकाश को चमड़े की भाँति लपेट सकेंगे अर्थात् देहस्थ चिदाकाश को जान सकेंगे; उस समय उन परमदेव को बिना जाने ही सम्पूर्ण दुःख-समुदाय का अन्त हो जायेगा।"

अतः देहधारी पुरुष की इस अनन्तरूप अवस्था में 'गायत्री मन्त्र-जप' का यह 'पुरश्चरण व्रत' इस पुरुषदेह में स्थित अजन्मा, अवक्र, चेतनपुरुष परमात्मा द्वारा इस नश्वर पुरुषदेह में स्थित रहकर धारण की गयी 'कर्मरत गतिमान अवस्था' से याकि इस मर्त्यलोक या इस मनुष्यलोक में कर्म' के निष्पादन और शोक-मोह आदि से मुक्त कर्मबन्धन रहित अवस्था और इस पुरुषदेह में चिदाकाश या दहराकाश में स्थित 'अमृत पुरुष' परमात्मा को प्राप्त करने से सम्बन्ध रखता है। यह इस पुरुषदेह में निवास करते हुए देहस्थ अशरीर आत्मा से एकत्व को अपना लेने पर देवत्व प्रदान करता है और यह निरापद जीवन-यात्रा का मार्ग प्रशस्त करता है। स्पष्ट है कि बोधावस्था के अभाव में ही यह मनुष्य स्वयं को कर्ता एवं भोक्तापुरुष होना जानता है और शोक-मोह को अपनाता है। अथ 'गायत्री मन्त्र' का यह 'पुरुश्चरण व्रत' इस उभयरूप 'कर्ता एवं भोक्ता पुरुष' और 'द्रष्टा पुरुष' अवस्था के बोध से सम्बन्ध रखता है और यह जाग्रत-बोधमय - गुडाकेश

अवस्था को प्राप्त कर देहस्थ 'मनोमय हिरण्यगर्भ अमृत पुरुष' परमात्मा को प्राप्त करने में सहायक होता है। यह असंग-अभोक्ता अवस्था में कर्मरत अवस्था को अपनाने और लोकोपकार करने की प्रेरणा प्रदान करने के साथ-साथ ही यह कर्म की बन्धनरहित अवस्था प्रदान करता है।

यहाँ यह पुनः स्मरणीय है कि ऐतरेय उपनिषद् में आये श्रुतिकथन अनुसार उस परमेश्वर द्वारा इस एकपाद अधोलोक में इस देहधारी पुरुषरूप का सृजन लोकपाल रूप में किया गया है। (ऐत.उप. १.१.३) तथा कठोपनिषद् में भगवती श्रुति द्वारा इस मरणधर्मा मनुष्यलोक में देहस्थ अक्षरपुरुष और प्रकट क्षर पुरुषरूप का अस्तित्व "छाया और ताप (धूप) की भाँति"–**'छायातपौ'** (कठ.उप. १.३.१) होना कथन किया है। इस उभयरूप अवस्था में देहधारी पुरुषरूप को "छाया और ताप की भाँति कर्मबन्धन से पूर्णतः मुक्त होना प्रकट किया गया है। तथा जाग्रत अवस्था को प्राप्त कर इस आत्म-रहस्य को जान लेने और नित्य-जीवन में अपनाने हेतु आह्वान किया गया है- **'उत्तिष्ठत जाग्रत प्राप्य वरान्निबोधत।'** (कठ.उप. १.३.१४) अर्थात्- "(हे मनुष्यों !) उठो ! जागो !! प्राप्त करो वररूप (= अपने श्रेष्ठ स्वामी स्वरूप) परमात्मा को (महापुरुषों से) भलीभाँति जानकर अमरता को प्राप्त करो और अपना सुखमय जीवन व्यतीत करो।"

अतः गायत्री मंत्र का यह 'पुरुश्चरण व्रत' स्वयं के लोकपाल रूप में चौबीस हजार श्लोक आधारित महर्षि वाल्मिकि कृत आदिकाव्य 'रामायण' में वर्णित नरोत्तम श्रीराम के 'असुरहन्ता और सुशासनकर्ता जीवन' से प्रेरणा प्राप्त करते हुए इस एकपाद अधोलोक (मनुष्यलोक या कर्मलोक) में असुरवृत्ति का दमन करते हुए जीवनपर्यन्त सद्कर्म आधारित गतिमान अवस्था को अपनाकर जीवन-यात्रा पूर्ण करने से सम्बन्ध रखता है तथा वेदवाणी और उपनिषद्वाणी में भगवती श्रुति द्वारा किया गया कथन-

कुर्वन्नेह कर्माणि जिजीविषेच्छतँ समाः।
एवं त्वयि नान्यथेतोऽस्ति न कर्म लिप्यते नरे ॥ (ईशा.२)

पदच्छेद और शब्दार्थ – कुर्वन्= करते हुए; **एव**= ही; **इह**= यहाँ इस मर्त्यलोक (मनुष्य या अधोलोक) में; **कर्माणि**= कर्मों को; **जिजीविषेत्**= जीने की इच्छा करना चाहिये; **शतम्**= एक सौ वर्ष तक (निहितार्थ = आयु की पूर्णता तक); **समाः**= समता के भाव में स्थित रहकर अर्थात् मैं ब्रह्म का प्रकटरूप हूँ इस 'सोऽहम्' भाव को अपनाकर; **एवं**= इस प्रकार; **त्वयि**= तुझ पुरुषरूप के लिये; **न**= नही है; **अन्यथा**= अन्य कोई दूसरा मार्ग; **इतः**= इस मनुष्यलोक में; **अस्ति**= है; **न**= नहीं; **कर्म**= कर्म; **लिप्यते**= लिप्त होता है; **नरे**= मनुष्य में।

अर्थात् – "यहाँ इस मर्त्यलोक (मनुष्यलोक या अधोलोक) में समता के भाव में स्थित रहकर अर्थात् मैं ब्रह्म का प्रकटरूप हूँ इस 'सोऽहम्' भाव को अपनाकर कर्मों को करते हुए ही एक सौ वर्ष तक (निहितार्थ = आयु की पूर्णता तक) जीने की इच्छा करना चाहिये। इस प्रकार तुम्हारे द्वारा किया गया कर्म तुझ मनुष्य से/में लिप्त नहीं होता। इसके अतिरिक्त अन्य कोई दूसरा मार्ग (कर्मबन्धन से मुक्ति का) यहाँ इस मनुष्यलोक में नहीं है।"

इस हेतु सहायक हो जाता है। अतः यह 'गायत्री मन्त्र' ऋग्वेद, यजुर्वेद और सामवेद इन तीनों ही वेद संहिताओं में आने के कारण यह प्रसिद्ध उभयरूप सूक्ति-वचन **'वेद त्रयी'** और **'प्रस्थान त्रयी'** का मूल आधार होना प्रकट होता है तथा अक्षय सनातन युगात्मक कालचक्र के संचरण क्रम में 'चौबीस हजार श्लोक आधारित महर्षि वाल्मिकि कृत यह 'रामायण'काव्य-ग्रन्थ **'जय संहिता'** की शृंखला में **'भारत संहिता'** (भा+ रत = भारत; अर्थात् - जो भासने या चमकने में रत है वह भारत।) की प्रतिपूर्ति करनेवाला प्रकट होता और पाया जाता है।

चूंकि इस मनुष्यलोक (मर्त्यलोक) में देहस्थ अशरीर-अजर-अमर-अजन्मा चेतनस्वरूप परमात्मा को जानकर देहधारी पुरुष रूप में "समता का भाव अपना लेना ही योगावस्था को प्राप्त कर लेना कहा जाता है"- **'समत्वं योग उच्यते'**। (गीता २.४८) तथा दैनन्दिन जीवन में स्वकर्म की दक्षता (कौशलता) को धारण करना ही योगावस्था को अपने उभयरूप में प्राप्त कर लेना है- **'योगः कर्मसु कौशलम्'**। (गीता २.५०) अतः देहस्थ

'अङ्गुष्ठमात्र पुरुषरूप' की इस गतिमान अवस्था को अपनाकर यहाँ यह स्मरण करना योग्य है कि- गायत्री मन्त्र'के 'पुरुश्चरण व्रत' में संकल्पित मन्त्रजप संख्या 'चौबीस लाख'की गणना को पूर्ण करने हेतु माला (सुमिरनी) का आश्रय लेना परम आवश्यक हो जाता है तथा मन्त्रजप करते हुए माला (सुमिरनी) के सुमेरु को पार नहीं करने की अनिवार्यता जुड़ी होती है। अतः संकल्पित मन्त्रजप की संख्या की पूर्णता हेतु 'वाचिक जप' या 'उपाँशु जप' प्रक्रिया को अपनाने की सतत् आवश्यकता और अनिवार्यता बनीं रहती है तथा इस प्रकार किया गया मन्त्रजप तो सदैव ही स्व-चेतना को बहिर्मुख 'इत्' अवस्था में स्थिर (स्थित) बनाये रखता है। अतः मनन क्रिया के साथ-साथ निदिध्यासन करने अर्थात् इस 'गायत्री मन्त्र' के आध्यात्मिक 'जीवन-संदेश' को स्वयं के नित्य-आचरण में अपनाने पर यह इस बहिर्जगत् में निरापद जीवन-यात्रा पूर्ण करने और अमृतपुरुष को प्राप्त करने में सहायक हो जाता है। श्रीमद्भगवद्गीता में जगन्निवास श्रीकृष्ण का कथन है कि "यज्ञों में जपयज्ञ में स्वयं हूँ"- **'यज्ञानां जपयज्ञोऽस्मि'**। (गीता १०.२५) अतः 'गायत्री मन्त्र' के जप-स्मरण पर आधारित स्वकर्म की यज्ञरूप अवस्था को अपना लेना ही यज्ञकर्म में प्रतिष्ठित ब्रह्मस्वरूप (= *'नित्यं यज्ञे प्रतिष्ठितम्'* (गीता ३.१५)) को प्राप्त करने का सर्वसुलभ और समुपलब्ध साधन हो जाता है। अथ यह 'पुरुश्चरण व्रत' उपासक को अपने ब्रह्मस्वरूपमें स्थित करनेवाला और देहस्थ अक्षरपुरुष का सानिध्य प्रदान करनेवाला होता है। यह गीतोक्त कथन- **'सर्वेषु कालेषु मामनुस्मर युद्ध्य च'** (गीता ८.७)

अर्थात्- "(तू) सब समय में मुझे स्मरण कर और युद्ध कर अर्थात् इस लोकमें जीवनसंघर्ष कर।" का अनुपालन करने में सहायक हो जाता है। अतः स्पष्ट है कि यह 'पुरश्चरण व्रत' संख्याजपसे सम्बन्धित न होकर उस परमेश्वर द्वारा अहर्निश किये जाने वाले सृष्टि-यज्ञकर्म से जुड़कर इस सृष्टियज्ञ में स्वकर्म की आहुति प्रदान करते हुए इसे गति प्रदान करने और चतुर्थ पुरुषार्थ 'मोक्ष' के उपार्जन से सम्बन्ध रखने वाला प्रकट होता है; जिसे निम्न गीतोक्त कथन-

सक्ताः कर्मण्यविद्वांसो यथा कुर्वन्ति भारत।
कुर्याद्विद्वांस्तथासक्तश्चिकीर्षुर्लोकसंग्रहम् ॥ (गीता ३.२५)

अर्थात्- "हे भारत ! कर्म में आसक्त हुए अज्ञानीजन जिस प्रकार कर्म करते हैं; उसी प्रकार विद्वान् पुरुष आसक्तिरहित अवस्था में लोकसंग्रह करना चाहता हुआ स्वकर्म करे।"

की सहायता से सुगमतापूर्वक जाना और अपनाया जा सकता है। अतः इस संसार वन में जिस प्रकार कोई 'आम्रफल' आम्रवृक्ष से अपनी सम्बद्धता और तितिक्षामय जीवन अपनाकर अपनी सम्पूर्ण जीवन-यात्रा को पूर्ण करता है, सतत् चतुष्पाद् विकास-यात्रा को अपनाता है और अपने मूल-बीज के अनुरूप गुण-धर्म को धारणकर, बीजरूप अवस्था को प्राप्त करता हुआ स्वयं ही वृक्ष के बन्धन से सदैव के लिये मुक्त अवस्था प्राप्त कर लेता है; और वह आम्रफल उस वृक्ष के स्वामी द्वारा ग्रहण किया जाता है; ठीक उसी प्रकार अपने मूल के अनुरूप हो जाने और जीवनमुक्त अवस्था को प्राप्त कर अमृतपुरुष को प्राप्त करने का यह 'पुरुश्चरण व्रत' होना प्रकट है। (टीप- इस प्रतिबोध-यात्रा के विस्तृत विवरण हेतु कृति- **'आम्रफल का दिव्य सन्देश'** पठनीय।)

स्मृतिग्रन्थ श्रीमद्भगवद्गीता में आया वासुदेव श्रीकृष्ण का उपदेश है कि उस परमेश्वर द्वारा इस सृष्टियज्ञ को आरम्भ करने के साथ-साथ ही सम्पूर्ण प्रजारूप का सृजन किया गया है-**'सहयज्ञा प्रजा सृष्ट्वा'** (गीता ३.१०) तथा इस यज्ञकर्म को ही परस्पर आवश्यकता की पूर्ति का साधन बनाया गया है तथा कथन है कि- "तुम्हारा अधिकार केवल कर्म का निष्पादन करने में है; कर्मफल की प्राप्ति में कदापि नहीं"- **'कर्मण्येवाधिकारस्ते मा फलेषु कदाचन।'** (गीता २.४७) तथा यह सृष्टि-विधान प्रकट किया गया है कि "इस मनुष्य लोक में कर्म से उत्पन्न होने वाली सिद्धि अतिशीघ्र प्राप्त हो जाती है"- **'क्षिप्रं हि मानुषे लोके सिद्धिर्भवति कर्मजा।'** (गीता ४.१२)

"पूर्वकाल में राजा जनक और अश्वपति तथा शिबि आदि राजाओं ने सृष्टि यज्ञार्थ आसक्तिरहित अवस्था में किये गये कर्म द्वारा ही परम सिद्धि

को प्राप्त किया गया था। इसलिये भी तू लोकसंग्रह को अर्थात् 'लोक कल्याण' को देखकर (अपनाकर) कर्म करने योग्य है"-

कर्मणैव हि संसिद्धिमास्थिता जनकादयः।
लोकसंग्रहमेवापि सम्पश्यन्कर्तुमर्हसि ॥ (गीता ३.२०)

इस प्रकार त्रिपादूर्ध्व त्रिविक्रम पुरुष की गतिमान अवस्था से सम्बद्ध और इस एकपाद अधोलोक (= मनुष्यलोक) में स्वकर्म द्वारा परम सिद्धि (मोक्ष) प्राप्त करने का यह 'गायत्री मन्त्र' का 'पुरश्चरण व्रत' होना प्रकट होता है। यह 'पुरुश्चरण व्रत' इस मरणधर्मा देहधारी पुरुषरूप को अपने निर्विकार-अनामय ब्रह्मस्वरूप में स्थित करता है। चूंकि इस पुरुषरूप का सृजन उस परमेश्वर द्वारा 'लोकपाल' रूप में किया गया है। (ऐत.उप. १.१.३) सतत् परिवर्तशील इस एक पाद प्राणीलोक में दुष्प्रवृत्ति के विनाश और सुव्यवस्था हेतु किया गया है।

अतः सदैव शान्तचित्त अवस्था को धारण करने वाले कौशल्या पुत्र दशरथनन्दन पुरुषोत्तम (नरोत्तम) श्रीराम के जीवन-चरित्र द्वारा इस धरा पर लोकपाल रूपको सुगमता पूर्वक जाना और अपनाया जा सकता है। इस प्रकार सुस्पष्ट है कि 'पुरुश्चरण व्रत' आधारित 'गायत्री मन्त्रजप' की यह सुदीर्घ 'चौबीस लाख मन्त्रजप संख्या'- इस एक पाद अधोलोक (मनुष्यलोक या कर्मलोक) में स्वयं के लोकपाल रूप में लोकसंग्रह आधारित निरापद, बंधनरहित कर्मरत नियोजित अवस्था को जीवनपर्यन्त अपनाने से सम्बन्ध रखती है; किसी एक ही स्थान पर पिंजरे में निश्चल बैठे हुए किसी शुक पक्षी या शुक पक्षियों के समूह की भाँति 'शुकनाद' करने या पुनः-पुनः इस 'गायत्री मन्त्र' का उच्चारण करने मात्र से नहीं।

अतः देहधारी पुरुषरूप की इस गतिमान कर्मरत अवस्था को अपनाकर ही लोक में सूर्याभ्युदित और सूर्याभिनिर्मुक्त अर्थात्- जो सूर्योदय होने तक सोता रहा है तथा जो सूर्यास्त के समय ही सो जाता है, उस पुरुष को पापकर्म करने वाला कहा गया है।

इस अवसर यहाँ यह स्मरण करना योग्य है कि इस पुरुषदेह की संरचना को अपनाकर कठोपनिषद् में श्रुतिकथन आया है कि-

पराञ्चि खानि व्यतृणत् स्वयंभूस्तस्मात्पराङ्पश्यति नान्तरात्मन्।
कश्चिद्धीरः प्रत्यगात्मानमैक्षदावृत्तचक्षुरमृतत्वमिच्छन्॥

(कठ.उप. २.१.१)

अर्थात् – "स्वयं प्रकट होने वाले (स्वयंभू) परमात्मा ने देहेन्द्रिय के सब द्वार बाहर की ओर जाने वाले बनाये हैं। इसलिये यह देहधारी पुरुष बाहर के विषयों को ही देखता है; (तथा) अन्तरात्मा को नहीं (देखता)। किसी धीर (बुद्धिमान) पुरुष ने ही अमृतपुरुष (को प्राप्त करने) की इच्छा करके चक्षु आदि ज्ञानेन्द्रियों को बाह्यविषयों की ओर से लौटाकर प्रत्यगात्मा (इस देह-रूप को छोडकर जाने वाले अन्तरात्मा) को देखा है।"

अतः जब हम इस 'पुरुश्चरण व्रत' को अपनाकर श्रीमद्भगवद्गीता में योगावस्था को प्राप्त करने हेतु योगेश्वर श्रीकृष्ण द्वारा किये गये उपदेश-

शुचौ देशे प्रतिष्ठाप्य स्थिरमासनमात्मनः।
नात्युच्छ्रितं नातिनीचं चैलाजिनकुशोत्तरम् ॥
तत्रैकाग्रं मनः कृत्वा यतचित्तेन्द्रियक्रियः।
उपविश्यासने युञ्ज्याद्योगमात्मविशुद्धये ॥ (गीता ६.११-१२)

अर्थात् –"ऐसे विकार रहित पवित्र स्थान पर जो न अधिक ऊँचा तथा न अधिक नीचा हो; उस स्थान पर आसन लगाकर तथा उस आसन पर क्रमशः वस्त्र, मृगचर्म या कम्बल एवं कुशाघास को क्रमशः बिछाकर (अपनाकर) स्वयं को स्थिर भाव से प्रतिष्ठित करके- उस आसन पर बैठकर मन को एकाग्र करके जिस साधन (मनोभाव) द्वारा चित्त रूपी इन्द्रीय निष्क्रियता को प्राप्त हो जाए, वह साधन अपनाकर तथा स्वयं को अन्तःस्थ (देहस्थ) पुरुष से जोड़ कर आत्मशुद्धि के लिये योग रूपी अभ्यास करे।" (टीपः- इन दोनों ही गीतोक्त श्लोक के 'विस्तृत विवेचन' हेतु कृति –**'स्नान रहस्य'** [मोक्ष : सिद्धि का मार्ग] पृष्ठ २५९ से २८१ तक पठनीय।)

का अनुपालन करते हैं तथा छान्दोग्य उपनिषद् में आये श्रुतिकथन कि- "आहार की शुद्धि होने पर सत्त्व की (अन्तःकरण या चित्त की) शुद्धि होती है तथा सत्त्व की (अन्तःकरण या चित्त की) शुद्धि होने पर स्व-आत्मस्वरूप की निश्चल स्मृति प्राप्त होती है तथा स्मृति की प्राप्ति होने पर सम्पूर्ण ग्रन्थियों की निवृत्ति हो जाती है"- **'आहार शुद्धौ सत्त्वशुद्धिः सत्त्वशुद्धौ ध्रुवा स्मृतिः स्मृतिलम्भे सर्वग्रन्थीनां विप्रमोक्षः।'** (छा.उप. ७.२६.२) का संज्ञान नित्य-जीवन में अपनाते है, तो यह जप-अनुष्ठान अतिशीघ्र फलदायी हो जाता है।

इस अवसर पर यहाँ यह विचार किया जाना प्रासंगिक और आवश्यक है कि कतिपय साधक-जन ईश उपासना के इस गायत्री मन्त्र को 'शापित' होना मानते हैं और कथन करते हैं कि ब्रह्म उपासना का यह गायत्री मन्त्र ऋषि चतुष्टय- ऋषि ब्रह्मा, ऋषि वशिष्ठ, ऋषि विश्वामित्र और ऋषि शुक्राचार्य द्वारा शापित किया गया है । अतः 'गायत्री मन्त्र' आधारित उपासना का वांछित फल प्राप्त करने हेतु वे मन्त्रजप से पूर्व शापोद्धार की क्रिया करना आवश्यक मानते हैं । किन्तु उनका यह सम्पूर्ण कथन और किया गया कार्य 'सृष्टिचक्र के अहोरात्र' में 'रात्रिकाल की स्वप्नरत अवस्था' से अपना सम्बन्ध रखता है और यह "अज्ञान के अन्धकार" पर आधारित 'निशाकाल की बोधहीन अवस्था' को प्रकट करता है ।

धर्मशास्त्र कहते हैं कि- **'देवो भूत्वा देवं यजेत्'** अर्थात् – "स्वयं देवता होकर, देवता की अर्चना-उपासना करना चाहिये ।" श्रुति इस देहधारी पुरुषरूप को ब्रह्म का प्रकटरूप होना कथन करती है- **'तत्त्वमसि';** '(छा.उप. ६.८.७) अर्थात् – "वह अविनाशी निर्विकार ब्रह्म तुम स्वयं हो ।" **'त्वं प्रत्यक्षं ब्रह्मासि'** (तैत्ति.उप. १.१.१) अर्थात् – "तुम अविनाशी, निर्विकार ब्रह्म का प्रत्यक्ष प्रकटरूप हो ।" तथा गीतोक्त कथन है कि- "सर्वगत ब्रह्म यज्ञकर्म में नित्य प्रतिष्ठित है"- **'सर्वगतं ब्रह्म नित्यं यज्ञे प्रतिष्ठितम् ।'** (गीता ३.१५) अतः केवल 'गायत्री मन्त्र' का जप करना और आचरण में ब्रह्म उपासना के इस गायत्री मन्त्र का "कर्ममय भावबोध" नित्य-आचरण में नहीं अपनाना ही इस मन्त्र की ऋषि ब्रह्मा द्वारा शापित अवस्था होती है। अतः

शापोद्धार हेतु आवश्यक है कि इस गायत्री मंत्र के कर्ममय अर्थ-बोध को नित्य-जीवन में अपनाया जाए।

इसी प्रकार ऋषि वशिष्ठ, ऋषि विश्वामित्र और ऋषि शुक्राचार्य द्वारा शापित किया जाने के सम्बन्ध में हम यह पाते हैं कि श्रुति 'वाग्' अर्थात् मानव वाक् को 'वशिष्ठ' कहती है- **'वाग्वाव वशिष्ठः'** । (छान्दो.उप. ५.१.२) अतः यदि हम पूर्व में उल्लिखित पिंजरे में बन्द पक्षियों की भाँति केवल इस 'गायत्री मंत्र का जप' करते है और अर्थ-बोध को नित्य-आचरण में अपनाते नहीं; तो यही इस गायत्री मन्त्र की महर्षि वशिष्ठ द्वारा शापित अवस्था होती है । अतः मन्त्र उपासना का फल प्राप्त करने हेतु इस गायत्री मंत्र के अर्थ-बोध को नित्य-जीवन में अपनाया जाना परम आवश्यक होता है। यह 'गायत्री मन्त्र' प्रथमतः ऋग्वेद संहिता (३.६२.१०) में आया है तथा इस वेदऋचा-मन्त्र के द्रष्टा ऋषि 'गाथिनो विश्वामित्र' अर्थात् ब्रह्मत्व की प्राप्ति हेतु जिनकी ऋषि वशिष्ठ के साथ अनेक गाथाएँ प्रसिद्ध हैं वे पुराण प्रसिद्ध ऋषि विश्वामित्र इस 'गायत्री मन्त्र के द्रष्टा ऋषि' तथा देवता **'सविता'** कहे गये हैं। कोई सृष्टा अपनी संरचना अथवा कृति को शापित करेगा या कहेगा नहीं।

स्मरणीय है कि तैत्तिरीय श्रुति "इस प्रकार का 'यह' जो आत्मा यहाँ इस पुरुषदेह में स्थित है और 'वह' जो वहाँ द्युलोक स्थित आदित्य में है; उसे एक ही होना कथन करती है- **'स यश्चायं पुरुषे यश्चासावादित्ये स एकः'।** (तैत्ति.उप. २.८.५ व ३.१०.४) तथा वेदवाणी में श्रुति द्वारा यह अनुशासन किया गया है कि- "यह देहधारी पुरुष अपने क्षरपुरुष और अक्षरपुरुष आधारित उभयरूप रूप में, यहाँ इस एकपाद अधोलोक पृथिवीलोक ('पृथिवी मरः' (ऐत.उप. १.१.२)) में 'सूर्य' और 'चन्द्रमा' की भाँति निरन्तर कल्याण (परोपकार) के मार्ग पर चलता रहे- **'स्वस्ति पन्थामनु चरेम सूर्याचन्द्रमसाविव।'** (ऋग्वेद ५.५१.१५) अतः यदि हम सूर्यदेव की भाँति जीवन-यात्रा के 'प्रवृत्ति' और 'निवृत्ति' आधारित पञ्चपाद यात्रामार्ग को अपनाते नहीं, सूर्य की उत्तरायण और दक्षिणायन अवस्था की भाँति 'स्व' (ताप) की प्रखर और मन्द अवस्था को अपनी जीवन-यात्रा में (= नित्य-आचरणमें) यथावसर अपनाते नहीं और इस गायत्री मन्त्र के चौबीस वर्ण-

अक्षर आधार पर नाना देवताओं को मान्यता प्रदान करते हैं और सवितादेव के प्रति एकनिष्ठ अवस्था को अपनाते नहीं, तो यह इस 'गायत्री मन्त्र' की ऋषि विश्वामित्र द्वारा शापित अवस्था होती है। अतः 'गायत्री उपासना' का फल प्राप्त करने हेतु आवश्यक है कि 'नाना देवता' के स्थान पर 'एकमेव सविता देव' को उपास्य देव माना जाए । ऋषि शुक्राचार्य असुरों के आचार्य कहे गये हैं तथा ऋषि शुक्राचार्य को 'एकाक्ष' जाना गया है। इस 'एकाक्ष' शब्द का शाब्दिक अर्थ "एक आँख वाला पुरुष" लिया जाता है। किन्तु यह शाब्दिक अर्थ समीचीन होता नहीं। यह 'एकाक्ष' शब्द तो 'एकरूप समान दृष्टि-बोध' को अपनाने से अपना सम्बन्ध रखता है तथा इस 'एकाक्ष' शब्द का अतिगूढ़ रहस्यमय अर्थ ध्यानावस्था में दिखाई देने वाले अतिसूक्ष्म श्वेत प्रकाश बिन्दु से अपना चिर-सम्बन्ध रखता है; जिसे अपना कर बृहदारण्यक उपनिषद् में श्रुतिकथन आया है कि-

एकधैवानुद्रष्टव्यमेतदप्रमयं ध्रुवम् ।

विरजः पर आकाशादज आत्मा महान् ध्रुवः ॥ (बृह.उप. ४.४.२०)

अर्थात् – "उस सर्वगत ब्रह्म को (आचार्योपदेश के) अनन्तर एक प्रकार से ही देखना चाहिये । यह ब्रह्म अप्रमेय, ध्रुव, निर्मल, (अव्याकृतरूप) आकाश से भी सूक्ष्म, अजन्मा, आत्मा, महान् और अविनाशी (ध्रुव) है ।"

अतः मन्त्र उपासना करते समय इस उपरोक्त मनोभाव को न अपनाना ही ऋषि शुक्राचार्य द्वारा शापित अवस्था होती है । अतः शापोन्मोचन हेतु आवश्यक होता है कि उपरोक्त श्रुतिकथन का अनुपालन किया जाए।

अथ यह गायत्री मन्त्र सूर्य देवता के सविता-प्रसविता स्वरूप की उपासना का मंत्र है और यह सृष्टिचक्र के अहोरात्र में दिवसकाल की बोधमय कर्मरत अवस्था से अपना सम्बन्ध रखता है । अतः गायत्री मन्त्र का 'पुरुश्चरण व्रत' करते समय 'मात्र वाचिक जप' को अपनाना युक्तियुक्त होता नहीं ।

एकादश द्वार युक्त अष्टाचक्रा नगरी

कठोपनिषद् में श्रुति द्वारा इस मानवदेह को 'एकादश द्वार'(= दो आँख, दो कर्ण, दो नासारन्ध्र, मुँह, गुदा, लिंग, महारन्ध्र (कपाल) और नाभि) वाला पुर (नगर) कहा जाकर इस पुर (= मानवशरीर रूपी पुरी या नगर) में अवक्र, चेतनस्वरूप, अजन्मा त्रिविक्रम पुरुष द्वारा सदैव निवास करना कथन किया गया है- '**पुरमेकादशद्वारमजस्यावक्रचेतसः।**' (कठ.उप. २.२.१) तथा अथर्ववेद में श्रुति द्वारा इस मानवदेह को ही देवताओं की पुरी अयोध्या होना कथन किया गया है और इसके साथ-साथ ही यह आत्म-रहस्य प्रकट किया गया है कि-

अ॒ष्टाचं॑क्रा॒ नवं॑द्वारा दे॒वानां॒ पूरं॑यो॒ध्या ।
तस्यां॑ हि॒रण्यय॒ः कोशः॑ स्व॒र्गो ज्योति॒षाऽऽवृ॑तः ॥

(अथर्ववेद १०.०२.३१)

अर्थात् – "आठ चक्र और नौ द्वार से युक्त ऐसी यह मानवदेह देवताओं की पुरी अयोध्या (= निवास की नगरी) है। उसमें तेजोमय कोश है जो अविरल ज्योतिर्मय प्रकाश से समाच्छादित स्वर्गलोक के सुखमय जीवन का कारक है।"

इस प्रकार श्रुति द्वारा यह मानवदेह ही देवताओं के निवास की 'अयोध्या पुरी' होना कथन की गयी है। इस मनुष्यदेह को 'अष्टचक्र युक्त' कहा गया है। अथ श्रुति मानवदेहधारी इस पुरुषरूप को ही 'देवता' होना प्रकट करती है। प्रश्नोपनिषद् में श्रुति द्वारा कौशलदेश निवासी (अयोध्यावासी) राजकुमार को हिरण्यनाभ कथन किया गया है। (प्रश्न.उप. ६.१) तथा महर्षि वाल्मिकि ने आदिकाव्य श्रीरामकथा 'रामायण' में अयोध्या निवासी कौशलकुमार पुरुषोत्तम श्रीराम तथा जनकतनया देवी सीता के विवाह से सम्बन्धित 'धनुष' को 'आठ पहिये वाली मञ्जुषा (संदूक या पेटिका) में रखा होना और इस पेटिका को श्रीराम के समक्ष किसी तरह

लाया जाना कथन किया गया है- **'मञ्जुषामष्टचक्रां तां समूहुस्ते कथंचन।'** (वा. रामायण १.६७.४) लोक में इस मानवदेह को अष्टचक्र- १. मूलाधार चक्र (गूदा और जननेन्द्रीय के ऊर्ध्वसंकुचन से स्त्री और पुरुष दोनों ही शरीर में बनने वाले मूल या कन्द स्थान में), २. स्वाधिष्ठान चक्र (कटिप्रदेश व रीढ़ की हड्डी के जोड़ स्थान में), ३. मणिपूर चक्र (नाभिमूल में), ४. अनाहत चक्र (हृदयदेश में), ५. विशुद्धिचक्र (कण्ठस्थान में), ६. ललना चक्र (जिह्वामूल में), ७. आज्ञा चक्र (दोनों ही भ्रू के मध्य में) और ८. सहस्रार चक्र (मस्तिष्क के ऊर्ध्वभाग में) से युक्त जाना गया है तथा उपनिषद् वाणी में श्रुतिकथन आया है कि-

प्रणवो धनुः शरो ह्यात्मा ब्रह्म तल्लक्ष्यमुच्यते।
अप्रमत्तेन वेद्धव्यं शरवत्तन्मयो भवेत् ॥ (मुण्ड.उप. २.२.४)

अर्थात् –"प्रणव अर्थात् – इस मानवदेह में प्राण के गमनागमन से उत्पन्न होने वाला 'रव' (= 'सोऽहम्' रूपी प्रणव नाद) ही धनुष है तथा आत्मा ही बाण है (और) परब्रह्म परमात्मा ही उसका लक्ष्य कहा जाता है। वह परमात्म तत्त्व प्रमादरहित अवस्था में बींधा जाने योग्य है। अतः (लक्ष्य में लगे हुए तीर की भाँति) उसे बेधकर तन्मय हो जाना चाहिये।"

अतः जब हम श्रीमद्भगवद्गीता के अध्याय छः में आये उपरोक्त निर्देश **'शुचौ देशे .... आत्मविशुद्धये ॥'** (गीता ६.११-१२) एवं श्रुति द्वारा किये गये – "आहार शुद्धि के अनुशासन"- **'आहार शुद्धौ... ।'** (छा.उप. ७.२६.२) का अनुपालन करते हुए स्थिर आसन को अपनाकर इस 'गायत्री मन्त्र' का सतत् 'मानस जप' अनुष्ठान हाथ में माला (सुमिरनी) लेकर करते हैं और बहिर्मुख स्व-चेतना की अन्तःप्रविष्ट अवस्था को धारण करते हुए चिदाकाश में इस मन्त्रजप के शब्दरूप को सुनने का कार्य करते हैं, तो स्व-चेतना की इस अन्तःप्रविष्ट अवस्था में हम अँगुली के पौर में दर्द की तीव्र-असहनीय अनुभूति प्राप्त करने लगते हैं और चित्त की इस एकाग्र तद्गत अवस्था में मन्त्रजप की गणना हेतु अपनाई गयी माला (सुमिरनी) शीघ्र स्वतः हाथ से छूट जाती है। इस अवस्था में चिदाकाश में शब्दरूप को सुनते हुए जब हम अक्षरब्रह्म स्वरूप को प्राप्त करते हुए पुनः-पुनः चिदाकाश में मन्त्रजप को

अपनाते हैं तो इस हठी अवस्था में हम शब्द-वर्ण को उठा नहीं पाते हैं; अर्थात् मानसिक धरातल पर भी हम शब्दरूप का उच्चारण कर नहीं पाते हैं और इस निःशब्द अवस्था में हमारा मन्त्रजप या नामजप भी स्वतः छूट जाता है जिसे श्रुति द्वारा- "कौन किसका स्मरण करे"- **'किं केन स्मरेत्'** कहा गया है। इस निःशब्द अवस्था में हम एक ही आत्मा को सर्वत्र व्याप्त हुआ जानते हैं। हम ध्यानरत अवस्था में उस सर्वगत तेजोमय शुक्रस्वरूप को अन्तःचक्षु द्वारा भ्रूमध्य में चमकता हुआ प्रकाशबिन्दु रूप में निकट से भी अतिनिकट और दूर से भी अतिदूर प्रस्फुरित प्रकाशरूप अवस्था में स्थित हुआ देखते हैं; जिसे श्रुति द्वारा- **'ज्योतिषाऽऽवृंतः'** (अथर्ववेद १०.०२.३१)

अर्थात् "ज्योतिर्मय प्रकाश से आवृत्त स्थिर-ध्रुव प्रकाशबिन्दु" कहा जाकर प्रकट किया गया है; जिसे पूषन् और हिरण्यपुरुष कहा गया है; जिसे सूजे की नोक रूप में देखा जाना कथन किया गया है-**'आराग्रमात्रो ह्यपरोऽपि दृष्टः।'** (श्वेता.उप. ५.३) और जिसे कुमार नचिकेता के प्रति श्रुति द्वारा कठोपनिषद् में- **'तं विद्याच्छुक्रममृतं विद्याच्छुक्रममृतमिति।'** (कठ.उप. २.३.१७) अर्थात्–"उसको परम विशुद्ध (शुक्रस्वरूप) और अमृतस्वरूप जानें; उसी को परम विशुद्ध (शुक्रस्वरूप) और अमृतस्वरूप जानें; इस प्रकार।" कहा जाकर इस बोधप्राप्ति को जीवात्मा की 'परम गति' होना प्रकट किया गया है। और, जिसे बृहदारण्यक उपनिषद् तथा यज्ञसंहिता यजुर्वेद के अन्तिम अध्याय में –

'तेजो यत्ते रूपं कल्याणतमं पश्यामि योऽसावसौ पुरुषः सोऽहमस्मि।'

(यजुर्वेद ४०. १६ ईशा. १६ व बृह.उप. ५.१५.१)

अर्थात्– "जो आपका अतिशय कल्याणमय रूप है, उसे मैं देखता हूँ। यह जो ज्योतिर्मय अमृतपुरुष है, वह मैं स्वयं हूँ।"

कहा जाकर इस आत्म-रहस्य को प्रकट किया गया है। देहस्थ 'हिरण्यगर्भ मनोमय पुरुष' को प्राप्तकर इस नश्वर पुरुषदेह में निवास करते हुए इस देहधारी पुरुषरूप का "यह से वह हो जाना"- **'एतत्ततो भवति'**

(तैत्ति.उप. १.६.२) तथा *"जानत तुम्हहि तुम्हइ होइ जाई।"* (श्रीरामचरितमानस २.१२६.३) कथन किया गया है तथा स्मृतिग्रन्थ श्रीमद्भगवद्गीता में गुरुत्मान् वासुदेव श्रीकृष्ण द्वारा इस आत्म-रहस्य को तत्त्वतः जान लेना ही इस देहधारी पुरुषरूप द्वारा मृत्यु उपरान्त इस लोक से प्रयाणकर उस परमेश्वर को प्राप्त कर लेना प्रकट किया गया है-

जन्म कर्म च मे दिव्यमेवं यो वेत्ति तत्त्वतः।
त्यक्त्वा देहं पुनर्जन्म नैति मामेति सोऽर्जुन ॥ (गीता ४.९)

अर्थात्- "हे अर्जुन ! जो कोई रथी पुरुष यह बात तत्त्वतः जान लेता है कि मेरे द्वारा इस पुरुषदेह को प्राप्त कर जन्म लेना और बहिर्जगत में कर्मचेष्टा को अपनाना दिव्यता से युक्त है; वह इस शरीर को त्यागकर फिर जन्म को प्राप्त नहीं करता, वह मुझे ही प्राप्त होता है।"

(इस योगमार्ग के विस्तृत विवेचन हेतु कृति त्रय –

१. **स्नान रहस्य** [मोक्षः सिद्धि का मार्ग]

२. '**पुरुषतत्त्व और पति-पत्नी का प्रकटरूप**' तथा

३. '**गोपियों का चीरहरण : एक योगपरक व्याख्या**' पठनीय।)

सूक्ति-वचन 'वेद त्रयी' और 'प्रस्थान त्रयी' का मूल-आधार तथा सृष्टि संधारण के तीन नियम

अथ स्पष्ट है कि अनवरत चलने वाले सृष्टिचक्र के अहोरात्र में 'गायत्री मन्त्र' का यह 'पुरुश्चचरण व्रत'' सत्यस्वरूप, ज्ञानस्वरूप और अनन्तरूप ब्रह्म- **'सत्यं ज्ञानमनन्तं ब्रह्म'** (तैत्ति.उप. २.१.१) की दिवसकाल की बोधमय गतिमान कर्मरत अवस्था से सम्बन्ध रखता है तथा बहुदेववाद को प्रश्रय प्रदान करनेवाली पौराणिक कथाएँ लोक-जीवन में अपनाए गये रात्री जागरण की भाँति गीतोक्त कथन –**'या निशा सर्वभूतानाम्'** (गीता २.६९) आधारित रात्रिकाल को व्यतीत करने का आधार बनती हैं। इस धरा पर सृष्टि-विधान आधारित' मनुष्य-जीवन की इस उभयरूप अवस्था को महर्षि मनु के कथन-

अहोरात्रे विभजते सूर्यो मानुषदैविके।
रात्रिः स्वप्नाय भूतानां चैष्टायै कर्मणामहः ॥ (मनुस्मृति १.६५)

अर्थात्- "मनुष्यगण और देवगण के अहोरात्र का विभाजन सूर्यदेव करते हैं; जिसमें दिन का अस्तित्व कर्म को अपनाने तथा रात का अस्तित्व विश्राम करने के लिये है।"आधार पर सुगमतापूर्वक जाना और आत्मसात् किया जा सकता है।

इस प्रकार 'गायत्री मन्त्र' का यह 'पुरुश्चरण व्रत' इस जगत् में मरणधर्मा मानवमात्र के लिये बहुआयामी निरापद जीवन-यात्रा का मार्ग प्रकट करता है। यह गीतोक्त कथन- **'क्षिप्रं हि मानुषे लोके सिद्धिर्भवति कर्मजा।'** (गीता ४.१२) अर्थात्- "इस मनुष्यलोक में कर्मों से उत्पन्न होने वाली सिद्धि शीघ्र प्राप्त हो जाती है। "तथा **'स्वे स्वे कर्मण्यभिरतः संसिद्धिं लभते नरः।'**(गीता १८.४५) अर्थात्- "अपने-अपने स्वाभाविक कर्म में निरत (तत्परता से लगा हुआ) मनुष्य सिद्धि को प्राप्त करता है।" अनुसार इस एक पाद अधोलोक में कर्मरत अवस्था को अपनाकर, जागतिक जीवन में सिद्धि

(हिरण्यगर्भ अमृतपुरुष को) प्राप्त करने का साधन तथा देवत्व प्रदान करनेवाला प्रकट होता है। सूर्य की उत्तरायण और दक्षिणायन तथा चन्द्रमा की शुक्लपक्ष और कृष्णपक्ष अवस्था की भाँति इस जगत में यह नियतकर्म की इस उभयरूप अवस्था को शोक और मोह रहित अवस्था में अपनाने से सम्बन्ध रखता है तथा तीनों ही वेदसंहिता- ऋग्वेद, यजुर्वेद और सामवेद में आने और वेदऋचा के त्रिपाद् 'ऋचा', 'मन्त्र' और 'छन्द' रूप से तथा सर्वरूप अविनाशी आत्मा के वेदवाणी और उपनिषद्वाणी एवं अन्यत्र अभिव्यक्त हुए प्रकट पुरुषरूप से सम्बन्ध रखने के कारण नित्य-उपासना का यह 'गायत्री मन्त्र' प्रसिद्ध उभयरूप सूक्ति-वचन **"वेद त्रयी"** और "**प्रस्थान त्रयी**" का मूल-आधार होना देखने-जानने और कहने में आता है। यह 'गायत्री मन्त्र' उपासक को अपने ब्रह्मस्वरूप में स्थित करता है। यह सदैव के लिये कर्मबन्धन आधारित जन्म शृंखला से सर्वथा मुक्त कर, अनामय पद प्रदान करता है; और यह इस मरणधर्मा मर्त्यलोक में सगुण ब्रह्म पुरुषोत्तम श्रीराम की भाँति कर्मरत अवस्था को अपनाकर अपनी जीवनयात्रा को पूर्ण कर स्वधाम को लौट जाना सम्भव बनाता है।

उपनिषद्वाणी में श्रुति अविनाशी सनातन आत्मा को अपने कर्तापुरुष, (ब्रह्मस्वरूप) रूप में 'आकाश शरीर' होना कथन करती है- **'आकाशशरीरं ब्रह्म ।'** (तैत्ति.उप. १.६.२) तथा दर्शनग्रन्थों में आकाश तत्त्व का गुण-लक्षण 'शब्द' कहा गया है एवं श्रीमद्भवदगीता में परब्रह्म स्वरूप जनार्दन श्रीकृष्ण द्वारा आकाश में शब्द को अपना-स्वयं का प्रक टरूप होना प्रकट किया है- **'शब्दः खे ।'** (गीता ७.८) एवं वेदान्त दर्शन (ब्रह्मसूत्र) में 'सूत्र-वाक्य' आया है कि- **'अक्षरमम्बरान्तधृतेः । सा च प्रशासनात्।'** (वेदान्त दर्शन १.३.१०-११) अर्थात् "अक्षरपुरुष सकल जगत को धारण करता है और वह इसका प्रशासन (संचालन) करने वाला है।" अतः मनीषी विद्वान् ब्रह्मविद् पुरुषों द्वारा लोक व्यवहार में 'शब्द' को ही ब्रह्म का प्रकट रूप जाना गया है- **'शब्देति ब्रह्म'** तथा श्रुति द्वारा शब्दरूप वाणी को ब्रह्म का प्रकट रूप होना कथन किया गया है- **'वाग्वै ब्रह्म'** (बृह.उप. १.३.२१)

इस पुरुषरूप शरीर की संरचना में श्रुति 'प्राण' को ज्येष्ठ और श्रेष्ठ होना कथन करती है- **'प्राणो वाव ज्येष्ठश्च श्रेष्ठश्च ।'** (छा.उप. ५.१.१) तथा देहस्थ इन्द्रियों की सजातियता को अपनाकर श्रुति द्वारा 'वाक्' को 'वशिष्ठ' होना प्रकट किया गया है- **'वाग्वाव वशिष्ठः'** (छा.उप. ५.१.२) एवं वनवासी जीवन को अपनाकर इस मानव वाक् को ही 'अत्रि' कहा गया है- **'वागेवात्रिः'** (बृह.उप. २.२.४) (जिसके आधार पर पौराणिक ऋषियों को जाना जा सकता है।) तथा बृहदारण्यक उपनिषद् में श्रुति द्वारा आरम्भतः इस मानव वाक् को ही सब मनुष्यों (स्त्री-पुरुषों) के देहरूप में स्थित 'अङ्गुष्ठमात्र पुरुष' का वाक् होना कथन किया गया है- **'वागेवास्य वाक्'**। (बृह.उप. १.१.१) अतः स्मरणीय है कि शब्दरूप को प्राप्त ब्रह्म उपासना का यह गायत्री मंत्र वेदऋचा रूप में ऋग्वेद संहिता में केवल एक बार तथा यज्ञसंहिता यजुर्वेद में कुल चार बार - तीन बार इस वेदऋचा रूप में तथा एक बार तीनों ही व्याहृति 'भूः', 'भुवः' और 'स्वः' के साथ तथा सामवेद में यह 'सामगान' रूप को अपनाकर पुनः एक बार आया है । चूंकि जगत रूप को अपनाकर वह पुरुष –

'सच्च त्यच्चाभवत् । निरुक्तं चानिरुक्तं च । निलयनं चानिलयनं च विज्ञानं चाविज्ञानं च । सत्यं चानृतं च सत्यमभवत्। यदिदं किंच । तत्सत्यमित्याचक्षते । तदप्येष श्लोको भवति ॥' (तैत्ति.उप. २.६.१)

अर्थात्- वह सत् और त्यत् अर्थात् मूर्त और अमूर्त रूप में ग्रहण करने योग्य और त्याग किया जाने योग्य भी हो गया। जो 'निरुक्त' में कहा गया है वह और जो निरुक्त में कहा नहीं गया है वह भी (हो गया) । और आश्रय देने वाला और आश्रय नहीं देने वाला और विज्ञान और अविज्ञान अर्थात् अनुभव आधारित ज्ञान और शाब्दिक ज्ञान रूपमें विद्या और अविद्या दोनों ही हो गया । (इसके साथ-साथ ही वह) सत्य स्वरूप को और असत्य स्वरूप को भी धारण करने वाला - सत्यस्वरूप परमात्मा हो गया । और यहाँ यह जो कुछ भी है, वह सब हो गया । उस सत्यस्वरूप परमात्मा को ज्ञानीजन इस प्रकार देखते अर्थात् उस 'सत्' स्वरूप परमात्मा को इस प्रकार जगत्

स्वरूप को अपनाकर उभयरूप होना जानते और कहते हैं। उसके विषय में भी यह श्लोक (= 'यह एक पूर्ण पवित्र कथन') होता है ॥"

इस प्रकार, इस उभयरूप अवस्था में 'वह पुरुष' आप ही अपना 'मित्र' और 'शत्रु' भी हो गया है- **'आत्मैव ह्यात्मनो बन्धुरात्मैव रिपुरात्मनः ।'** (गीता ६.५) तथा वह कल्याणप्रद तथा अकल्याणकारी - शिव और अशिव दोनों ही प्रकार की वाणी को बोलता है-

शिवास्त एका अशिवास्त एकाः सर्वा बिभर्षि सुमनस्यमानः।
तिस्त्रो वाचो निहिता अन्तरस्मिन्तासामेका वि पपातानु घोषम्॥

(अथर्ववेद ७.४३.१)

अर्थात् - "उच्चारण की जाने वाली वैखरी वाणी में एक शिवस्वरूप अर्थात् कल्याणकारी तथा दूसरी अशिव अर्थात् अशुभ होती है। तुम सब लोग उन दोनों वाणी को प्रसन्न मन होकर धारण करते अर्थात् सत्य और असत्य बोलते हो। इस पुरुष शरीर में तीन प्रकार की वाणियाँ (= परा, पश्यन्ती और मध्यमा) सदैव अन्दर हृदयाकाश या चिदाकाश में छिपी रहती हैं। उनमें से केवल एक को अर्थात् 'मध्यमा वाक्' को ही तुम्हारे द्वारा विशेषतः घोषस्वर में गिराया जाता अर्थात् इस एकपाद अधोलोक में बोला जाता है।"

अतः कल्याणकारी 'ज्ञान' और अकल्याणकारी 'अज्ञान' आधारित 'विद्या' और 'अविद्या' अर्थात् 'परा विद्या' ('ब्रह्म विद्या') एवं 'अपरा विद्या' रूप में श्रुति-ज्ञान की इस उभयरूप शब्द-संयोजना आधारपर मनीषी विद्वान् ब्रह्मविद् ऋषियों द्वारा "मानव वाक् के शब्दब्रह्म स्वरूप" - **'वाग्वै ब्रह्म'** पर आधारित **"सृष्टि-संधारण के कुल तीन नियम"** क्रमशः -

१. "किसी एक बात को केवल 'एक बार' कहना- तड़ित-विद्युत की चमक की भाँति उस बात को 'ग्राह्य अवस्था' में प्रकट् करना होता है;

२. उसी एक बात को यथारूप 'दो बार' कहना - किये गये कथन की सत्यता को स्वयं पुष्ट करना होता है; और

३. उसी एक बात को यथारूप 'तीन बार' कहना – किये गये कथन की सत्यता को स्वयं प्रमाणित करना और किये गये कथन की अटल-स्थिर अवस्था' को प्रकट करना होता है।

होना जाने गये हैं तथा कथन किया गया है कि- विद्वान् पुरुष "सक्तु की भाँति छानकर वाणी का उच्चारण करते है- **'सक्तुमिव तितउना पुनन्तो' ।** (ऋग्वेद १०.७१.२) अतः तद्नुसार ईश उपासना का यह 'गायत्री मन्त्र' अपने वेदऋचा रूप में यज्ञसंहिता यजुर्वेद में तीन बार तथा सामवेद संहिता में एक बार तथा तीनों ही व्याहृति के साथ यजुर्वेद संहिता में केवल एक बार आने से यह - मनुष्यमात्र के लिये - ईश उपासना के आयतनवान स्वरूप से अपना सम्बन्ध रखने वाला होकर त्रिकालातीत अवस्था में निश्चयात्मक फल देने वाला हो गया है तथा कठोपनिषद् में आया श्रुतिकथन- '**द्वितीयं तृतीयं तं होवाच मृत्यवे त्वा ददामिति ।**' (कठ.उप. १.१.४) अर्थात् – "उस नचिकेता ने 'दूसरी' और 'तीसरी' बार उसी एक बात को, अपने पिता को कहा तब पिताने उससे कहा- मैं तुम्हें मृत्यु को देता हूँ ।" सृष्टि-संधारण के इन उपरोक्त नियमों का अनुपालन किया जाना प्रकट करता है।

इसी प्रकार उपनिषद् वाणी में दो बार आया श्रुतिकथन- (१) **'असङ्गो ह्यं पुरुष ।'** (बृह.उप. ४.३.१५ व ४.३.१६) अर्थात् – "यह पुरुष असङ्ग है।" (२) **'मृत्योः स मृत्युं गच्छति य इह नानेव पश्यति ।'** (कठ.उप. २.१.१० व ११) अर्थात् – "जो कोई इस जगत् में नाना की भाँति देखता है; वह मरणधर्मा मनुष्य पुनः मृत्यु की ओर जाता अर्थात् पुनर्जन्म को प्राप्त करता है।" (३) **य इत् तद् विदुस्त इमे समासते ॥** (ऋग्वेद १.१६४.३९ एवं अथर्ववेद ९.१५.१८) अर्थात् - "जो कोई भी पुरुष इन वेदऋचाओं को जानता वह इन वेदऋचाओं में ही स्थित हो जाता है।" एवं (४) **'आत्मा वा अरे द्रष्टव्यः श्रोतव्यो मन्तव्यो निदिध्यासितव्यः ।'** (बृह.उप. २.४.५ व ४.५.६) अर्थात् – "यह आत्मा दर्शन, श्रवण, मनन और नित्य आचरण में अपनाया जाने योग्य है।" आदि श्रुतिकथन की पुष्टता को अर्थात् सत्यापित या प्रमाणित, संशयरहित अवस्था को प्रकट करते हैं तथा समान रूप से तीन बार आया श्रुतिकथन- (१) **'ज्ञात्वा देवं मुच्यते सर्वपाशैः ।'** (श्वेता.उप. २.१५; ५.१३ व ६.१३) अर्थात्- "उस परमदेव

को जानकर यह मनुष्य सब प्रकार के बन्धनों से सर्वथा मुक्त हो जाता है।" (२) प्रजापति द्वारा देवता, मनुष्य और दानव तीनों के प्रति किया गया 'द्' वर्ण का तीन बार किया गया उपदेश- 'द्' 'द्' 'द्' । (बृह. उप. ५.२.१) तथा (३) तैत्तिरीय उपनिषद् में आया श्रुतिकथन- **अहँ श्लोककृदहँ श्लोककृदहँ श्लोककृत् ।** (तैत्ति.उप. ३.१०.६) अर्थात् – "मैं श्लोककृत हूँ; मैं श्लोककृत हूँ; मैं श्लोककृत हूँ । अर्थात् मैं पुण्यकृत हूँ; मेरा यह पुरुषरूप मनुष्यशरीर प्राप्त करना पवित्र और पुण्यकर्मों का परिणाम है ।" आदि श्रुतिकथन की अटल-स्थिर-अपरिवर्तनीय अवस्था से अपना चिर-शाश्वत सम्बन्ध रखते हैं और सृष्टिचक्र के अहोरात्र में ये सब वाणी के ब्रह्मस्वरूप- '**वाग्वै ब्रह्म**' पर आधारित "सृष्टि संधारण" के अनुपालन किया जाने योग्य चिर-विधान को प्रकट करते हैं।

ये इस देहधारी 'सुकृत पुरुषरूप' की बोधमय-जाग्रत को अपनाकर इस एकपाद अधोलोक में लोक-व्यवहार का नियमन करते हैं और सूक्ति-वचन "चरैवेति-चरैवेति" आधारित सनातन धर्म-यात्रा मार्ग में सम्बल प्रदान करने का कार्य करते हैं ।

सूर्य के प्रति 'अर्घ्य अर्पण' करना

ईश उपासना का यह 'गायत्री मन्त्र' 'सूर्य को अर्घ्य समर्पित' करते समय भी उच्चारण-स्मरण किया जाता है। इस 'गायत्री मन्त्र' के अतिरिक्त परम्परागत रूप में- **'ॐ एहि सूर्य सहस्रांशो तेजो राशेजगत्पते अनुकम्पय माम भक्तया गृहणार्घ दिवाकर ॐ ॥'** को अर्घ्यमन्त्र रूप में अपानाया गया है। यह मन्त्र सूर्य के विशेषण 'दिवाकर' को अर्घ्य हेतु अपनाना प्रकट करता है। यह सूर्य के प्रसविता स्वरूप को 'दिवाकर' रूप में अपना लेना है। सृष्टिचक्र के अहोरात्र में 'सूर्य के प्रति अर्घ्य अर्पण क्रिया' का यह 'स्मृति मन्त्र' होना प्रकट होता है। यह अनवरत चलने वाले सृष्टिचक्र में अहोरात्र की अवधारणा से सम्बन्ध रखता है। प्रातःकाल स्नानक्रिया उपरान्त सूर्य के प्रकाशरूप को देखते हुए सूर्याभिमुख अवस्था में 'तीन बार' अञ्जली में जल लेकर या ताँबे के छोटे पात्र में जल भरकर सतत् जलधारा द्वारा सूर्य को 'अर्घ्य' प्रदान करने की प्राचीन परम्परा इस समय प्रचलित है। प्राचीनकाल में त्रिकाल सन्ध्या-उपासना कर्म करते हुए सूर्याभिमुख अवस्था में प्रातःकाल तथा मध्याह्नकाल में सूर्य के शीर्षस्थ रहने पर आत्मस्थ अवस्था को अपनाकर सूर्य को 'अर्घ्य' प्रदान करने की प्राचीन परम्परा रही है। सांयकालीन संध्याकर्म करते समय सूर्य को अर्घ्य अर्पण किया नहीं जाता है।

इस प्रकार त्रिकाल सन्ध्योपासना कर्म करते हुए नित्यप्रति कुल छः बार सूर्य को अर्घ्य अर्पण करने की क्रिया सम्पन्न की जाती रही है। 'सूर्य को अर्घ्य अर्पण' करने का यह कार्य एक चिरप्रचलित 'प्रतीक क्रिया' है। यह स्थूलक्रिया कर्मकाण्ड के अन्तर्गत आती है। यह प्रतिबोधात्मक होकर सांकेतिक अर्थ को धारण करती और अत्यन्त महत्वपूर्ण जीवन-संदेश प्रदान करती है और यह पूर्वकाल में पूर्वजों द्वारा अपनाया गया 'ब्रह्म उपासना' का पुरातन मार्ग प्रकट करती है। और यह श्रीमद्भगवद् गीता में आये परब्रह्म सद्गुरुदेव श्रीकृष्ण के उपदेश - **'यज्ञाचरतः कर्म समग्रं प्रविलीयते ।'**

(गीता ४. २३) अर्थात् – "यज्ञाग्नि में डाली गयी आहुति की भाँति उस परमेश्वर के प्रति समर्पण भाव से किये गये सभी कर्म अपनी सम्पूर्णता में लय अवस्था को प्राप्त कर लेते हैं ।" आधारित सृष्टिविधान को जानने और आत्मसात् करने में हमारी सहायता करती है।

सूर्य आरोग्य के देवता हैं। सदैव कर्मरत बने रहते हैं। कभी थकते या विश्राम लेते नहीं। वे भास्कर कहे गये हैं। प्राचीन पुराण कथाओं में आया ऋषिवचन है कि भगवान् भास्कर उदयकाल में ब्रह्मा स्वरूप, मध्याह्न काल में शिवस्वरूप और अस्तकाल में विष्णु स्वरूप होते हैं-

उदये ब्रह्मणो रूपं मध्याह्ने तु महेश्वरः।
अस्तमने स्वयं विष्णुस्त्रिमूर्तिश्च दिवाकरः ॥ (भविष्योत्तरपुराण)

वेदवाणी में श्रुति द्वारा द्युलोक स्थित सूर्य को सम्पूर्ण चर-अचर प्राणीसमुदाय का आत्मा कथन किया गया है- '**सूर्य आ॒त्मा जगंतस्त॒स्थुषंश्च।**' (ऋग्वेद १.११५.१, यजुर्वेद ७.४२) तथा तैत्तिरीय उपनिषद् में भगवती श्रुति द्वारा "इस पुरुषदेह में स्थित आत्मा और सूर्य में स्थित आत्मा को एक ही होना दो बार कथन किया गया है"- '**स यश्चायं पुरुषे यश्चासावादित्ये स एकः।**' (तैत्ति.उप. २.८.५ व ३.१०.४) तथा यज्ञसंहिता यजुर्वेद में आया श्रुतिकथन है कि "इस अधोलोक में समता के भाव में स्थित रहकर (सूर्य की भाँति) जीवनपर्यन्त कर्मरत बने रहना ही मनुष्यमात्र के लिये जीवन-यात्रा का मार्ग है। इसके अतिरिक्त कर्मबन्धन से रहित जीवन-यात्रा का अन्य कोई दूसरा मार्ग है नहीं –'**एवं त्वयि नान्यथेतोऽस्ति**'। (ईशा. २) अतः स्वयं के देहधारी पुरुष रूप में यह देहस्थ सूर्य रूप आत्मा ही अपने 'प्रसविता' या 'सविता' आधारित दिवाकर रूप में, ब्रह्मा, शिव और विष्णु रूप में 'वरेण्य' तथा 'गायत्री मन्त्र' के जप-अनुष्ठान का आधार बना हुआ है।

देववाणी संस्कृत भाषा के शब्दकोश अनुसार 'अर्घ्य' शब्द मूल्यवान्, सम्माननीय अर्थ सूचित करता है। त्रिपादूर्ध्व और एकपाद अधोलोक आधारित इस मृत्युलोक में मानवदेह को प्राप्त हुआ यह मनुष्यजीवन अत्यन्त मूल्यवान् और सम्माननीय जाना गया है। श्रुति द्वारा इस प्रकट पुरुषरूप को

महान् समझकर उपासना किया जाने योग्य कथन किया गया है- **'तन्मह इत्युपासीत।'** (तैत्ति.उप. ३.१०.२) ऐतरेय उपनिषद् में आया श्रुतिकथन है कि- "उस परमेश्वर ने इस देहधारी पुरुषरूप का सृजन लोकों की संरचना करने के बाद लोकपाल रूप में किया गया है तथा जल से निकालकर इस पुरुषरूप को मूर्तिमान् स्वरूप प्रदान किया गया है"- **'सोऽदभ्य एव पुरुषं समुद्धृत्यामूर्छयत्।'** (ऐतरेय.उप. १.१.३) तथा इसके साथ-साथ ही कठोपनिषद् में यह आत्म-रहस्य प्रकट किया गया है कि यह पुरुष (अपने पति-पत्नी आधारित प्रकट संयुक्त स्वरूप में) यज्ञवेदी पर बैठने वाला और प्रज्वलित यज्ञाग्नि में आहुति समर्पित करनेवाला 'होता' है- **'होता वेदिषत्'।** (कठ.उप. २.२.२) तथा वेदवाणी-ऋग्वेद की प्रथम वेदऋचा में उस परमेश्वर के इस 'होतारम्' स्वरूप का आरम्भतः स्तवन किया गया है। (ऋग्वेद १.१.१) अतः लोकपाल आधारित मानवधर्म को अपना लेना प्रकट करते हुए सूर्य को अर्घ्य अर्पण करने की यह प्रतीक क्रिया वेदवाणी के हिरण्यगर्भ (प्रजापति) सूक्त एवं उपनिषद्वाणी में आये श्रुतिकथन- **'कस्मै देवाय हविषा विधेम।'** (ऋग्वेद १०.१२१.१-१०) अर्थात्- "किस देवता के लिये हम स्वयं का बलिदान करते हुए हवि रूप में अपना जीवन-अर्पण करें।" से सम्बद्ध अवस्था में जीवन-संदेश प्रदान करती है कि "मैं अपना यह मूल्यवान्, सम्माननीय मनुष्यरूप जीवन जल की भाँति शीतल, शान्तचित्त, मृदुल (तरल) अवस्था को अपनाकर सूर्यरूप हिरण्यगर्भ अनश्वर आत्मा के इस सृष्टियज्ञ में आहूति रूप में समर्पित करता हूँ; मैं अपना सम्पूर्ण कर्म उस प्रजापति द्वारा अहर्निश किये जाने वाले इस सृष्टियज्ञ में अभोक्ता अवस्था को अपनाकर आहुति रूप में समर्पित करता हूँ; और मैं अपने समिधारूप को अपनाता हूँ।"

छान्दोग्य उपनिषद् में श्रुतिकथन आया है कि- **'सर्वं खल्विदं ब्रह्म तज्जलानिति शान्त उपासीत।'** (छा.उप. ३.१४.१) अर्थात्-"यह सम्पूर्ण जगत् निश्चय ब्रह्म ही है। यह उसी ब्रह्म से उत्पन्न होने वाला, उसी में लीन होने वाला और उसी में चेष्टा करनेवाला है- इस प्रकार शान्तचित्त होकर उपासना करे।" अतः शान्तचित्त अवस्था आधारित ब्रह्म उपासना का यह जो

चिरमार्ग है, उसे शीतल जल की भाँति अपनाने का जीवन-संदेश प्रदान करनेवाली यह स्थूलक्रिया प्रकट होती है। स्मरणीय है कि इस पुरुषरूप का सृजन उस परमेश्वर द्वारा जल से निकालकर किया गया है। (ऐत.उप. १.१.३) अतः अपने मूर्तिमान रूप में यह देहधारी मनुष्य जल के स्वाभाविक गुण 'स्नेह' को अपनाकर परस्पर जुड़ा रहता है। क्रोध आधारित उष्णता को जीवन में अपनाने पर यह स्वयं को ही नष्ट करता है तथा देहधारी पुरुषरूप में देहस्थ अचल आत्मतत्त्व के ज्योतिर्मय सूर्यरूप की उपासना द्वारा यह पुरुष चञ्चलता के गुण का परित्याग करता हुआ ऊर्ध्वगति को अपनाने वाला हो जाता है। अतः स्पष्ट है कि शीतल जल द्वारा सूर्य के ज्योतिर्मय स्वरूप को अर्घ्य अर्पण करने की कर्मकाण्ड आधारित यह स्थूल क्रिया प्रतिबोधात्मक रूप में द्वादश आदित्य (सूर्य) की भाँति सब मनुष्यों द्वारा कर्मरत अवस्था को अपनाकर जीवन लक्ष्य को पूर्ण करने या अपनाने से सम्बन्ध रखती है। यह ब्रह्म उपासना का 'चिर पुरातन मार्ग' अपने जीवन में अपनाने का संदेश प्रदान करती है।

अथ सूर्य के प्रति अर्घ्य अर्पण करने की यह स्थूलक्रिया स्वयं के होता स्वरूप को अंगीकार कर लेना प्रकट करती है। प्राचीनकाल में प्रचलित त्रिकाल सन्ध्योपासना कर्म में हमें 'प्रातःकालीन संध्याकर्म' तथा 'मध्याह्न संध्याकर्म' करते समय इस गायत्री मन्त्र द्वारा अभिमन्त्रित जल, अंजली में लेकर तीन बार सूर्यदेव को अर्घ्य अर्पण करने का विधान जानने को मिलता है-

कराभ्यां तोयमादाय गायत्र्या चाभिमन्त्रितम्।
आदित्याभिमुखस्तिष्ठंस्त्रिः क्षिपेत संध्ययोर्द्वयोः ॥

तथा इस सूर्यरूप आत्मा को 'षडर्घ्य अर्पण' करने के लिये 'शिवसंकल्प सूक्त' (यजुर्वेद ३४.१-६) की छः वेदऋचाओं का स्मरण-अनुपालन करना देखने और जानने में आता है। तथा इस 'अर्घ्य अर्पण क्रिया' को अपनाकर श्रीमद्देवीभागवत में आया ऋषि नारद के प्रति श्रीनारायण का कथन है कि सूर्य को अर्घ्य अर्पण करते समय यह मनोभाव धारण करना चाहिये कि-

सोऽहमर्कोऽस्म्यहं ज्योतिरात्मा ज्योतिरहं शिवः।
आत्मज्योतिरहं शुक्लः सर्वज्योती रसोऽस्म्यहम् ॥

(श्रीमद्देवीभागवत ११.१६.५८)

अर्थात्- "वह सूर्य मैं ही हूँ, मैं ही आत्मज्योति हूँ, मैं ही कल्याणकारी शिव-ज्योति हूँ, आत्मज्योति भी मेरा ही रूप है, मैं सर्वशुक्ल ज्योति हूँ और मैं रसस्वरूप हूँ।"

अतः 'गायत्री मन्त्र' के जप-अनुष्ठान द्वारा देहस्थ अङ्गुष्ठमात्र त्रिविक्रम वामन पुरुष का अनुष्ठान करना और इस गायत्री मन्त्र के भाव-बोध और इसके आध्यात्मिक संदेश को नित्य-जीवन में अपना लेना ही इस मर्त्यलोक में शोक-मोह आदि से पूर्णतः मुक्त हो जाना और जन्म-कर्म के सम्पूर्ण बन्धन से सर्वदा के लिये छुटकारा प्राप्त कर लेना है। जिसे श्रुति द्वारा विमुक्त पुरुष का पूर्णतः विमुक्त हो जाना कथन किया गया है- '**विमुक्तश्च विमुच्यते।**' (कठ.उप. २.२.१)

'पुरश्चरण व्रत' और गीतोक्त 'स्थितप्रज्ञ पुरुष' के चार लक्षण

इस प्रकार 'गायत्री उपासना' का यह 'पुरश्चरण व्रत' और सूर्यदेव के प्रति 'अर्घ्य अर्पण' करने की यह प्रतीक क्रिया अपने समेकित परस्पर सम्बद्ध उभयरूप में श्रीमद्भगवद्गीता में आये तथा रथी अर्जुन द्वारा 'स्थितप्रज्ञ पुरुष' के बारे में अपने सखा और सारथी सद्गुरुदेव श्रीकृष्ण से किये गये 'प्रश्न चतुष्टय' (चार प्रश्न) कि-

स्थितप्रज्ञस्य का भाषा समाधिस्थस्य केशव।
स्थितधीः किं प्रभाषेत किमासीत व्रजेत किम्।। (गीत २.५४)

अर्थात् – "हे केशव ! प्रज्ञा में स्थित हुए समाधि (अधिसम आधारित, सम + अधि = समाधि) अवस्था को प्राप्त हुए पुरुषका लक्षण (परिचय) क्या है ? वह स्थिरबुद्धि पुरुष किस प्रकार बोलता है; वह किस प्रकार बैठता (निवास करता) है; और वह किस प्रकार चलता अर्थात् जागतिक कर्म-आचरण करता है ?" का सम्यक् समाधान प्राप्त करने में सहायक हो जाती है।

अतः इस नश्वर पुरुषदेह में स्थित सूर्यरूप अविनाशी, अचल आत्मा का यह जो उदय और अस्त होने अर्थात् जन्म और मृत्यु को प्राप्त करने तथा उत्तरायण और दक्षिणायन अवस्था को अपनानेवाला चिरन्तन ज्योतिर्मय सवितारूप है; असंग अवस्था में प्रवृत्तिमार्ग और निवृत्तिमार्ग आधारित पञ्चपाद् (उदय होना, ऊपर चढ़ना, शीर्ष अवस्था में तपना, ढलना और अस्त होना) यात्रा-पथ को अपनाने वाला अभिव्यक्त स्वरूप है; यही देहस्थ अव्यय आत्मा का अक्षरब्रह्म आदित्यरूप होता है-'गायत्री मंत्र' आधारित नित्य उपासना के लिये।

इस मनुष्यदेह में निवास करते हुए यह आदित्यरूप ही सबके द्वारा वरण करने योग्य होता है– सुखमय जागतिक जीवन व्यतीत करने और इस

लोक से प्रयाण करके 'अमृतपुरुष परमात्मा' को प्राप्त करने के लिये जिसका उल्लेख इस गायत्री मंत्र के प्रथम चरण में आया है। इस आदित्यरूप को अपनाकर ही यह देहधारी पुरुष पति-पत्नीके उभय रूप में इस पुरुष रूप को 'सूर्यरूप' जाना गया है, शिशु को बालसूर्य कहा गया हैतथा स्त्रीरूप को 'सूर्या' नाम-सम्बोधन प्रदान किया गया है। (ऋग्वेद १०.८५.३-३५)

छान्दोग्य उपनिषद् में श्रुति देहस्थ आत्मा के इस आदित्यरूप को ही देवताओं का मधु कहती है- **'ॐ असौ वा आदित्यो देवमधु'** (छा.उप. ३.१.१) तथा वेदवाणी द्युलोक स्थित आदित्य और चन्द्रमा के प्रकट ब्रह्मस्वरूप को अपनाकर आत्मोपासना करने का अनुशासन करती है कि- "हम निरन्तर सूर्य और चन्द्रमा की भाँति समान होकर (एकरूपता अपनाकर) कल्याण के मार्ग पर चलें"- **'स्व॒स्ति पन्था॒मनु चरेम सूर्याचन्द्र॒मसाविव।'** (ऋक ५.५१.१५)

हम सूर्य की अचल-स्थिर, उत्तरायण और दक्षिणायन एवं पञ्चपाद यात्रा तथा शुक्लपक्ष और कृष्णपक्ष एकादशी के चन्द्रमा की भाँति स्वकर्म की प्रकाशयुक्त और प्रकाशरहित अवस्था को लोकसंग्रह हेतु अपनाकर- **'चिकीर्षुर्लोकसंङ्ग्रहम्'** अपनी जीवन-यात्रा पूर्ण करते रहें। हम आप्तवचन "चरैवेति-चरैवेति" का अनुपालन करते रहें। तथा प्रकट करती है कि- "वह जो कोई पुरुष इस प्रकार जानने वाला होकर आदित्य की अर्थात् अपने देहस्थ आत्मा की 'यह ब्रह्म है' इस प्रकार उपासना करता है, [वह आदित्यरूप हो जाता है तथा] उसके समीप शीघ्र ही सुन्दर घोष (मधुर वचन) आते और उसे सुख देते हैं; सुख देते हैं"- **'स य एतमेवं विद्वानादित्यं ब्रह्मेत्युपास्तेऽभ्याशो ह यदेनंसाधवो घोषा आ च गच्छेयुरूप च निम्रेडेरन्निम्रेडेरन्।** (छान्दो.उप. ३.१९.४)

धर्मपालन के तीन निर्देश और यह गायत्री मन्त्र

अथ सुस्पष्ट है कि 'नित्य उपासना' का यह 'गायत्री मन्त्र' इस मनुष्यलोक में देहस्थ सूर्यरूप, तेजोमय, अव्यय, ब्रह्मस्वरूप आत्मा की नित्य-उपासना का वैदिक मन्त्र है। यह त्रिपादूर्ध्व और एक पाद अधोलोक आधारित इस मर्त्यलोक में पुरुषरूप जीवन-यात्रा के सम्बन्ध रखता है और यह उपनिषद्वाणी में भगवती श्रुति द्वारा किये गये अनुशासन कि -

असतो मा सद्गमय।
तमसो मा ज्योतिर्गमय।
मृत्योर्मा अमृतं गमय ॥ (बृह.उप. १.३.२८)

अर्थात्- "हम लोग असत् की ओर नहीं, सत् की ओर जाएँ; अंधकार की ओर नहीं, प्रकाश की ओर जाएँ; मृत्युमार्ग की ओर नहीं, अमरता के मार्ग की ओर जाएँ।" की पालनपूर्ति करने वाला है। यह कर्मलोक रूप में जाने गये इस मनुष्य लोक में नित्य-उपासना किया जाने पर यह स्वयं के देहधारी क्षरपुरुष रूप में जीवन-यात्रा का लक्ष्य प्राप्त करने में सहायक है। और यह इस एक पाद अधोलोक में, इस एक मनुष्य जन्म में ज्योतिर्मय हिरण्यगर्भ अमृतपुरुष परमात्मा को प्राप्त करने का साधन है। 'नित्य उपासना' किया जाने पर यह 'गायत्री मन्त्र' सबको–

- प्रज्ञा प्रदान करता है। प्रज्ञान स्वरूप अविनाशी ब्रह्म- **'प्रज्ञानं ब्रह्म'** का सानिध्य प्रदान करता है और अपने ओजमय असंग ब्रह्मस्वरूप में स्थित करता है।
- आत्मबोध आधारित जाग्रत अवस्था प्रदान करता है। असद् (असत्य) के स्थान पर सद् (सत्य) को अपनाने की प्रेरणा प्रदान करता है और श्रुतिकथन- ***'असतो मा सदगमय'*** का अनुपालन करने में सहायक होता है।

- आरोग्य और दीर्घायु प्रदान करता है। रोग एवं अवसाद को दूर भगाता है तथा दैहिक, दैविक और भौतिक तापत्रय का निरोध (निवारण) करता है।
- जीवन में ओजस्विता लेकर आता है। स्वावलम्बी बनाने का कार्य करता है; कर्ममय जीवन का आधार बनता है और सुखमय जीवन प्रदान करता है।
- मोहग्रस्त राग-द्वेषमय जागतिकजीवन आधारित 'अंधकूप' से बाहर निकालता है और हृदयस्थ हिरण्यगर्भ ज्योतिर्मय पुरुष को प्राप्त करने में सहायक हो जाता है- ***'तमसो मा ज्योतिर्गमय।'***
- जन्म-कर्मके सम्पूर्ण बन्धन से सर्वथा मुक्त अवस्था प्रदानकर 'देवत्व' प्रदान करने वाला है। यह स्वकर्म की लोकसंग्रह आधारित अभोक्तावस्था अपना लेने पर यह अमृतपुरुष को प्राप्त करने में सहायक हो जाता है। यह दाता रूप में स्थित करता है। तथा
- जन्म-मृत्यु के सम्पूर्ण बन्धन से सर्वथा मुक्त अवस्था प्रदानकर यह सबको मोक्ष प्रदान करने वाला है- ***' मृत्योर्मा अमृतं गमय।'***

यही कारण है कि पूर्वकाल में 'स्वर्गलोक के सुखमय जीवन' और 'ब्रह्मतत्त्व की प्राप्ति' हेतु यज्ञमय जीवन व्यतीत करते हुए सब मनुष्यों द्वारा इस 'गायत्री मन्त्र' को 'नित्य उपासना' हेतु अपनाया गया है तथा वर्तमान काल में भी स्वर्गलोक के सुखमय जीवन और अमृतपुरुष को प्राप्त करने हेतु यज्ञमय जीवन व्यतीत करते हुए यह 'गायत्री मन्त्र' इस एक पाद अधोलोक में सब मनुष्यों द्वारा 'नित्य उपासना' किया जाने योग्य है। यज्ञसंहिता यजुर्वेद के इकतीसवें अध्याय तथा पुरुषसूक्त में आया निम्न श्रुतिमंत्र –

य॒ज्ञेनं॑ य॒ज्ञमं॑यजन्त दे॒वास्तानि॒ धर्मा॑णि प्रथ॒मान्या॑सन्।
ते ह॒ नाकं॑ महि॒मानः॑ सचन्त॒ यत्र॒ पूर्वे॑ सा॒ध्याः सन्ति॑ दे॒वाः॥

(ऋग्वेद १०.९०.१६; यजुर्वेद ३१.१६ अथर्ववेद १९.६.१६)

इसी बात का आख्यान करता है। कर्म की कौशलता द्वारा यह मनुष्य योगावस्था को प्राप्त करता है । अतः सुखमय जागतिक जीवन और परब्रह्म स्वरूप अमृतपुरुष को प्राप्त करने हेतु काल क्रमानुसार यह 'गायत्री मंत्र' सब मनुष्यों द्वारा 'नित्य उपासना' किया जाने योग्य है। सुखमय जागतिक जीवन और हिरण्यगर्भ अमृतपुरुष को प्राप्त करने हेतु सृष्टि-चक्र के अहोरात्र में दिवसकाल के आगमन अवसर पर अब यह 'गायत्री मंत्र' सब मनुष्यों द्वारा 'नित्य उपासना' किया जाने योग्य है। अथ अब यह 'गायत्री मंत्र' सब मनुष्यों द्वारा 'नित्य उपासना' किया जाने योग्य है।

॥ ॐ शम् ॥

संदर्भ ग्रन्थ सूची

ऋग्वेद,
यजुर्वेद,
सामवेद,
अथर्ववेद,
ईशावास्योपनिषद्,
केनोपनिषद्,
कठोपनिषद्,
प्रश्नोपनिषद्,
मुण्डकोपनिषद्,
माण्डूक्योपनिषद्,
ऐतरेयोपनिषद्,
तैत्तिरीयोपनिषद्,
श्वेताश्वतरोपनिषद्,
छान्दोग्योपनिषद्,
बृहदारण्यकोपनिषद्,
शतपथब्राह्मण,
तैत्तिरीयब्राह्मण,
वाल्मिकीय रामायण,
महाभारत,
श्रीमद्भगवद्गीता,
श्रीमद्भागवतपुराण
श्रीमद्देवीभागवत,
विष्णुपुराण,
शिवपुराण,
पद्मपुराण,
गरुड़पुराण,
मनुस्मृति,
योगदर्शन,
मीमाँसादर्शन,
साँख्यदर्शन,
पाणिनीय शिक्षासंहिता,
सूर्यसिद्धान्त,
धर्मशास्त्र का इतिहास
श्रीगणपति अथर्वशीर्ष,
विष्णुसहस्रनामस्तोत्र,
सूर्यसहस्रनामस्तोत्र,
शिवसहस्रनामस्तोत्र,
देवीसहस्रनामस्तोत्र,
श्रीरामचरितमानस
सूर्य देवता
नित्य पूजा प्रकाश,
परम तत्व का क्रीड़ा विलास, (लेखक की कृति)
स्नान रहस्य [मोक्ष : सिद्धि का मार्ग] (")
श्रुति सन्देश,
परा विद्या,
आम्रफल का दिव्य सन्देश (")
पुरुषतत्व और पति-पत्नी का प्रकटरूप (")
गोपिकाओं का चीरहरण : एक योगपरक व्याख्या (")
वेदवाणी का प्रथम उपदेश 'अग्निमीळे' (")
"तैत्तिरीय उपनिषद् (आनन्द टीका)"

ग्रन्थकार की अन्य कृतियाँ

ॐ सृष्टिचक्र के अहोरात्र में दिवसकाल के आगमन अवसर पर 'बोधमय जाग्रत अवस्था की प्राप्ति हेतु 'ईश कृपा' से प्रणीत् ये सभी ग्रन्थ अपने-अपने नाम-शीर्षक के अनुरूप विषय-सामग्री से परिवेष्टित एवं ओत-प्रोत हैं इसके साथ-साथ ही ये धर्म-मार्ग एवं साधना मार्ग के अन्य अनेक अतिगूढ रहस्यों को उजागर करते हैं तथा बोधमय-जाग्रत अवस्था में यात्रा-पथ को सुगम बनाने वाले और चारों ही पुरुषार्थ के उपार्जन में सहायता का कार्य करते हैं–

- आत्मानुभूति [परमतत्व अक्षरब्रह्म का साक्षात्कार]
- परम तत्व का क्रीड़ा विलास
- दीक्षा ज्ञान
- ज्ञान भूमि के सप्त सोपान
- अग्नि विद्या
- हमारे खेल
- हमारे खेल एवं जीवन दर्शन
- उठो ! जागो !! यश प्राप्त करो !!! (ग्रन्थकार का उद्बोधन)
- अध्यात्म-साधना परम्परा एवं अनुभूति
  (कालचक्र के नियतिक्रम में युगपरिवर्तन की घोषणा)
- युग परिवर्तन
- वेदवाणी का रहस्य (संस्कृत-सूत्र-शब्दावली परिचय एवं गूढ़ार्थ)
- स्नान रहस्य [मोक्ष : सिद्धि का मार्ग]
- 'पुरुष तत्व' और 'पति-पत्नी' का प्रकटरूप
- आम्रफल का दिव्य सन्देश
- योग क्या है ? (*एक विवेचन*)
- श्रुति संदेश
- परा विद्या : एक नवीन कल्प का शुभारम्भ

- कृतयुग का आगमन
- धर्म पथ (कलियुगे प्रथम चरणे नहीं, कृतयुगे कहिये)
- श्रुति कथन : बदलती हुई अवधारणा
- आत्मदर्शन
- वेदवाणी का परिचय तथा अर्थ-बोध
- वेदवाणी का प्रथम उपदेश : 'अग्निमीळे'
- उज्जयिनी का अंकपात और श्रीकृष्ण की शिक्षा
- गोपियों का चीरहरण एक योगपरक व्याख्या
- नित्य-उपासना का गायत्री मंत्र
- द्विज कौन ?
- अभ्यास और अनुभूति (संम्भावामि युगे युगे)
- गीता ज्ञान कथा : संयोजना और संन्देश
- गीताज्ञान की पूर्वपीठिका
- मूल उपदेश : गीताज्ञान
- स्थितप्रज्ञ दर्शन : गीताज्ञान
- श्रेयस् प्राप्ति का मार्ग : गीताज्ञान
- योग का पुरातनस्वरूप : गीताज्ञान
- तैत्तिरीय उपनिषद् : 'आनन्द टीका'
- कठोपनिषद् : तत्त्व विवेचन (विस्तृत टीका)

www.ingramcontent.com/pod-product-compliance
Ingram Content Group UK Ltd.
Pitfield, Milton Keynes, MK11 3LW, UK
UKHW020717041026
15590UKWH00002B/714

9 789364 313292